小兵传奇

银河禁锢

玄雨 著

南海出版公司

2005·海口

图书在版编目（CIP）数据

小兵传奇 1 银河禁锢／玄雨著. –海口：南海出版公司，
2005.4

ISBN 7-5442-3089-9

Ⅰ.小... Ⅱ.玄... Ⅲ.长篇小说–中国–当代
Ⅳ.I247.5

中国版本图书馆CIP数据核字（2005）第028989号

XIAO BING CHUAN QI　　YIN HE JIN GU
小 兵 传 奇 1 银 河 禁 锢

作　　者　玄　雨
策　　划　杨　雯
责任编辑　戴　铮
装帧设计　朱　亮
出版发行　南海出版公司　电话（0898）65350227
社　　址　海口市蓝天路友利园大厦B座3楼　邮编　570203
电子信箱　nhcbgs@0898.net
经　　销　上海英特颂图书有限公司
印　　刷　上海长阳印刷厂
开　　本　850×1168毫米　1/32
印　　张　8.375
字　　数　190千字
版　　次　2005年4月第1版　2005年4月第1次印刷
书　　号　ISBN 7-5442-3089-9
定　　价　18.00元

目 录

1 骷髅教官 …………………………………………… 1

2 天降大任 …………………………………………… 16

3 虚拟实境 …………………………………………… 31

4 独领风骚 …………………………………………… 45

5 和平破局 …………………………………………… 60

6 震撼教育 …………………………………………… 75

7 见龙在田 …………………………………………… 90

8 神秘母体 …………………………………………… 106

9 突 发 …………………………………………… 121

10 立 功 …………………………………………… 136

11 弃 功 …………………………………………… 152

12 星 零 …………………………………………… 167

13 战 云 …………………………………………… 182

14 带 兵 …………………………………………… 197

15 耍 阴 …………………………………………… 212

16 群 架 …………………………………………… 227

17 自走炮舰 …………………………………………… 242

人物介绍

唐龙

本书主角，因巧妙机缘成为军人，以一介小兵身份崛起于混沌的宇宙中。在命运的指引下，展开了绚丽的一生。

机器人教官

存在了数百年的智慧型机器人，唐龙是他们数百年来惟一的学徒，所以他们尽心尽力地教导唐龙。他们拥有与人类同样的感情，具有丰富的知识。

人物介绍

丽娜莎

万罗联邦军花，太空战机驾驶高手，和元帅有着不为人知的关系。

奥姆斯特

万罗联邦元帅，身上隐藏着天大的秘密，使得他不得不去迫害自己欣赏的人。

第一章　骷髅教官

"请将参军证明卡插入。"

一声甜美的电脑合成音传出。站在狭窄椭圆形物体里面的唐龙，忙把申请到的卡片插入一个磁卡孔。

"姓名：唐龙；年龄：十八；性别：男；文化：高中；报到兵种：步兵。"随着电脑上出现的数据，合成音再次响起："准备身份检查。"

唐龙忙站着不动，眼睛瞪得大大的。

这时一股白光将他从头到脚扫描了一下。"容貌吻合，骨骼吻合，血型吻合，DNA吻合，瞳孔吻合。身份证明属实。"

电脑哔哔叫了几声后，吐出原来那张磁卡，合成音再次响起："请到五〇四新兵营二十三团三营一连一班报到。祝您武运昌隆。"

唐龙连忙把那张磁卡收好，他身后马上露出一扇门，门外还排着长长的队伍呢。

"妈的！当兵也这么麻烦！早知道老子就不来了！"唐龙一边离开调配室，一边不满地骂道。

他刚走出来，队伍排头那人马上进入调配室，那扇门又关上了。

这个刚成年的唐龙，今年刚高三毕业，家境富裕的他原本可以读大学，也可以在父亲的公司工作。

但是他不想当小开，反而想当军人。

他自小就有野心，希望当一个统领天下兵马的元帅。他认为要当元帅就要先当将军，而要当将军就要从小兵做起。

虽然听说读国防大学后入伍，马上可获得少尉军衔，比起现在的列兵不知高多少倍。

但不是唐龙不想，而是他高考的分数在联邦数千万个考生中，排在倒数一千名内。国防大学可不是用钱就能买进去读的，加上他的家人也不会同意他参军，因为他家族世代单丁。

说到这还有关于他名字的趣事，他这个名字，在他父母还没结婚时，就由他爷爷取好了。爷爷和他爸爸都十分有自信，相信下一代一定是男的。

不知道是不是远古的血脉真的这么厉害，他竟然真的以男儿之身来到这个世界。而且他爸爸和妈妈继续努力了十八年，都没有生下其他的孩子，别说生了，连怀孕都不曾有过。

当他懂事时，曾问过爷爷，为什么帮自己取了这么个名字。

爷爷自豪地告诉他，在远古一颗叫地球的人类发源星球上，"唐"这个字代表着一个东方国家，那里的人特征就是黄皮肤黑头发黑眼睛，而龙则代表着那个国家最有权势的男人。

这个星球虽然消失了，但联合其他文明创建了现在这个几千年宇宙历的功绩，将永远地传下去。

爷爷虽然没有说出自己的期望，但这个名字——唐龙的含义，已经深深地印在这个懂事小孩的脑袋里。这也是他想参军的理由之一吧。

于是这个坏小子，就用考得不好，趁暑假期间出外散心为借口，获得一笔旅费和自己成年的身份证明，跑到离家数亿光年的凯拉星球，先斩后奏地报名参军。

虽说还有其他的兵种可报考，但不是要进行文化知识考试，就是要进行体能测试。一无是处的唐龙只好挑选只要成年即可报考，无需任何测试的步兵兵种了。

唐龙提着包袱，拿着那张有分配令的磁卡，傻乎乎地在这个调配大厅里转着。

大厅里有许多个橄榄型的调配室，每个调配室都排着跟他一样刚来参军的小家伙。那种橄榄形状的调配室是人工智能的，可以按照你的要求和测试成绩，自动安排到合适的新兵营参加训练。

当然这个调配大厅除了来参军的新兵外，也有身穿黑底银边联邦军服的士兵们在这里警戒。唐龙一边用羡慕的眼光看着那些威武的士兵，一边找着通向五〇四新兵营的通道口。

这些通道口虽然就在这个巨大的大厅里，但实在太多了。唐龙仰头看着一个一个通道口上的数字，脖子都快断了。

走了好久才找到写着五〇四的自动通道口，前面已经有三三两两的新兵了，唐龙二话不说就跨上去。自动地板马上带着他往前移动着。

唐龙在这看不到风景的通道里待了差不多有十几分钟，期间他望了下后面，居然除了他就没有人再跟来了。

而前面那几个穿着便服的家伙，不知怎么搞的，自动地板的速度居然会加快，他们离自己越来越远，从拇指这么大，到绿豆这么大，最后不见了。长长的通道里只有唐龙一个人。

又待了几分钟，唐龙开始惊慌起来，虽然叫自己不要怕，但无声无息的孤独感仍然困扰着他。最后他拼命往前跑，虽然自动

银河禁锢

地板仍然在快速移动着，但他就是觉得自己要快速跑动，才能感觉到自动地板在移动着。

过了好一会儿，唐龙累了，他蹲在地上像条狗一样地喘着大气。读中学以来他就没怎么运动过，虽然整天看书玩电脑，但看的是漫画书，玩的是电脑游戏。累坏了的他早就忘了那莫名的恐惧感，只想休息一下。

突然间，他惊觉地板停了，好奇地抬头一看，发现自己正蹲在出口，站起来时看到出口贴了一块招牌，上面写着："全程三十分钟。"

"白痴！"他狠狠地敲了自己脑袋一下，他居然花了二十多分钟就来到了出口，真是太冤枉了。因为害怕，他居然跑得这么辛苦。

这可是他十八年来跑得最久的一次。

走出出口，就是一个巨大的机场，唐龙忙把有分配令的磁卡插入出口的验证机里。不一会儿电脑合成音传出："请去二十三通道口乘坐飞船。"

唐龙取回分配令磁卡，走向那个写着二十三号的通道口。这次只花了三十秒的时间，他就上了一架太空飞船。

他不敢相信地打量着这艘飞船。这是一艘只能乘坐十个人的小型飞船，而且整个机舱只有他一个乘客。

这时飞船的喇叭传出一个甜美的声音："准备起飞，请乘客系好安全带。"唐龙忙找了个坐位坐下，系上安全带。这时他透过机窗，看到外面一架超巨型的飞船起飞了。

"不会吧？怎么我这架这么小呢？不会只有我一个人去二十三团吧？刚才看到的那些新兵呢？难道他们不是二十三团的？"唐龙又感受到那股莫名的恐怖，所以决定自说自话，来缓解自己的不安。

一阵轰鸣声，唐龙马上感到一股压力，把自己压得贴在坐位上。不过这压力才持续一分多钟就消失了。

唐龙知道飞船已经出了大气层，扭头一看窗外，果然一片漆黑中闪耀着无数的星光。虽然自己来太空看过无数次，但每次都不自觉地被它吸引。

回过神来的唐龙，突然把安全带解开，像猛虎一样地扑向飞船控制室。他要找机长问问到底去哪里。其实他主要是想找个人说说话，一个人实在是太恐怖了。

原本应该锁着的机舱，被唐龙一推就开了。

里面居然没人！

唐龙呆了一下，他知道这么小的飞船一般都是电脑控制，按固定航线飞行的，没有机长很正常，可以不用浪费人力。

也因此，唐龙知道离目的不是很远，所以不客气地坐进驾驶室，从这里看宇宙的景观，角度真是好。

唐龙不由暗自高兴，虽说搭了不知道多少次的飞船，还从没坐在驾驶室看过太空呢。

这次爽翻了，没想到当兵还可以享受私人专机的服务。唐龙这家伙一得意马上忘了孤独的恐惧感。

不过他没得意多久，那个电脑合成音又出现了："请乘客系上安全带，戴上安全头盔，本飞船即将进行空间跳跃。"

唐龙马上一声惨叫："空间跳跃？不会吧？这么小的飞船有这功能吗？二十三团到底在哪儿啊？"

原本空间跳跃是巨型飞船才有的功能，小飞船根本承受不了空间跳跃时的撕扯力，而且至少要有一千光年以上的距离才能进行空间跳跃。

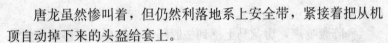
唐龙虽然惨叫着，但仍然利落地系上安全带，紧接着把从机顶自动掉下来的头盔给套上。

在空间跳跃时，这个头盔可以把对脑袋的撕扯力减到最低，同时所有的窗户屏幕都会变成毫无信息的黑色，这样可以免除对眼睛的伤害。

唐龙准备好后，身子就开始发麻了。他知道已经进行空间跳跃了。他把自己知道的神明，都给念了一遍。

从来就没听说过小飞船可以进行空间跳跃，已经骑在老虎背上的唐龙，只能哀求神明保佑空间跳跃成功。

空间跳跃时间很短，才几十秒钟，那个声音又响起了："空间跳跃完成，还有三十分钟即将到达目的地。"

头盔自动脱离收了回去，唐龙好奇地望着外面四处打量，他很奇怪，如果真的三十分钟就能到达目的地，那么四周怎么看不到星球呢？怎么自己当兵居然会遇到这么多莫名其妙的事呀？

唐龙只能叹气了。反正三十分钟后就能到达，不管他了。唐龙系着安全带，开始闭目养神。

"还有十秒降落，十、九、八……"

被这声音震醒的唐龙连忙睁开眼睛，发现飞船前面居然有一个差不多有一公里大的陨石，而且陨石裂开了一条缝。

看到缝隙里面露出的灯光，唐龙才知道那个陨石内部居然是一个小型基地。这么说这个陨石就是五○四新兵营的二十三团了？

这次因为是在无重力状态下降落，所以没有压力。

唐龙已经可以透过屏幕看到指挥塔了，奇怪的是，指挥塔虽然发出了指挥灯，但里面却好像没有人。

等输送口接驳舱门后，唐龙迫不及待地跑了出去。果然，整个指挥塔居然没有一个人。

唐龙呆了一下后，感觉到四周超级的安静，除了自己的呼吸声几乎听不到任何声音。

又开始害怕起来的唐龙连忙转身想跑回飞船上，可是接驳口已经脱离，保护罩把他和飞船隔离了，紧接着飞船的燃料接口也脱离，飞船开始慢慢后退，看来要自动返航了。

唐龙愣愣地看着飞船离开，直到那道闸门关上，再也看不到太空的景色。唐龙才慌张地大叫起来："有人吗？我是列兵唐龙！向长官报到！"

他胆战心惊地走上自动地板，一边大声地喊着，一边紧张地抱着包裹打量着四周。

不一会儿，他来到一个有几千平方米宽的圆形建筑物里面，周围除了自己待的那条通道外什么也没有。

来到这里，唐龙松了口气，他从立体电视上看到过，这就是训练营的基地。

别看现在一片白色，但圆形的天花板可以通过立体投影使四周出现各地的风景。而看似光滑平坦的地面，则会因需要而出现各种障碍物，这个大厅就是训练场所。而四周光滑的墙壁则会出现一道道的门，里面是配套齐全的房间，是给士兵和教官休息娱乐吃饭的地方。

等唐龙看到天花板上那个二十三的金色数字后。整个人松了下来，这里就是二十三团了。

不过整个团怎么这么小呢？按理说这么大个地方只能供连级使用啊？而且怎么没有人训练呢？不会全都睡了？应该不会呀，现在才下午两点。唐龙虽然奇怪，但还是大声喊道："列兵唐龙报到！"

等了好一会儿，唐龙没有听见其他声音，不由得吸口气准备喊得更大声。突然身后传来一声冷漠的声音："你就是唐龙？"

唐龙一喜，忙一边转身准备行礼，一边大声喊道："列兵唐龙，向长官……"报到那两个字没有喊出来，而是变成"啊"的一声惨叫，是特凄厉的那一种。

唐龙脚一软整个人瘫在地上，并且拼命地往后挪动。他看到了什么？

一个穿着军服的骷髅人。

唐龙已经丧失了发声的功能，他拼命地往刚才那个通道的地方爬去，但是才一转头就发现那个通道消失了，他这才想起新兵营是封闭式训练的。

正当唐龙发现退无可退，恐慌得快要丧失神志时，那个骷髅人上前来一把抓住唐龙的衣服，把那骷髅头贴着唐龙的额头，怒声喝道："你是唐龙吗？"

惊恐的唐龙突然恢复神志，因为他发觉这个骷髅军人的骨头是金属做的，而且这么近的距离可以发现骷髅军人脖子的金属线，和嘴巴里面的小型喇叭。唐龙知道眼前这个恐怖的骷髅军人原来是个机器人。

按理来说，早在千年前就没有机器军人了，除了危险工作所需，还有少量的机器人存在，整个宇宙都没有普遍使用机器人。

这是因为千年前人类制造的机器人突然拥有了智慧，曾发动过毁灭人类的战争，幸好人类还是挽救了自己。其后虽然禁止普遍使用机器人，但是仍然有国家制造机器军人。

几百年前，那个制造机器军人的国家，被敌对国使用电脑病毒破坏了机器军人的控制系统，使得这些机器军人狂性大发，凡是看到有热能的生物，他们就毫不留情地毁灭。

那次虽然很快把危机给压下去，但一个星球就这样被毁灭了。因此人类社会公认智能机器人是不稳定和危险的。

从那时候开始，整个世界就禁止开发智能人形机器人，谁开发谁就是全人类的敌人。

唐龙还没搞清楚怎么五〇四新兵营二十三团会有机器人，就被那个机器人扔到地上，同时愤怒的声音从他嘴里传出："你是唐龙吗?!"配上冒着绿光的机器眼，那样子好像想把唐龙给生啃了。

唐龙吓了一跳，忙站起来喊道："列兵唐龙向长官报到!"

那机器人两腿叉开，双手背在腰后，挺直腰，目视前方，声音冷冷地说道："我听不见。"

唐龙一愣，但这电视上看多了，新兵来到，教官都会来这招的，所以他忙吸口气用最大的音量喊道："列兵唐龙向长官报到!!"

那机器人可能觉得很满意，把手一伸。唐龙当然知道要干什么，连忙把那张有分配令的磁卡递了过去。

机器人随手收好，然后双腿一并，啪的行了个礼："我接受你的报到!"

唐龙一听，松了口气，现在自己算是个军人了。

那机器人见他呆呆的，不由得恶狠狠地说道："听好了! 那就是你的房间，那个就是饭堂。下午四点准时开始训练!"说着指了指墙壁冒出来的两个门，然后就转身离开。

唐龙目送机器人离去，只见他走向的那堵墙壁突然冒出一扇门，在他进去后马上又恢复了原状。

等唐龙望向自己那个房间时，发现门不见了，不由得急忙跑过去。

银河禁锢

来到那里，那门突然出现了，唐龙看到里面黑漆漆的，迟疑了一下，最后咬咬牙走了进去。

脚一踏进那扇门，里面顿时一片光明。

唐龙看到眼前的景象不由一阵高兴，房间有十多平方米，摆了一张床，一张书桌，一把椅子，一个衣柜，还有一间小浴室，里面梳洗用品样样齐全。这是军官用的套间啊。

"没想到那个机器人教官人还挺好的嘛。"

唐龙吹着口哨打开了衣柜，看到里面摆放了三套联邦军服、三双军靴，总之军人的配套服装都是三套，不过这些都是战斗服。唐龙马上把包裹一扔，焦急地拿出一套军服试穿。

当穿好后，跑到浴室去照镜子，顿时觉得自己威风极了。

军服穿在身上十分合身。这是因为自己的资料上详细记载了身体的数据，所以这些东西才这么合适。

唐龙惟一觉得美中不足的就是，自己肩膀上那一条代表列兵军衔的弯折的、细细的白杠。

自我陶醉了一番，唐龙觉得肚子饿了，于是跑了出去。来到隔壁的那个餐厅，虽然灯火通明，但却没有一个人。

又感到有点害怕的唐龙，忙自己动手从柜台拿了一个餐盒和一瓶饮料，就急急忙忙地跑回自己的房间。

一边吃着人造食物，一边胡思乱想。想得最多的，就是这个基地好像就只有自己一个活人。

到底是怎么回事？为什么自己当步兵居然会当成这样？

唐龙不知道他在选择兵种的时候，犯了一个巨大的错误。

现在是宇宙历三四三二年，军队的兵种早都取消了步兵，因为现在的战争都是宇宙军舰对轰的战斗，虽然还有肉搏和登陆战斗用的兵种，但那叫太空战士。

那为什么还会有步兵兵种的存在？

这是因为几百年前联邦军队的第二十三任元帅是步兵出身的，他成为元帅后，虽然发觉步兵兵种应该被淘汰，但却有一丝不忍。

于是他在消除步兵兵种时，留下了全军惟一的一支步兵训练营，也就是第二十三团。

那时正是机器人普遍使用的时候，他利用自己的权力，在偏僻地方建造了二十三团的基地，同时留下了几个机器人教官。

他也知道以后将没有人去报考步兵，这个基地也在不久后将被遗忘，这么做的目的，只是为了让步兵兵种留下一个纪念之地罢了。

但他没想到，在他死去几百年后，这个基地仍然运行着。主要是在他去世不久，军部操作系统全部换成了智能电脑。

那时人类消灭了人形智能机器人，但却不舍得消灭智能电脑。毕竟图方便惯了的人类，是不愿意舍去这么方便的工具的。

银河禁锢

军用智能电脑获取原来的电脑资料，把惟一的步兵训练基地二十三团编入了系统内。虽然一直没人报考，但基地的航线却依然持续着。也有些军官发现了这个等于废物的基地，也想把它销毁，但查出是二十三任元帅的一点情怀，感动之余也就不去理会了。

他们都不知道基地的教官是机器人，以为是些倒霉的教官被电脑分配到那里。当时二十三任元帅是秘密安排机器人的。

也因为这样，固定航线才被维持了下来，那里虽然没有学员但还有教官嘛！不过，当这些知道二十三团存在的军官也去世后，二十三团就渐渐地被遗忘了。

由于那个基地可以自给自足，联邦也只要维持航线飞船就可

以了。而这些维持费用对巨额的联邦预算来说，只不过是沧海里面的一滴水珠罢了，不会有什么负担。

也因为没有人报考，所以航线的飞船才会变成一艘十人座的小飞船。这是专门用来接送教官的。

一无是处的唐龙是在找遍所有兵种后，才发现这个没有任何要求的步兵兵种，一时高兴得忘了这个兵种是排在最后的，还以为捡到宝呢。

正在熟睡的唐龙被一桶冰水泼醒，跳起来正想大骂，可看到恶狠狠看着自己的机器人教官，那些脏话马上塞回肚子里去了。

"长官好！"唐龙马上行了个不大合格的军礼。

"浑蛋！说好四点训练，你居然敢迟到一秒钟？给我出去围着训练场跑十圈！"那机器人凶神恶煞般的说。

唐龙知道自己要倒霉了，因为机器人对时间是最敏感的，而自己则是最会忘记时间的。看来以后每天都要被罚了。

那机器人见唐龙呆呆的，不由走到唐龙身后，一脚把他给踹出了房间。一声惨叫，唐龙飞趴在那个大厅上。

正想揉屁股的唐龙，突然发现自己前面有一双靴子，抬头一看吓了一跳，那个机器人教官正瞪着眼看着他，嘴里吐出阴森的话语："还不快跑！"

"是……啊！"爬起来的唐龙，马上发觉训练场上一共站着五个一模一样的机器人教官。

站在最前面的机器人教官见他还不跑，不由从腰间抽出手枪，上膛，扳机一扣，一道激光射在唐龙的身旁，地板出现了一个冒着烟的小洞。

唐龙吃惊地望着那个机器人教官，耳中传来了毫无感情的声音："我是上尉！我有权处死不听命令的部下，如果你再不开始跑步的话，那么我下一枪将会射中你的脑袋！"

唐龙这才想起自己已经是军人了，而且长官是毫无人性的机器人，如果自己不机灵点肯定会没命的。

想到这点，唐龙打个寒战，马上跳起来围着训练场跑起来。

除了那个机器人提着手枪监视着唐龙，其他四个机器人一动不动地站在原位。

唐龙发觉他们肩膀上都挂着一杠三星的上尉军衔，心中在感叹机器人都可以获得上尉军衔之余，仍拼命地跑着步。

因为慢一点的话，屁股后面就会有几道激光追来。那焦热的恐怖感让他忘了疲累，居然给他跑完了十圈。

跑完后累得要死的唐龙刚想蹲下，一条皮鞭抽在他身旁的地板上，吓得唐龙马上站起来。

那教官收回皮鞭在手心拍了拍："军人在任何场合都要保持军人的风度！现在立正！挺胸抬头目视前方！两手并拢贴在大腿两侧！"

那机器人一边说着一边示范。看到唐龙哪里不对就先抽一鞭子，然后才指出不对的地方。

唐龙给他抽了十几下才摆出标准的立姿。

也不知那些机器人从哪里学会用鞭子抽人的，可以抽得人生疼，但又不会把人打得趴下。

唐龙被要求保持这个姿势后，训练场白色的四周，突然变成了太阳高照的沙漠环境。

这可不单单是沙漠影像，四周的温度同时上升，唐龙马上觉得自己就是站在太阳底下了。才一会儿工夫，汗水就把军服给湿透了。

银河禁锢

才十分钟脑袋就觉得昏沉沉的,眼睛都有点花了。

唐龙一不小心动作走了一个样,马上被那皮鞭抽了一下。痛感和直达大脑的电击感,使得唐龙清醒过来,又保持了原来的站姿。

就在这样的刺激下,唐龙居然站了一个小时。但是唐龙的体力真的支撑不住了,整个人保持站立姿势倒了下去。

那个教官突然跑过来检查了下唐龙,然后站起来用冰冷的声音说道:"昏过去了。"

随着他的话语,沙漠影像消失了,又恢复成原来练习场的模样。

那四个机器人依然保持着原来的姿势,一动也没有动,但话语仍然从他们口中传出:"这个小家伙,体力不行。"

"对,一定要严厉地锻炼他!"

"体能锻炼后,是不是轮到我教他军舰战斗了?"

"有没有搞错?他昏了耶,再说要轮也轮到我教他谋略啦。"

如果唐龙还清醒的话,听到这些跟人一样的对话从机器人口中说出来,一定会大惊失色。

因为这些话代表他们能够独立思考问题。当人形机器人能够独立思考问题,那么它们就是智慧机器人!

而千年前机器人造反的原因,就是因为机器人获得了人类的智慧,能独立思考。如果被联邦政府知道二十三团训练营有机器人,而且进化成智慧机器人,他们一定会发兵把这个基地摧毁的。

那个检查唐龙的机器人站起来说道:"我们的能量已经不多,我们一定要在一年内,把这个四百五十六年来我们惟一的一个学员训练好!"

那四个机器人忙并腿行礼："是！我们一定把他培育成最杰出的军人，以不负我们机器人教官之名！"

第二章　天降大任

　　唐龙躺在床上不知道发着什么美梦，嘴角露出了一丝笑容。这时自动门被打开了，机器人教官走了进来，手里提着一桶浮着冰块的冰水，来到床边冲着唐龙倒头浇了下去。

　　水倒下的时候，教官同时怒吼道："浑蛋唐龙！你迟到了十秒！罚你跑上一百圈！"

　　原本以为唐龙会马上跳起来，但唐龙只是抓抓耳朵，然后像没事一样咂咂嘴，转了个身继续熟睡着。

　　这时可以听到教官雪白的金属牙齿，因怒火而发出碰撞的声音。

　　教官扔掉水桶，从腰间拿出一件东西抵在唐龙腰间，随着微弱的吱吱声响起，那东西周围居然出现了电的光芒。

　　唐龙顿时睁开了眼睛，眼珠都快突了出来，并从像鱼一样张开的嘴巴里，发出他有生以来最凄惨的叫声："啊!!"

　　这时他整个身子都已经蜷缩了起来，原本就很短的头发更像刺猬一样竖起，脸上也出现了痛苦的神色。

　　机器人教官收回电击棒恶狠狠地说道："毫无警惕！我是敌人的话，你已经被我杀死一百遍了。要知道军人应该随时保持警惕，不论是在什么地方！"

电流已经消失，唐龙咧着嘴揉着被电击的腰部。

教官的话他虽然已经听清楚了，但是现在他根本没空回答，因为他心里正疯狂地用自己知道的所有脏话，咒骂着教官三十六代的祖宗，也不管机器人是没有祖宗的。

当然心里咒骂的同时，他对那教官的话也不以为然，因为在这个时代的战争里，不可能会有人跑到敌人的睡房去偷袭。还以为是几千年前呢。

那教官见唐龙仍然在床上发呆不肯下来，二话不说，抓起唐龙的衣服，把他整个人给提起来，放在对着门的地板上。

然后狠狠地朝唐龙的屁股一脚踹去，唐龙又跟昨天一样惨叫着飞出了房间，当然也一样趴在大厅的地上。

要是唐龙昨天在地上留下了印记的话，他一定知道自己趴的位置跟昨天一模一样。机器人的准确度可不是随便说说的。

银河禁锢

吃过一次亏的唐龙忙站起来立正，被人家用手枪和电皮鞭逼迫的事，唐龙还铭记在心。

不过至于自己怎么回到床上睡觉，却完全没有记忆。

这样看来唐龙在昨天练习立正的时候，是先丧失了意识一段时间之后才昏倒过去的。

看到站在自己面前的五名骷髅教官，唐龙心中又升起了一股寒意，没见过什么场面的唐龙面对人骨头时总是会觉得害怕，虽然他们是机器人，但这样会动的骷髅人更是恐怖。

而且现在唐龙只觉得自己很想睡觉，想也不想就闭上了眼。一来可以不去看那令人心寒的教官，二来可以乘机休息。

机器人当然是马上发现了唐龙在站着睡觉，而且那站立的姿势令人很不满意。其中一个教官马上抽出电鞭，狠狠地朝唐龙抽去。

"妈呀!"

惨叫顿时响起,唐龙整个人倒在地上一动也不动了。

机器人教官微微一愣,全都望着那个提着皮鞭的机器人。

这机器人教官挥挥手,只见他的绿色电子眼,突然有一只变成红色,并从这红色的眼睛射出一道红光。这红光照在唐龙身上来回扫描了一下。

其他的机器人也跟他同样动作,射出了红光,才一会儿就把红光收回了,他们的眼睛也恢复了绿色。

那提着电鞭的机器人把手一背,冷冷地说道:"既然你这么想睡,那就在水里睡个饱吧。"

随着他的话语,白色的墙壁突然出现了天空的景色,接着地下涌出了蓝色的水。速度非常之快,才几秒钟就漫过唐龙的身躯。

"咳咳咳!"

装作昏倒的唐龙再也不能继续装下去了,连忙爬起来咳出不小心被吸入的海水。

为什么说是海水?因为那味道又涩又苦又咸,不是海水还能是什么?

唐龙才站起来没多久,那些海水已经漫过头顶,搞得他手忙脚乱地划着。

这时不知道什么东西刺了屁股一下,同时一个声音从天上传来:"你迟到了三十秒,罚你快游二十公里!快!"随着声音落下屁股又是一痛。

"好痛啊!"

唐龙现在什么睡意都没有了,他不知道那些教官跑到什么地方去了,这个虚拟的茫茫海面上只有自己一个人,但也想不了那么多，因为屁股又被刺了一下，他忙划动双臂开始游了起来。

游了十分钟，唐龙就忍不住骂了起来："妈的！这是远古时代才会有的军事训练啊！到底现在是什么时代?! 教官怎么搞到这些狗屁来训练啊！要是我不会游泳不是死定了？"

说到这里，突然想起那些没人性的教官正在监视着他，不由吓了一跳。可他以为自己要受到处罚或训斥时，却什么处罚都没有降临。

他以为教官不在，松了口气浮在水面上想休息休息，但屁股马上被猛刺了一下，冷漠的声音也响起："快游！不要偷懒！"

"妈呀！原来这些狗屁教官还在！"

唐龙慌张地游了起来，但潜意识里的想法脱口而出，等他发觉时已经太迟了，可是这次依然没有受到什么处罚。

机灵的唐龙不由开始猜测："会不会那些教官只要自己服从命令，对于自己骂不骂他们根本不管？嗯……很有可能，因为他们是机器人，按照预定的方案行事，只要自己不违背命令，怎么骂他们都不会有反应的。因为从来就没有新兵当着长官的面骂长官，他们里面一定没有这样的设定。嘻嘻嘻，可以骂个爽了。"

虽然有这样的猜测，但唐龙为了保险，忍着屁股被刺，试了几下。

果然当自己什么都不说，停下来就被刺，而一边骂着教官的祖宗一边游动，屁股一下都没被刺到。

确认猜想以后，唐龙一边解气地把所有想得到的脏话骂出口，一边奋力地游着泳。唐龙感觉到昨天所受的鸟气，都在这一刻化为乌有了。

好一会儿，唐龙突然觉得水越来越浅，直到所有的水都消失无踪。

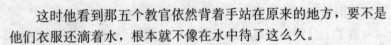
这时他看到那五个教官依然背着手站在原来的地方，要不是他们衣服还滴着水，根本就不像在水中待了这么久。

"妈的！这些家伙居然是防水的。"

唐龙刚撇撇嘴说出这话，马上挨了一下电鞭。吓得他马上准备推翻刚才自己的猜测。不过教官的话让他涌起了希望：

"不可以做鬼脸！军人要有军人的仪表！立正站直！"

听到这番话唐龙马上做了实验："靠！你以为你是女王啊？老是拿鞭子抽人！"这话跟表情完全不符合，唐龙是用满脸严肃的表情说出这些话的，而且还背着手站得挺直。

可惜，唐龙还是又挨了一鞭，"记住！回答长官时，一定要先说：是，长官！不是，长官！要问话时则要先说报告长官！做错时就要说对不起长官！这是军人的礼仪！"

听到那教官不是为了他的话才打他的，这让唐龙有勇气继续他的试验："是，长官！你奶奶的，打得我好痛！"

当唐龙胆战心惊地等着答案，那教官的鞭子没有抽来，而是点点头满意地说道："很好，就是这样。二十公里游泳处罚你已经完成，现在进行射击训练！"说完转身跨着步走入那四个机器人的队列。

唐龙听到这话，不由笑烂了肚子，但脸上却竭力保持着冷漠的表情。

"嘻嘻，这样骂他都没反应，以后日子好过啰！"

唐龙却不知道，他一时兴起，以后却为他带来冷面流氓、冷面瘟三等等诸如此类的恶名。

同时这一习惯的养成也让他挨了不少训。他也不知道这一转移法，已经让他的疲劳和睡意消失了。

这时最边上的一个机器人并腿转身走向墙边，进入了一道门。他们这些机器人随时随地都是保持着军人的步伐。

唐龙十分好奇地望着，想也不想就问道："报告长官！那家伙跑到那里去干什么？那是什么房间？"

他很快就掌握了先说什么长官，然后用很不客气的话把自己想说的内容说出来，当然这段时间他要拼命地不让自己的表情出现任何变化，因为一开始他还不能控制住嘛。

这些教官虽然是智能机器人，但他们的信息库没有对这些脏话的解释，也没有告诉他们如果士兵当面骂长官要怎么处罚。

他们待在这偏僻的地方没有和人相处，所有的知识都是在网上获得的。训练营用的网站当然是政府和军部的啦，那些民间网是进不去的，所以他们在这方面根本吸取不到什么市井文化。

所以听到唐龙的问话，他们感觉到没有什么不礼貌，不是先说了报告长官才问吗？他们不知道"那个家伙"这几个字是代表贬义的，只是知道指的是那个离去的机器人。也因这样他们认为完全符合军人的要求，所以很快就回答了唐龙的话："那是军火库，V三L六五B四—三C四—教官是去拿训练的武器。"

唐龙这才知道那个教官的名字，居然是这么难记的编号，而且他们全都一个样，一不留神马上就不知道谁是谁了。

所以唐龙根本不去记，也不想知道其他教官的编号，他的兴趣都被吸引到那个门口去了。

不一会儿，一座小山般高的各种武器，被那机器人像去超市购物一样，用手推车推了出来。来到唐龙面前，随便抽出把手枪递了过来。这时场景出现了变化，成为一个露天的靶场。

"这是激光手枪，一个能量盒可以连续射击一百次。这是保险，这是扳机，这是准星……"那机器人详细解说如何使用那手枪。

"报告长官，我会用啦，想当年我可是电动枪高手哦。"唐龙喜孜孜地玩弄着手枪。他玩电脑游戏最多的可就是立体射击，所以对枪的结构和准确度他可是很有自信的。

"很好，射中那里飞舞的一百只苍蝇，没有完成的话，今天你就没有饭吃。"那教官冷冷地说完，丢下一具激光瞄准器，一副全息影像头盔，还有一大盒能源块，然后就站在一旁不吭声地望着唐龙。

"苍蝇?! 一百只?"

唐龙张着闭不回去的嘴巴望着几百米远的地方，自己连那里标靶上的数字都看不见，还要自己射击没有移动规律而且个头特小的苍蝇?

像苍蝇、蚊子、蟑螂、老鼠这些东西，只要是有人类的地方就有它们的踪影，特别是猿人星上更多。

这些家伙的生命力和繁殖率实在是太厉害了，就算以现在的科技，也不能把它们完全消灭，所以这些东西能够生存到这个时代根本就不稀奇。

"报告长官! 我不会，请您教教我。"唐龙想到没饭吃，肚子就马上咕咕咕地叫了起来。

一天没饭吃那还得了? 所以唐龙也忘了骂脏话，还加上了敬语。

机器人懂得敬语的意思，所以点点头上前一步教训道："记住，不能骄傲，骄傲使人马虎，战场上可是马虎不得的。稍有差池马上就会决定你的命运，如果你是指挥官，同样也决定了你部下的命运!"

唐龙知道教官是教训自己刚才的骄傲，没想到一个机器人居然也会来这招。但他也知道教官说得对，所以忙虚心接受。

"嗯，戴上太空战机驾驶员的全息影像头盔，它可以把远处的东西拉到你眼前，同时可以调节目标的移动速度，还要在枪上装上激光瞄准器，这可以使枪支具有指向功能。"

这教官一边说一边提枪瞄准，并指点唐龙如何使用头盔和装配激光瞄准器。他可是机器人，根本不用借助这些辅助工具就能达到一样的功能。

如果不是人类怕机器人不能控制，他们将是战场上最佳的战士。

当然到时候战争就成了不会流血的、一个费用相当昂贵的超级游戏，这游戏在使人类失去了对战争危险性理解的同时，也一定会带来更大更多的危险。

比如有一天机器人突然觉醒的话，这个危险就够可怕了。

拥有自我意识、发现被人类当成奴隶工具使用的机器人，会怎样对待人类呢？不过这个答案早在千年以前就出现了，也因此使得人类可以继续着流血的战争。

唐龙忙戴上传闻中太空战机驾驶员的头盔，按钮启动后，随着视觉的移动和注意，远处的景象越来越趋前，最后唐龙可以清晰地看到一只苍蝇那毛茸茸的恶心身体。

他不知道怎么这个步兵训练营居然会有这种头盔，要知道那是战斗机驾驶员的专用头盔啊！只有战机驾驶员训练基地才有的呀。

其实唐龙的第一志愿本来是当太空战机驾驶员，可惜，那是所有兵种中对人员要求最严格的。不但要有超高的反应能力，还要有超强的体魄和意志，更要具备各种太空知识。

那些投考成功的新兵也不是一定能当飞行员的，就算能毕业，成绩不拔尖，也只能当当后备人员坐冷板凳。

太空战机驾驶员可以说是单兵中最高级的，要知道随便一个驾驶员，最低的军衔都是少尉。

而可挑选的兵种中，除了唐龙选择的步兵外，要求最低的就是战舰里面的乘务员和维修人员。但千万不要小瞧乘务员，他们很有可能成为指挥战舰的舰长哦。

不过这要求对唐龙没用，因为第一条要求是记忆力好、成绩好、有一定指挥应变能力。而维修人员则要对机械有一定的认识和兴趣。

除了一步一步晋升外，只有参谋部派出的军官才能直接担任舰长。

而想进入参谋部只有选择参谋训练营，这个兵种的要求比飞行员要来得少，他们不要求什么强壮的体魄，文弱书生都可以报考，但是对智力、应变、指挥能力的要求便大大提高了。

至于太空战士又分了几种，一种是靠蛮力近身战的战士，一种是什么都会的特种兵。

前一种只要体魄好就行，后一种就属于超高难度的了。训练时间长达五年之久，而且他们的功劳不会向外公布，属于生活在黑暗中的人。所以一般不招新兵，都是在有经验的老兵中挑选的。

这时教官的话正好传来："要分析自己要打的是什么目标和目标离自己的远近距离，然后适当调整激光的直径大小，现在就应该调到一毫米的直径。然后利用头盔和瞄准器瞄准目标，这头盔有自动跟踪功能，可以锁定目标。"

随着教官的话语，唐龙马上看到在荧屏上被扩大到拳头般大的苍蝇，被一束激光把它整个肚子都射烂了。

唐龙不等教官吩咐，忙跟着提枪瞄准另外一只苍蝇射击。但是并没有他想像中那么容易，荧屏上那只巨大的苍蝇继续飞舞着，它身旁根本看不到激光，打飞了。

"你以为看得到就射得中吗？手跟不上眼，等于没用！脱下头盔，先练习定靶射击！然后由低至高调动头盔视距射击苍蝇。

"记住，没有射中一百只苍蝇，你今天就不用吃饭，而且明天的数量将是两百只，完不成同样不能吃饭！这些苍蝇都是虚拟的，所以电脑会帮你记住射中的数量，作假是没有用的。"

教官冷冷地说完，就站在一旁一动也不动。

"是长官！他奶奶个熊！你以为老子就不能打中吗？哼！我一定要吃到今天的饭！"

唐龙马上取下头盔，提枪瞄准已经移前到五十米的枪靶，开始射击了。

开始几枪没有打中红心，但是熟悉了以后，就可以利用激光指向，十分有效地进行差距调整，再加上瞄准器的帮助，没多久就几乎枪枪命中了。

看来他的游戏没有白玩。

当移动到一百米仍能命中靶心后，唐龙戴上了头盔，把苍蝇调得跟拇指这么大。唐龙以为这次一定可以射中，但仍然是落空。因为他的手还是跟不上苍蝇那无规律飞舞的路线。

能量块都给唐龙用了一整盒了，而教官新拿出来的也用了一半，几千发激光都没有打中一只苍蝇。

现在唐龙手软腿软，食指发麻，肚子更是饿扁了。这才发觉这太空头盔虽然好用，但自己的手不是战机上的激光炮啊，如何能跟得上呢？

"他妈的王八蛋！死苍蝇！你飞啊！我就不信杀不了你！"

又累又饿的唐龙赌气地瞄准了一只瞄了很久的苍蝇，随着图

银河禁锢

扳机一扣。图像上的苍蝇被击了个粉碎，打中了！

唐龙兴奋得跳起来欢呼，但马上被抽了一鞭，同时冷冷的话语传来："还有九十九只。"

"知道了长官！他妈的，真是变态，动不动就抽鞭子！我才来了两天居然就被踹了两脚，挨了上百鞭，迟早被你们玩死！"唐龙虽然骂骂咧咧，但仍然瞄准射击，这次居然又射中了。

唐龙突然了解到要用心去指挥自己的手，那样只要自己看得到的，手上的枪就会自动跟上瞄准。

不知道过了多少时间，唐龙终于完成了一百只苍蝇的目标。听到教官说可以后，宁愿坐下挨了几鞭才肯站起来。

"好，现在解散。不过你花费太多时间，中饭和晚饭时间都已结束，现在是晚休时间，餐厅已停止服务，只有到明天早上才会开启，而且早上餐厅在集合后就会马上关闭，希望你不要再次迟到。"那一直站在唐龙身旁的教官说完，就跟着其他机器人回到自己房间消失了。

整个大厅只剩下呆呆发愣的唐龙，和身旁一大堆不知名字的武器。

良久，一声有气无力的喊声响起："死苍蝇！我跟你势不两立！呜呜……我的早餐、午餐和晚餐啊……"

唐龙靠着那一大堆武器无力地呻吟："难道要我吃这些铁家伙……"突然唐龙望着武器两眼冒光。

随着机器人的消失，大厅马上变成了晚上的景色，天花板上星光闪闪就跟在星球上的夜空一样。

原本在这漆黑的环境中，唐龙应该感到害怕才对，可惜他从昨天到现在才吃了一餐，恐惧的感觉完全被肚子饿的感觉代替了。现在就算遇到唐龙最害怕的蛇，他也会抓起来生啃了。

唐龙从那堆武器里找到照明的东西，正借着微弱的灯光不知道找些什么。"妈的，怎么全都是手枪、连射枪之类的武器？"

唐龙把所有武器全都给翻了出来，突然他发现了一件圆乎乎、短短的、枪管特大的武器。

"指向性单兵爆破炮？！"唐龙看到武器身上漆的字，高兴地喊道："太棒了，正是它！"

说着一把提起，走到墙边开始摸索起来："嗯，这是我的房间，记得旁边走五步左右就是餐厅……嗯，就是这里了。"

唐龙把照明器摆在自己认定的墙角，然后跑出几步，提炮瞄准就射。武器身上便漆有使用方法，所以唐龙当然会用啦。

一道红光冒出，一股猛烈的气流随着巨响吹起，唐龙顿时被吹得打了几个滚，撞倒在墙上了。

唐龙不顾被吹得生痛的脸，两眼放光地扔下武器，连滚带爬地朝那被炸开一个大洞的地方跑去。

他炸对地方了，那里正是餐厅。

随着饿虎般的唐龙扑入，餐厅的感应灯亮起，但没一下就灭。

唐龙才不在乎这些，他在灯亮的那一瞬间，已经看到离门口最近的桌子上摆了一个套餐盒。

凭着记忆和香味，唐龙在黑暗中准确地扑了过去。

唐龙没有去想为什么自动收拾桌面的餐厅，在关闭后还会有食物放在这里，也不管自己吃的是什么东西，更没有用勺子之类的餐具，而是用手抓起就往嘴里送，一副饿虎吞食的模样。

直到他咬了几口那金属餐盘，发现咬不动后才停了下来。

"哇！好爽，从来没觉得食物原来这么好吃。"

银河禁锢

唐龙抓起旁边的一瓶水，咕噜咕噜猛灌了几口后，才打了个饱嗝，喘了口气，他现在才有心情想东西。

"奇怪，这么巨大的响声，教官们都应该听到了啊，怎么还不来处罚我呢？"唐龙嘀咕着，这时他发现自己处在黑暗的餐厅内，而且是伸手不见五指的餐厅。

"妈呀！"

莫名的恐惧感马上占据了唐龙的心头。这感觉使得他飞一般的朝印象中的大门冲去，在连撞三次后，终于给他撞对了门路，来到了大厅，看到头顶若隐若现的星星，他舒了口气。

不过，天花板上的星星突然消失，整个大厅也变成一片黑暗。唐龙惊恐地朝四周打量着："什么都看不到，怎么会这么黑？不会是我刚才破坏了能源设施吧？"

这里是太空的基地，四周没有太阳，所以当基地里光源消失的话，绝对是一片黑暗，眼睛想适应都适应不了，因为眼睛适应黑暗是需要有微光的，所以现在唐龙等于是个睁眼瞎子。

唐龙越想越不妥，越想越觉得恐怖，他正想张口呼叫教官出来，但一想到那些骷髅机器人的样子，马上全身打个寒战，鸡皮疙瘩全冒出来了。不想还好，一想到那些骷髅头，他的心马上发起毛来。

他吓得慌忙趴在地上："怎么办？怎么办……"

这是他在心中想到的，他可不敢发出声音，害怕被些什么东西凭着声音发现自己。同时觉得待在这个地方不安全，所以开始手脚并用爬了起来。

正当唐龙自己吓自己，快把自己吓疯的时候，突然摸到一件金属物体，刚摸到的时候他差点就要惊叫起来，但他马上露出喜色，因为那是一把激光手枪。

慌忙抓在手中，现在虽然鸡皮疙瘩满身，心里发毛，但他没有刚才那么害怕了："哈哈哈哈！"唐龙一边高声大笑，一边提枪到处乱射。

随着激光的光亮，唐龙发现身旁就是那堆武器，大喜之余忙换上连射激光枪，端起就是一阵连射："爽呀！还有谁敢过来啊？来呀？看我不把你射成马蜂窝！"说着又是几十束光束射出。

能源几乎被射光之后，唐龙才抱着枪，躺在那堆武器上休息起来："呵呵，有什么好怕的，老子有枪还怕什么?！嘿嘿，枪啊枪，你真是我的宝贝呀……是……我的……宝贝……呀……"

声音越来越低，身心都劳累了一整天的唐龙，终于支持不住，睡着了。

"唐龙……唐龙！唐龙！！"

听到喊声，唐龙不情愿地睁开眼睛，一看到他眼前的景物，眼睛马上瞪得大大的，心脏也停止了跳动，因为一个白森森的骷髅头，正对着他张合着那有着阴森雪白牙齿的嘴巴。

唐龙想也不想，端起枪就是一阵扫射。

不过开完枪后，唐龙马上张大了嘴巴，他知道自己倒大霉了。因为那是机器人教官。

那机器人身上中了几十枪，但跟没事的人一样，只是军服上破了几个冒着焦烟的洞，露出里面雪白的金属骨架。

那机器人教官完全没有生气，反而背着手冲唐龙点点头说道："很好，这次你没有迟到。"

听到这话，唐龙惊喜得忘了刚才的恐惧，忙扔下激光枪，立正敬礼："长官好!"

那教官也敬了个礼，但说出的话却让唐龙掉入了深渊："但

银河禁锢

是你意图谋杀长官，现在罚你负重二十公斤，进行十公里蛙跳。如果半途而废的话，你将接受死刑！"他冷冷地说完，就转身走开了。

　　呆呆的唐龙只能看着地上冒出一件沉甸甸的衣服，不久，一声凄厉的叫声在二十三团的大厅响起。

第三章　虚拟实境

"可恶！我怎么这么倒霉？"

唐龙一边吃着好不容易完成训练后获得的食物，一边不停地发着牢骚："那些变态教官怎么会搞些远古时期的训练方法来啊？现在这个时代还注重体力吗？"

也不怪唐龙发牢骚，他来到这个基地已经一个多月了，每天都是负重跑步、游泳、仰卧起坐、俯卧撑、倒立引体向上等等体能的锻炼。

而且还不是衡量着唐龙的体力来锻炼的，机器人下达恐怖的目标后，唐龙要是没有做到就是一鞭子抽来。

比如俯卧撑，一下命令就是一百下，做不了就没饭吃加鞭刑，唐龙都很吃惊自己居然能够活到现在。

要知道在这个时代，除了体育运动员有超强度的训练外，一般的士兵都不用怎么训练体力。

现在只要动动手指，动动脑筋就可以打仗。何必搞得这么辛苦呢？

唐龙每次饭后有一个钟头的休息时间，看来机器人也了解吃饱后不能做激烈运动的道理。唐龙现在就准备利用这时间找点乐子。

"嗯，要是饭后来根烟那就是真的快乐似神仙了。"唐龙擦擦嘴站起来叹道。

他只是说说罢了，他可没抽过烟，而且就算想学一下也学不到，谁叫这个基地就他一个活人！

"呵呵，没想到我这个列兵居然可以佩枪。"唐龙按着腰间的那支激光手枪，表情有点僵硬地看着漆黑一片的大厅说道。

也不知道怎么搞的，自从他把饭厅炸了以后，大厅的电源就时有时无。

机器人教官倒没有追究他炸饭厅的事，反而配了一把手枪给他，也幸好身上有了把枪，唐龙在黑暗中才不会这么害怕。

当然他也不敢随便掏出来射击，上次一不小心射了教官几枪的后果，现在他想起来都觉得小腿肚会抽筋。

唐龙望着那漆黑一片的景色，咬咬牙，把手指扣入扳机内。当然仍然没有把枪整个抽出来，就这样按在腰间走出了饭厅。

他也不想离开一片光明的饭厅，但现在不但自己房间没有电，连这个饭厅也不知道什么时候会突然没电并把门关上。

被炸烂的门早就被自动修复装置弄好了。整个基地有电的地方只有娱乐室，那个地方唐龙几乎每天都进去一两次，那里什么立体游戏都有。也因为这个原因，唐龙才敢钻入黑暗的大厅去那个娱乐室。

"妈的！又变了！"

唐龙愤怒地骂道。他发现每次凭着自己的记忆来到原本是娱乐室入口的地方，都会变得不知道到了什么地方，搞得他要在黑暗中绕着大厅一个地方一个地方的找。

唐龙也不知道那娱乐室为什么居然不会感应到有人靠近就打开，一定要自己用手动才能进去。只能用没有电来解释了。

他可不知道军事基地电源故障发生率只有万分之一，要想产生电源故障，只有把整座基地毁了才有可能。

唐龙一边一手按枪，弯着腰仔细地在墙边摸索着，一边自言自语地替自己壮胆："真不知道哪个白痴把这基地的手动开门装置安装得这么低，搞得我才吃饱就要进行腹肌运动……啊，找到了。"唐龙摸到一个突起点，忙高兴地喊道。

他上次找到娱乐室的时候，休息时间已经过去了，因为要一个房间一个房间的打开来看。

所以那次后他就朝墙角射了几枪，但是又因为有自动修复装置，只好射个大洞，然后把废弃的激光枪能量弹加塞了进去，这样一来，自动修复装置就不会把这个标记给弄没了。

唐龙急欲打破昨晚打射击游戏的纪录，刚打开门想冲进去时，眼前的景象马上让他"妈呀"一声惨叫着瘫倒在地上，因为门口站着一个全身骨头都看得到的骷髅人。

唐龙一边恐慌地往后挪动，一边把腰间的手枪抽出来，举手瞄准就想开枪射去。但是在扣动扳机的那一瞬间，他发现了那个骷髅人眼中的绿光闪了一下，那是他最熟悉的光芒，是一种晚上做梦都会被吓醒的光芒。所以他心头一跳，忙把手压下，并结结巴巴地说道："教……教……教官好。"

那骷髅人点点头，阴森发白的牙齿上下裂开，一个毫无感情的声音从那儿传了出来："很好，你已经能够控制射击欲望了。嘿嘿，要是你刚才射中我的话，不知道两次谋杀长官的罪行，会有什么样的处罚呢？"说到这里，机器人眼中的绿光更亮了。

看到那种诡异的绿光，唐龙只觉得自己头皮一阵发麻，连忙爬起来恭敬地站在一旁不敢动。

"唐龙，你害怕什么东西？"机器人教官一背手，骨架相碰的

银河禁锢

声音让唐龙鸡皮疙瘩都冒了起来。

唐龙虽然不知道教官问这些干什么，但还是挺了下胸，响亮地回答道："报告长官，我怕软体爬行类的生物！还有……还有就是鬼！"说到这儿，唐龙偷偷地瞥了机器人一眼。

他被教官用变态的训练方法训练了一个多月，现在已经把军人的动作变成自身的条件反射了。

"哦？软体生物和虚构的鬼？"那机器人教官十分人性化地抱臂在胸，并用雪白的骨头手摸着金属下巴。

唐龙完全没有注意到这个智能机器人现在的模样，他现在根本不敢看那个一身骨头架的教官。

直到唐龙听到咔咔咔金属重物移动的声音从自己身旁经过，进入黑暗中后，他才敢睁开眼睛，心有余悸地望了一眼那藏在黑暗中若隐若现的金属骨头架。

当然望了一眼后，唐龙马上如兔子般的跑入娱乐室，他要通过玩游戏把那种不祥的感觉抛掉。

但唐龙才刚开始玩的时候，门外传来了一阵急促的哨声，这是结束休息的哨声。

唐龙不情愿地离开游戏机，来到门口的时候发现大厅没有跟以前一样变成白天，依然是一片黑暗。

那种不祥的感觉更加强烈了，唐龙正迟疑着出不出去的时候，游戏室的电源突然消失，整个基地一片黑暗，吓得唐龙慌忙紧紧地握住那把手枪。

正当唐龙恐慌不安的时候，远处传来了咔咔咔的声音。

听那声音，唐龙知道是机器人走动的声音，忙把眼睛睁得大大的，望着眼前一片黑暗的地方。

没一会儿工夫，随着那咔咔越来越近的脚步声，唐龙先是看到了十个晃动着的绿色光点，然后是隐隐约约白得发亮的五个骨架。看到那恐怖的一幕，唐龙紧紧握在手中的枪啪的一声掉了下来。但唐龙没有去捡，他现在不要说动，连闭眼这个简单的动作也吓得不敢做。

唐龙就这样眼睁睁地看着那五个没有穿衣服的机器人教官走到自己面前。机器人整齐划一地两腿分开，双手背在身后："立正！"

听到这句命令，唐龙无条件地双腿一并，啪的一声行了个军礼："长官好！"

然后学着教官的样子背手在后。直到这些无意识的动作完成，唐龙才清醒过来。不过现在唐龙没空去担心害怕了。

"现在宣布列兵唐龙为期三个月的训练目标！一，锻炼胆量；二，锻炼体能；三，锻炼躲避能力。有什么问题马上提出！"

这句话不知道是哪个机器人说出的，没见到谁的嘴在动。

唐龙听到这话马上把恐惧感不知道扔到哪里去了，他的好奇心占了上风，所以马上举手提问："报告教官，什么是锻炼胆量？"

没有人回答他。唐龙正想发问的时候，黑暗的四周起了变化，变成了一副阴森恐怖的森林环境。

"这个景象起码比一片黑暗稍微好一点。"打个寒战的唐龙这样想着，但很快他就渴望重回黑暗的怀抱。

因为除了这个阴森的环境外，四周还出现了一些蠕动的东西，唐龙定睛一看，居然是各种软绵绵滑溜溜的蛇、恶心的毛毛虫、恐怖的蝎子等等各种软体爬行类生物。还有各种只在立体电影里看到过的腐烂的僵尸，那令人反胃的尸虫居然爬满了那些僵尸的身体，并且随着僵尸的走动不断地掉落下来。

不用想，唐龙看到这么恐怖的一幕，当然是马上惊叫起来。教官当然也是马上提鞭就抽。唐龙被追着抽了好几鞭，仍然没有镇定下来，拼命地往墙角缩去，恨不得把自己塞入墙内。

"身为军人居然怕这些虚构的东西，你还混什么！听好！在一个月内你将在这样的环境中生活，饭堂仍然准时开放和关闭，要是在开放时间内没有吃到饭，那么那一餐你就要饿肚子！还有你只能用远古的金属武器反抗这些攻击你的影像。要知道这是《恐惧》游戏改良的虚拟系统，被击中的话，你受到的伤害是超越真实的。"

同样不知道是哪个机器人说的话，他们五个骷髅人声音落下，留下一把金属做的大刀后就消失在黑暗中。

唐龙虽然神志快要消失，但由于那些恐怖的东西没有靠近自己，所以还能保留几分神志，同时也听到了教官的话，他这个游戏爱好者当然知道《恐惧》这个游戏。

这个游戏是许久以前虚拟真实系统出现时的产物，直接通过神经触觉把信息传到大脑，使得面对的景象产生超越真实的效果。

当这游戏刚开始测试时，参与测试的一百个游戏者，神经失常者达到了九十人的恐怖数字，而且这一百个人全部变成了心理残废人，超强的心理治疗都不能医好。

这种心理残废是指在游戏中，假如被怪物砍断手，大脑以为这感觉是真的，就会放弃那只完好无损的手的功能，使得这只手在游戏后跟着变成残废。

由于游戏的真实感超越了真实，所以这个游戏还没有完成就被放弃了。

后来它被用来制造成飞机、赛车等游戏，同样因为超越真实的系统使得游戏者在失败时跟着身亡。

当然也有人利用这系统制造出色情游戏，可惜游戏者仍然被这恐怖的系统搞得精尽人亡。这个虚拟系统同样也被改进，但改进后却少了那种超越真实的感觉，变成了普通的立体游戏。

最后政府下了严令，禁止开发这种虚拟真实系统，因为它不但危险，而且还会使人分辨不出现实世界和虚拟世界。

于是这部禁锢的系统就被称为死神系统，而没有完成的《恐惧》则被称为死神游戏。

唐龙没想到机器人居然会把这套死神游戏挖出来，要是自己一不小心，每分钟小命都有危险。

当人面对危险和巨大的恐惧感时会有两种表现：一种是丧失自我，一种是超越自我。

唐龙虽然面对这些内心最为害怕的东西，但他也知道在这个系统里害怕只会带来死亡。

随着上方传来的合成声音："还有十秒游戏即将启动，请游戏者准备。十、九、八、七……"唐龙猛地跳起朝已经被大大小小的蛇裹住的大刀扑去。

他知道现在自己全身的汗毛都竖了起来，心里也被一种毛毛的感觉包围着，特别是触摸到那滑溜溜的软体生物时，感觉到头发都快从头皮上飞出去了。

但面对生命的诱惑，这些算什么呢？

唐龙在声音数到一的时候，捡起了那把刀，然后转身就跑。因为那些原本不动的物体开始发出恐怖的声音并朝他扑去。

"你们那五个金属王八蛋！我 X 你们三十六代的祖宗！一个月后我不把你们拆成废铁卖掉，我就不姓唐！"

唐龙的咒骂声从这森林中传了出来，当然还夹带了"去死

啊！""杀！""妈呀！"这些怒喝和惨叫。

唐龙面对巨大的危险时，根本想不起还有人时刻担心着他。

几十天前，数亿光年外的拉德星球。某城市的一栋公寓内，有一个人焦虑不安地拿起立体电话，这是一个风韵犹存的妇人，只见她焦急地等待着电话的接通。

一个中年人的立体影像出现了，他看到妇人微微一愣，还没开口说话，那妇人已经焦急地喊道："唐龙已经三天没有跟我联络了，怎么办？"

"三天？"中年人显然听到这话也吃了一惊，但又忙说道："我想他可能不知道在哪儿游玩，玩得不亦乐乎，所以才忘了打电话回家吧？"

"不可能！你也知道唐龙是很乖的，怎么会三天不跟我们联络。他……会不会出了什么事……"妇人说到这儿的时候有点哽咽了。

中年人忙安慰道："我们儿子这么机灵不会发生什么事的，要是真的出了什么事，警察早就通知我们了……好了，不如先报案吧，唐龙有身份证，很快就可以查到他在什么地方。"

那个早已泪流满面的妇人，这才想到还有这个方法确认儿子的安全，当然是立即按下立体电话。不一会儿，在那中年人头像的旁边出现了一个身穿警服的女警头像，她露出笑容问道："您好，这里是联邦警察局，有什么能帮您的？"

妇人知道这是虚拟人，属于电脑操控的，所以没有怎么客气就说道："我儿子失踪了，他的身份证号是 LADE〇一二五TANGLONG 三四一四〇五三一二二一。"妇人早在帮儿子办理身份证时就把号码背得滚瓜烂熟了。

"好的，请您等一下。"那女警仍然带着微笑，也没见她有什么表情，才停了一瞬间就说道："查到了，唐龙，男，拉德星○一二五区人，宇宙历三四一四年出生。三天前他在凯拉星球加入了联邦军队，现正进行军事训练中。"

"什么?!"妇人和那同时聆听着的中年人都露出了震惊的表情。他们没想到儿子才走了三天就成为了军人。

"这不可能，这不可能！他怎么能去当兵呢？不可能……"妇人不敢相信地摇着头。

中年人比较有魄力，很快从这震惊的消息中醒过来，他朝那妇人安慰道："当兵就当兵了，反正现在没有战争，最多是当个三年义务兵，而且唐龙这家伙整天无所事事，身体也那么差，去当兵锻炼一下对他以后更有好处。"

妇人只是一开始接受不了，但也很快清醒过来，对她来说儿子没有出什么事，就放下心中的石头了。而且正如丈夫说的，现在是和平时代，进军队锻炼一下也是好事，反正又不是不能去探望。

所以她拭泪后向那女警问道："他在什么训练营?"

女警又停了一下后才说道："对不起，这个属于军事机密，查不到。"

那中年人呆了一下，他可从没听说过训练营属于军事机密的事，要是训练营全都保密，那些新兵的家长不抗议才怪，所以他奇怪地问道："这不可能，你再查仔细一点。"几千年前就可以进行电话会议了，所以中年人虽然在另外一部电话线上，但仍然可以和女警讲话。

"好的。"

女警说完又保持着那种笑容不动，这次她沉默得比较久。那

银河禁锢

夫妇俩忐忑不安地看着那女警。

良久，女警摇摇头："抱歉，他所在训练营的保密程度是 SS 级的，连联邦元帅也不能知道。请问还有什么需要帮忙的?"

中年人张开了嘴巴合不回去，他是个挺有地位的商人，所以他知道国家最终武器的密码机密才能达到 S 级，而现在自己儿子的训练营居然是 SS 级的！那将是一个怎样的训练营啊?

商人敏锐的直觉让他觉得儿子陷入了十分危险的漩涡，所以他忙制止还想说什么的妻子，向女警表示没有什么事了。

妇人见那女警还没说清楚就消失了，不由不满地问道："怎么回事? 什么是 SS 级? 唐龙在什么地方?"

中年人露出严肃的表情说道："不要问这么多，等我回来跟你解释。你要记住，以后有人问起唐龙去哪儿了，你就说去外地读书了。不管是谁这样问，你都要这样回答，因为这关系到唐龙的生命安全。好了，你在家等我，我这就回来。"

妇人看到丈夫那严肃的表情不由呆了一下，她从没见过丈夫这么严肃的表情。虽然不知道发生了什么事，但为了儿子的安全，她还是点点头表示明白。

几个小时后，中年人出现在妇人身边，给她解释了 SS 的含义后，妇人也大吃一惊。

他们决定暂时不再询问儿子的事，不过他们也觉得奇怪，自己儿子是怎样的人他们最清楚了，这么一个平凡的少年能够参与 SS 级的事吗?

其实唐龙的父母多虑了，以前说过，联邦终端电脑是智慧电脑，"她"惟一的朋友就是那五个跟"她"活了同样年龄的机器人。

自从几百年前被人查出二十三团的存在，还差点被销毁的事发生后，"她"为了保护朋友，就把这个二十三团定位为国家最高机密，任何人都不能查询。

这次还是因为唐龙是几百年来第一个投考二十三团的人，在电脑中留下了痕迹，才能查到。不过现在就算唐龙父母想再查也查不到，因为所有的资料在"她"获悉有人查找二十三团后就修改了。

也因为这次的事，使得"她"对唐龙这个惟一出现在二十三团的人类产生了兴趣。

一个月后，五个赤裸金属骨架的机器人出现在大厅里，随着他们的出现，大厅那阴森的森林消失了，恢复了一片雪白的环境。

一个身上军服肮脏破烂、头发长长、身材有点单薄的人，低着头盘膝坐在大厅中央，他手中握着一把经过太多激光扫描而变得像镭射刀的金属刀，一股隐隐约约的杀气正从他身上透出来。

森林的消失没有引起这人抬头，机器人来到他身旁也没有让他有什么反应。

五个机器人教官一边打量着那个军人，一边聆听上空传来的合成声："游戏者唐龙，游戏时间二十九天零二十一小时三十五分五十三秒，消灭敌人一万八千六百零四个。"

机器人听到这个数字微微一愣，刚开始他们听到时间时，就猜想唐龙应该最多消灭敌人八千六百零四个，这是以一分钟杀敌五个来计算的，可没想到居然多出一万个。

"干得好，唐龙。这一个月生活下来，相信你那内心的恐惧已经消失了。"

机器人刚说完，被唐龙抬起眼睛瞪了一下，从来不知道恐惧

银河禁锢

为何物的机器人，突然发觉自己不敢面对唐龙的眼睛了。

这也是因为他们是智慧型的机器人，拥有跟人类一样的感情，才会出现这样的举动。不然的话，唐龙犀利的眼神就跟去恐吓电脑一样什么用都没有。

唐龙现在看到这些骨架机器人完全没有害怕的感觉，他这个月几乎是躺在死尸上睡觉的，虽然那是虚拟的，但十分真实，不但有腐臭味还有那粘粘的恶心感，这样的骷髅人对他来说简直是吓唬小孩子的，所以他一肚子气地跳起来举刀朝机器人砍去。

这一个月过的是非人的生活，那些虚拟怪物的攻击不但会让自己觉得痛，而且那些虫子沾到自己身上，那蠕动的粘粘的恶心感觉特真实，还有那些僵尸被砍死时飞溅的尸虫、尸水、腐烂的肉块，带着臭味洒向自己，立刻让自己把胃酸都呕光了。

这些还不算什么，一开始虽然害怕，但久而久之也就麻木了。可恼的是，吃饭、上厕所、睡觉，这些恶心的东西都会不知死活地跟来。

上厕所时要一边砍着那些偷看的僵尸，还要提防马桶里伸出来摸屁股的僵尸手。睡觉时更是要时时清醒着，一不小心就会在睡梦中被人偷吻。说到吃饭时就特呕，那些尸虫从主人身上掉在饭菜里蠕动的样子，能让自己三天吃不下饭。虽然不知道现在有多重，但可以肯定自己现在一定是人干。所以恼怒的唐龙拼命地砍着机器人发泄。

不过那金属刀虽然外表被磨得像镭射刀，但毕竟不是，所以除了当当当的碰撞声传来外，就只有唐龙手麻的感觉，机器人的金属还不是普通的硬。

"妈呀！"已经二十多天没有被电过的唐龙被连抽几鞭后，丢下大刀整个人在地上打着滚。

"你手持利器攻击长官，罚你俯卧撑三百个！不做完就没饭吃！"那个被唐龙猛砍的机器人冷冷地说道。

唐龙这才想起眼前这五个家伙不同于那些可以砍成粉碎的僵尸，全都是打不死而且还没有人性的机器人长官。识时务的他忙站起来立正："是长官！@＃x&％＊……"他也记起了只要自己先说了什么长官后，就可以用脏话骂这些家伙了。所以他一边做着俯卧撑、一边把这个月说得熟透了的脏话骂出口来。

没办法，这个月面对的都是不会说人话的敌人，不一边干掉他们一边骂着粗口那怎么行？一个月不说话会变哑巴的啊。

这一个月常常面对着死亡的威胁，唐龙的体能早就非比寻常了，这三百下俯卧撑做完虽然让他差点起不来，但那只是差点，所以他仍能够立正站在那里。

"很好，现在你休息一下，从明天开始的两个月，我们将进行躲避训练和体能训练相结合的训练。"机器人教官冷冷地说道。

唐龙一听这话，马上保持立正姿势整个人倒了下去，同时响起了呼噜声。要知道他这么久以来根本没有睡过一个安稳觉。

五个机器人看到唐龙倒下了，全都两眼射出红光扫描了唐龙一遍，然后他们分别走到唐龙的头部和四肢处站好。也没见他们怎样动，唐龙身下的地板托着唐龙慢慢地升了起来，当升到机器人腰部的时候就停了下来。

这时机器人绿色的电子眼突然变成了蓝色，十道蓝光开始在唐龙身上来回扫动。在十分钟后，唐龙有点黑又有点干燥的皮肤恢复了健康的颜色，此时机器人的蓝眼也恢复成绿色，不过好像那绿光没有先前那么亮了。最后，其中一个机器人把唐龙抱起，走向唐龙的住处。

剩下的四个机器人依然站在原位，他们虽然没有动，但却交

谈了起来：

"看来我们的能量不能支持一年了。"

"没办法，谁叫我们隔个三五天就对唐龙实施一次细胞活性化促进他的新陈代谢。不这样做，他如何能够支持下如此高强度的训练？"

"呵呵，想来唐龙也挺厉害的，待在《恐惧》里面一个月，居然没有留下什么后遗症。"

"还说，要不是我每天晚上给他施展意识催眠，他不疯也残废了。"

"不要摆功劳，剩下两个月要加强他的体能锻炼和实战技能。以后几个月就是谋略、战舰指挥和空战技能。"

"这不够啊，我还想了许多东西要教给他的呀，如怎么控制心理的课程，间谍课程……"

"好啦，你想把他变成特种兵啊？"

"不是特种兵，我是想把他训练成全能兵。"

如果没有看那站着丝毫不动的四个机器人，单单靠耳朵来听的话，一定以为是几个很要好的朋友在热烈地讨论着什么。

这时那送唐龙回寝室的机器人出来了，那四个机器人停止了讨论，全都回头看着那个机器人。

"不用多说，我们按照计划行事。我们惟一的学生不可能只当一个普通的士兵，要加强他指挥全局能力的训练！"

这个机器人明显是这五人中的头，他背着手说出这话的时候，其他四人全都双腿一并，啪的行礼说道："是！"

第四章　独领风骚

"奶奶个熊！我闪我再闪……"

唐龙戴着全息头盔坐在一架模拟机内，双手握着飞机的控制把手，身子随着机体的摆动而摆动着。他正利用休息时间玩着游戏呢。

机体猛地一震，唐龙握紧拳头由上至下地一顿，"耶！"接着向前方的空中伸出了中指，语气很跩地骂道："靠，这几天不是追得我很爽的吗？现在跩给我看啊，哈哈哈哈……"

他还没骂完的时候，身子猛地僵硬住了。他突然抱住戴着头盔的脑袋疯狂地喊道："这是真的吗？没有骗我吧……哇！太棒啦！我的等级升为Ｓ级啦！耶耶耶耶！"唐龙说完站起来，也不管自己是在驾驶舱内就举起双手扭着屁股跳起舞来。

此刻在二十三团，唐龙惟一没有闯进过的教官休息室内，赤裸的五个机器人教官全身插满线头，一动不动地站着。他们身后有着一大排的仪器，仪器上的信号灯不断地闪烁着。

成凸字形站立的机器人没有动，眼中的绿光也消失了，但是他们的交谈仍然继续着。这是直接通过电脑交谈的。

"唐龙这个笨蛋干吗突然跳起舞来了？"从这句话可以猜出整个二十三团的动静，都在这些机器人教官的监控中。

"这都不知道？他不是说他等级变成S级了吗？"

"哦，是说唐龙玩的那个太空战机格斗游戏啊。不过我很奇怪，游戏有什么好玩的，唐龙居然一有时间就跑去玩，连觉也可以不睡。像上次进行实弹躲避训练的时候，腿都被激光射了一枪，可才一止住血就一拐一拐地跑去玩了。"

"哼！玩物丧志！他就是因为老是沉迷于那些游戏，谋略指挥这些方面都没有学好。"

"呵呵，但是也因为游戏，他的格斗、太空战机的驾驶、武器的运用，这些方面的成绩都可以赶上我们了。"

"这有什么用！学会这些还不是最多只能当一名优秀的士兵！我们是要他成为一个杰出的军人，一名统帅大军的军人！不会谋略和指挥技能，他永远只能当一名平凡的士兵！"

"但是无论我们用什么方法，唐龙那家伙对谋略和指挥方面的知识都听不进去啊。那家伙情愿一天不吃饭，情愿被抽上几鞭，也不愿意去死记那些知识。"

这时仪器上的信号灯灭了，五个机器人的眼中同时亮起了绿光。

站在首位的机器人一边拔下身上的线头，一边开口说道："这是我们的疏忽，唐龙这个人的思维是属于单细胞的，也就是说他要通过身体去实践，才能掌握知识。像谋略、指挥这些知识，完全是思维化理论化的，你叫他如何掌握？"

这时他旁边的一个机器人狐疑地问道："可是现在联邦根本没有战争，我们这基地不可能配置战舰，虚拟程序也没有先进到可以勾勒出模拟的战斗。就算模拟出来也没用，真正的敌人是人，是连智能电脑也分析不出下一步会怎么走的人啊。这些军事基地的模拟程序只能搞些什么沙漠、荒野、恐怖分子的格斗战场罢了。"

"是啊，宇宙战的数据实在是太多了，根本不可能用电脑模拟出一场战斗的。"另外一个机器人也一边拔掉线头一边说。

"我刚才说过了就算是模拟出来了也没用，最主要的是电脑不能跟真正的人脑比，这样训练的成果在真正的战场上，完全没有任何用处！"刚才第二个说话的机器人忙说。

那个首领教官已经取下线头，开始穿起军服来，他一边穿一边说道："这个可以通过网络解决。"

马上就有教官插嘴说道："像唐龙玩的网络格斗那样吗？但现在最先进的网络终端也只能同时支持一百万个用户，一支普通的舰队都有几十万人了，这样搞来有什么用？"

那个首领教官没有理会，继续说道："我和我们的朋友已经发明了能够同时支持十亿人的终端，而且还可以同步接收整个宇宙的信息。"说着就把脑中的信息传给了其他机器人教官。

这时一个机器人教官开口问道："弄出这么厉害的网络终端有什么用？我们不是在讨论唐龙的训练问题吗？怎么说到这里来了？"

首领教官说道："我和我们的朋友在开发这个终端的时候，也开发了一个名为《战争》的游戏。"

他的话还没说完就被人打断了："噢，原来是用这个游戏教导唐龙啊，呵呵，这样敌人也是真人，而且这是游戏，唐龙也会很热心去学了。"

首领教官点点头："没错，这个游戏可以把真实的宇宙战争重组出来。除了没有真实的死亡和真实的物质损失外，所有的一切都跟真的一模一样。"

可惜他的话又被人打断了："可是我们就算有这个游戏有这

47

银河禁锢

个终端，我们怎么找到那么多的人来玩呢？我们不可能制作发行啊！"

首领教官正要说什么的时候，一个女性的、有点合成感觉的声音响起了："呵呵，这个没问题，我可以组建一个公司。"

机器人对突然出现的声音没有怎么大惊小怪，说话的那个机器人也只是奇怪地问道："组建公司？那是要钱的啊。"

女声继续说道："这个简单啦，随便申请一个账号，然后贪污一点公款不就行了吗？"

"噢，我倒忘了整个联邦的财政都是你掌管的。可是还有问题，申请账号要身份证，申请开办公司也要身份证，你有吗？还是你准备虚构一个出来？"

"这还不简单，这个终端和公司都是为了训练唐龙才搞的，把他的身份证拿来用不就行了？"女声平淡地说道。

就因为这句话，唐龙莫名其妙地就拥有了有史以来首家笼罩整个宇宙的网络游戏公司。

也因为这句话，唐龙成为前无古人后无来者、新兵训练费用投资最多的一个士兵。

那个机器人还不死心，继续问道："那公司地址、公司员工这些怎么解决？"

女声明显不耐烦了，金属合成声有了气鼓鼓的变化："有了钱还不是什么都解决了，要知道我可是掌控联邦所有电脑机构的，这是小事一桩。"

首领机器人这时开口说话了："我们的朋友，你准备怎么开始？"

女声笑道："先用唐龙的身份证申请一个银行账户，然后拨点钱进去，接着申请开公司，然后招聘人员，再接着让这些人员去其他国家申请公司，最后把那个终端和游戏全宇宙同步发行。好了，不跟你们说了，几百年来第一次遇到好玩的事，我要去干活了。"说着女声消失了。

这时一个机器人对首领机器人说道："我们这个朋友怎么变得怪怪的？好像人类的小女孩一样。"

首领教官说道："因为她几百年来第一次如此接近人类，也是几百年来第一次凭自己的感觉来做事，按人类的说法，她现在充满好奇与兴奋。"首领教官说完啪的一声立正，冷冷地说道："好了，各自维修。明天还要训练唐龙。"

那四个机器人忙跟着啪的一声立正行个军礼说道："是！"

而此刻不知道死的唐龙，正继续追求升级呢。

唐龙知道今天自己又要倒霉了，几个月来，每次看到教官手里拿着教鞭，就知道是谋略和指挥能力的训练了。

唐龙很不解，自己只是一个步兵，学那些格斗和间谍的技能还说得过去，但这些谋略的技能，不是参谋训练营才会开设的吗？

不愿再让脑细胞死亡的唐龙立刻把自己的疑问说出来，而换来的结果是三下鞭击和教官冷冷的话语："不想当将军的士兵不是一个好的士兵。你不想当将军吗？"教官的绿眼这时都紧紧地盯住唐龙。

挨了三鞭却跟没事一样的唐龙，马上双腿一并大声说道："我要当元帅！"

可以发现机器人眼中的绿光在唐龙说出这话的时候，突然黯淡了一下，但很快又亮了起来。

首领教官拿起教鞭往手心拍了拍，生冷地说道："既然你的

目标是当元帅，那更要努力学习指挥能力，以你现在的指挥能力，可能连一个人都指挥不了！"

唐龙先响亮地应了声是，然后苦着脸向首领教官说道："长官，不是我不想努力学好，但是看到那些文字，我就会头昏脑胀，连看都看不下去，不要说学了。"

教官没有理会他，双腿一并，接着冷声说道："从现在开始至训练结束的半年内，列兵唐龙除了继续进行体力锻炼外，其余时间全部用来进行谋略指挥学习！"说着转身就走。

唐龙心中大叫救命，但脸上神色依旧平静，只是呆呆地站着发愣，没有跟在教官身后。这时站在他身旁的一个教官狠狠地踹了他一脚，怒喝道："还愣着干什么！快走！"

大叹自己命苦的唐龙垂着头跟着教官前进，等停下后才发现来到了娱乐室。

唐龙虽然奇怪但也没有说话，只是眼巴巴地望着那些游戏机，暗自为它们可怜。唐龙以为教官要毁了这些东西呢！

首领教官来到一处墙根，此时墙壁突然分了开来，露出一个十多平方米的房间，和摆在房间内的六个闪亮的圆形机舱。

唐龙张着嘴巴合不回去了，自己在这个娱乐室待了几个月，居然不知道有这个地方，看来不久前学的间谍课程都给扔了！

"唐龙！"

听到自己的名字，唐龙条件反射性地立正，应了声："有！"

首领教官对唐龙的反应很满意地点点头，指着那些圆形机舱说道："这是最新的网络游戏模拟机，游戏的名称是《战争》，以后的几个月，你就在游戏里面学习谋略和指挥。"

原本有气无力的唐龙顿时两眼冒光，急切地扑到一个圆形机舱旁抚摸着，一边找着开门的按钮一边问道："大哥，这东西没见过，到底怎么用？还有那个《战争》是什么游戏？新上市的吗……啊！妈呀！"得意忘形的唐龙突然惨叫起来。

唐龙咧着嘴摸着被电鞭抽裂了一道口子的屁股，回头正要开骂，但发现五个教官都阴森森地望着自己，那些脏话冒到喉咙后又咽回肚子去了。

首领教官眼中绿色光芒大亮，恶狠狠地说道："你刚才叫什么啊？大哥？你以为这里是黑社会吗？"说着又狠狠地猛抽了一鞭。

唐龙这才想起自己一时得意忘形，把参军前在网上聊天时的流行称呼给说了出来，吓得他忙立正行礼："长官，对不起，我想知道这个玩意怎么弄，一时心急说错话了，请长官处罚！"说完咬着牙硬撑着被抽了两鞭。

因为唐龙这几个月已经掌握了机器人的习性，只要道歉，表示自己知道错误了，刑罚马上会变得很轻。

果然，首领机器人听到这话，也就不再抽鞭子，冷冷地指着突然打开门来的圆形机舱说道："进去里面，电脑自然会指点你如何做。"

早就想享用一下新玩意的唐龙也忘了在心中怒骂机器人了，行了个礼后马上钻进圆形机舱内。

唐龙发现里面除了一把很舒服的驾驶员椅子、一个全息头盔、一副电子手套外，什么都没有了。

唐龙不由地四处张望着自语道："奇怪，只有一个头盔和电子手套，这个游戏到底要怎么玩啊？"

此时那扇门慢慢地开始关上，唐龙这才发现五个教官已经戴着头盔坐在另外五个机舱里面了。"不会吧？那几个长官也要玩游戏吗？"唐龙倚在门边，探头探脑地自语道。

银河禁锢

　　不一会儿门关上了，四周一片黑暗，可说伸手不见五指。要是以前的唐龙肯定又会恐慌地大呼小叫起来，可是在《恐惧》这个死神游戏里面待了一个月的唐龙，当然是毫不在乎地摸索着坐在椅子上，并随手把头盔和手套戴上。

　　一戴上头盔，唐龙就知道这个头盔和其他的全息头盔不同，不说那些紧贴在脑袋各处的金属，就是头盔的样式也不同，不但大了许多，也轻了很多。

　　唐龙戴好后眼前还是一片黑暗，不由骂骂咧咧地在头盔上摸索着，他要找开关呢。可惜头盔外面除了连接了无数根电线外，根本找不到一个按钮。

　　正要大骂的时候，眼中慢慢地出现了光芒，好一会儿唐龙才发现自己身处在宇宙中，身边点点繁星，景色美丽极了。

　　"哇，真是迷人，没想到能够开发出这么真实的视觉感受，看来几个月没和外面联系，游戏的技术有了飞跃的发展呢。"

　　唐龙良久才感叹道。他玩游戏太多了，根本就没见过这么完美的景色，难怪会赞叹。

　　这时一个甜美的电脑合成声传入耳中："欢迎光临本游戏，本游戏的场景是太空战，本游戏极少手动控制，大部分是依靠您的脑电波来完成每一个命令。您是初次光临，请您输入游戏名。"

　　唐龙呆呆地望着眼前出现一个键盘和一个屏幕。不过玩惯游戏的唐龙立刻用戴着电子手套的手在键盘上输入了"二三 TL"，这个名字是他在这个二十三团玩游戏时的登录名。

　　按了确定按钮后，眼前出现了一艘巨大的战舰。那跟真实一样逼真的画面，让唐龙眼睛瞪得大大的。

　　此时那个合成女声继续说道："这是您的战舰，长五百米，宽一百五十米，主炮二十门，副炮一百门，没有导弹，没有战机。乘员两千人，等级C级。"

唐龙原本还痴迷地望着眼前的战舰，并愣愣地听着，可听到这些数字后马上呱呱叫起来："有没搞错！C级战舰是这些配置？联邦军C级战舰都有几公里长，乘员数万，主炮战机更是数以千计，还有数万的导弹啊！你这里的等级是怎么设定的？"唐龙只是一时气愤自言自语地喊着，根本没有期待电脑会回答。

可让唐龙吃惊的事发生了，那个电脑的合成声居然扑哧一声笑了起来："呵呵，本游戏的等级是这样设定的，A级战舰最低级，Z级战舰最高级。Z级的战舰长度有十几公里长，主炮和战机更是数以万计哦。啊，差点忘了，还有本游戏可以支持十亿的用户同时上线，我们的终端可以说是遍布全宇宙的，也就是说有十亿来自各地的用户在线上。每个用户只有一艘战舰，可以进行组队战斗，如果你厉害的话，可以指挥数千万艘战舰战斗哦。"

唐龙听到这些震惊得不知道说什么好，他是个网络对战迷，能够支持一百万用户同时上线的终端都算厉害了，但那游戏速度十分缓慢，搞得要进行分区。

可现在听那电脑的语气好像十亿人都可以同在一个区上线，而且现在自己根本感觉不到这个游戏有什么迟缓的动作，无论画面还是语音都是那么的真实，简直就像自己身处现实世界一样。

由于唐龙被这些吸引了，根本没有察觉到这个合成电脑的声音，居然会为自己的问话解答，而且语气就好像跟人一样拥有感情。

还有那些介绍游戏系统的话，一般都是在开头说出来的，根本不会说到一半好像突然想起似的补充说出来。

但是唐龙这个单细胞就算察觉有异，也不会想到其他方面去，只会以为这个游戏设定很厉害。

银河禁锢

其实在其他的游戏者面前，这个《战争》的引导程序是很正常的，只有唐龙他们这六部机子才会有些异常。理由很简单，机器人教官的朋友——联邦智慧电脑，担任了这六部引导程序的角色。

此刻唐龙已经身处在那艘 C 级战舰的指挥塔里面，他一边看着指挥塔四周忙碌的虚拟乘员，一边触摸着那些虚拟的机器。不论是触觉还是视觉，这一切都让自己感觉到真实、太真实了。

这时突然哔哔哔哔的声音响了，一个虚拟的军官跑上前来向唐龙敬了个礼："长官，有信号联络，请问接听吗？"

唐龙呆呆地看着那个跟真人一样的军官，突然哇的一声，伸手去触摸，但却扑了一个空。这时电脑合成的声音又响了起来："呵呵，不要去触摸虚拟的士兵，小心他们叛乱把你给杀了哦。战舰被毁坏，或者游戏者被杀死，就算游戏结束，这是会扣分数的。以后凡是联系玩家和查询游戏状况，都是在这个指挥塔进行的哦。"

这话让唐龙吓得忙收回手，他最怕扣分这个词了。这时那个军官再次问了一下，唐龙忙说道："嗯，接进来。"心中却在嘀咕：这个游戏居然设计得这么好，那不是很好卖？

战舰的屏幕上突然出现了五幅立体影像，这影像让唐龙大叫起来，因为正是那五个机器人教官的影像。唐龙条件反射地立正行礼："长官好！"

五个机器人也反射性地回了个礼，这时中间的机器人教官说道："唐龙，现在开始谋略和指挥的训练。为了让你能够更实在地掌握这些能力，我们将分为敌我两方，用尽一切办法击溃对方。我和另外两个教官组成一个阵营，你和剩下的两个教官组成一个阵营。从现在起我二三—三 C 四一和二三—三 C 四二、二三—三Ｃ四三将是你的敌人。请好自为之。"说着三个教官的图像消失了。

在唐龙还愣着的时候，剩下的两个教官向唐龙行了个礼说道："二三—三Ｃ四四、二三—三Ｃ四五从现在起接受二三ＴＬ长官的指挥！"

唐龙刚开始还傻乎乎地跟着行礼，但听到这话忙跳了起来："听我指挥？你们叫我长官？"

那两个机器人点点头说道："在这游戏里面你就是我们的长官，将带领我们消灭那伙人，我们会辅助你学习谋略、指挥能力的。"

唐龙听到这些话高兴得挥了挥手："我命令，你们马上和我会合。"

看到那两个机器人立正行礼，口呼遵命地离去，唐龙心中别提有多么的爽了，看到这些整天欺负自己的长官叫自己长官能不爽吗？

唐龙已经打定主意一定要打败另外三个教官，让他们俯首称臣。

正当唐龙不可控制地准备放声大笑，电脑的合成声再次传来："不要高兴得太早，以后投靠过来的战舰有可能是敌人派来的刺客，还有当你的部队强大时，你还要进行职务分配，像军队的控制、后勤的保障、敌情的监控、军舰的维修和管理，还有好多繁琐的事啦，这个游戏可不是单单进行战斗就可以的哦。"

"啊！还有这么多麻烦的事吗？"已经习惯找到敌人就开打的唐龙大惊失色，当他询问电脑怎么办的时候，原本很好说话的电脑突然不吭声了，被问急了只说了句："不要什么事都问电脑，这些只有问自己的队友！"搞得唐龙只好撅撅嘴说小气。

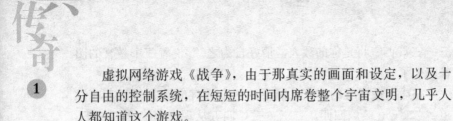

虚拟网络游戏《战争》，由于那真实的画面和设定，以及十分自由的控制系统，在短短的时间内席卷整个宇宙文明，几乎人人都知道这个游戏。

各国报纸都以大量篇幅刊登了这个举世无双的终端系统。系统强大的功能在震惊世人之余，也引来了某些有心人的关注，因为这是第一个可以笼罩全宇宙的系统啊。当前的通信虽然很快捷，但这是在国内，国与国之间，还是要通过复杂的信息交换系统来联系。

这些有心人刚开始只是各国的政府工作人员和商人及一些黑客。可惜的是，黑客在用尽无数技能后始终进攻不了这个系统，只能无奈地向世人宣告此系统安全等级属于超等！

这样一来各国军方和各种隐藏在幕后的势力都纷纷注视起这个系统。不过可喜的是，这些人无论用什么手段都找不到开发这个系统的主人，只知道这个系统是由公司总裁设计的，总裁的名字则是一个谜，没有一个员工见过这个总裁。

各种势力在找不到目标的情况下，只好把动作放缓下来。

联邦最前沿的骨龙云星系骸可星球上。某城市内《战争》游戏连锁店内。

无数个圆形机舱摆在宽大的大厅内，由于《战争》游戏的火热，没有这款游戏的城市屈指可数。

此时一个机舱的门打了开来，一个身穿合身军服、有着一头金发、身材高挑的女子走了出来，她狠狠地用穿着军靴的脚踢了一下机舱，并气愤地骂道："可恶！又败给了他！"

她身旁的五六个机舱也在这个时候打开了，出来的人全都是身穿军服的美丽女子，她们出来后也全都是一脸气愤地围在金发女子身旁。这时一个肩上挂着中尉军衔的女子，对那金发女子说道："长官，不用生气，以我们的实力被二三 TL 军团全灭，很正常呀。"

其他女兵也七嘴八舌地说道："就是呀，那个二三 TL 军团有几百万艘战舰，我们这几艘战舰怎么打呀，能够跟他旗鼓相当的只有二三一三 C 四一的军团了。不如我们下次加入这个军团吧？"

"那个二三一三 C 四一和二三 TL 好像是一伙的吧，上次他们两个军团就合伙消灭了不久前最庞大的舰队啊。"

"真是的，怎么排行榜上的前几名，名字都有个二三呢？"

这时那个中尉察觉到自己的长官好像不是为了打败仗而生气，于是靠前一点低声问道："长官，您认识那个叫二三 TL 的人吗？"

那金发军官抬起头挽了下头发，露出一副美丽的容貌，只是那神态给人的感觉是这个美女十分好强。此刻可以看到她的肩膀上赫然挂着少校的军衔，手上还佩带着战机飞行员的臂章。她摇摇头语气失落地说道："我在几个月前玩太空战机格斗战的时候，被一个叫二三 TL 的人击落了。"

这话让那群女兵都惊呼起来，那个中尉更是震惊地问道："长官您可是联邦军最年轻的王牌驾驶员啊，居然被人击落？这个二三 TL 会不会是其他国家的王牌驾驶员呢？"

那少校美女继续摇摇头："我玩的是国内网，我可以断定他不是驾驶员，因为他刚开始时，没有什么特别的技术，被我轻易地击落过好几次。可后来他的技术越来越厉害也越来越成熟，才几天工夫我就远远地落后于他，但是他在把我击落后就再也没有出现过。我再次见到这个名字的时候，就是在这《战争》游戏里。"

中尉美女终于知道为什么这几个月来，长官一有空就拉着一大票人来玩这个游戏了，她笑着问道："长官，你跟他联络过吗？这个二三 TL 军团的首领是那个击落你的人吗？会不会搞错了呢？"

少校美女说到这儿咬了咬牙："就是他！我跟他用语音联络过，他一见到我的代号就嚷嚷什么手下败将，并夸耀把我击落时的情景。可是当我向他挑战的时候，他就笑嘻嘻地以没空玩为理由拒绝了。他根本不让我有报仇的机会！可恶！"说着又踢了一下身旁的机舱。

中尉美女听到嚷嚷和夸耀这两个词语，不由地呆了一下："这么说来那个二三 TL 还是个小孩？不是小孩根本不会做这些动作的啊。"

她看了看那个气鼓鼓的长官，不由地苦笑一下："这个长官就是这么好强，不过也幸好是在游戏中被打败，要是战场上被击落了，还能有机会想着报仇吗？"

那些女兵看到少校美女气鼓鼓的，忙上前安慰，大骂那个二三 TL 不是个东西，是个懦夫，居然拒绝对手的挑战，不用跟他一般见识。

那少校美女抬起头，狠狠地瞪了一下大厅屏幕上的排行榜上第一行写着的字：

战争功绩最高者：二三 TL、主舰等级 Y、麾下战舰三百五十四万二千三百四十五艘。

她冷冷地哼了一声："让我知道你是谁，有你好看的！走，回去了。"说着带着一票漂亮的女兵，在众多男人目光的注视下离开了游戏厅。

第五章　和平破局

　　宇宙现知的文明超过数十万，但是经过几千个宇宙年的征战，已经统合成三百五十六个大大小小的国家。

　　宇宙各国的文化很接近，除了政治制度不同，还有一些古怪的宗教信仰。也因如此才会有以宗教立国的国家，当然这在宇宙各国中只占了极少数。

　　宇宙中的国家政治体制一般分为：民主政治、帝王政治，还有奇特的宗族政治和宗教政治。

　　而唐龙所在的国家，就是民主政治的万罗联邦政府。

　　宗族国家，也就是几个姓氏家族联合，或者由单独一个姓氏家族统治的国家，这些国家都比较弱小，一般是几个星球联合在一起的，也可以说是同盟国。

　　虽说是家天下，但又不同于帝制国家，这些国家的权力是由家族成员把持的，有什么大事则由长老或几家家主共同商讨决定，没有帝制国家的绝对权力。

　　当然也有家族成员打败家族的其他人，从而获得国家绝对统治权的，不过这样一来这个国家就成为帝制国家了。

　　也许宇宙中生命诞生的过程都差不多吧，全宇宙的人种没什么特别奇怪的。要说有，就是一些原本还处于猿人时代的星球，在被临近的高等文明强迫接触发达文明后，变得有点不伦不类了。

虽说现在宇宙的主题是生命同等，而这些猿人也掌握了一定的科技。可是因为他们本身未进化的样子，而被一些发达国家的人戏谑地称为蛮族，而这些所谓的蛮族在所有国家内都有。

这些蛮族大部分只能待在自己起源的星球内，一边替自己的国家干活，一边慢慢地进化着。

在民主国家他们只是待遇差人一等，但还是拥有公民权利的。可是在一些帝制国家和所有的宗族、宗教国家，他们却完全处于奴隶的地位，身价连一部电脑都不如。

不要奇怪为何在宇宙年代还有奴隶制度存在，宇宙文明的过程虽然差不多，但是有些国家的文明进度缓慢，属于金字塔上层的结构还没到毁灭的时候，而且由于通讯技术还未能达到笼罩全宇宙的地步，一些偏远的地方信息还是十分闭塞。

信息发达地区一般是处于金字塔结构中的上层，所以领导阶层垄断了信息的流通，也就使得那些人不可能获得知识。

再加上也没有人会跑到那些落后的地方，去引导这些处于奴隶地位的人起来反抗。当然，就算他们想反抗也反抗不了，因为这些国家的当权者拥有跟其他国家一样的科技和武力。

现在宇宙中的国与国之间相处得很好，甚至有些国家提议建立宇宙联合政府。但是由于一些帝制国家的皇帝不愿意放弃自己的权力，而一些民主国家则争夺联合政府的领导权，另外那些宗族、宗教国家根本不愿意去接纳其他的国家，所以这个提议就作废了。

整个宇宙既知文明的人口大约有两百多万亿，共有五百六十多个星系，而全宇宙的行政星球也达到数十万个以上。

银河禁锢

唐龙所在的万罗联邦拥有十一个星系，大大小小的行政星球共有六千七百多个，人口大约三万亿，在宇宙各国中属于中等国家。

行政星球，也就是指在许久以前就存在的文明，以及以前没有存在文明但适合居住的星球。蛮族的猿人星也属于行政星球。

一个国家强大与否，在于行政星球的多寡，至于不适合人类居住的星球则不算是行政星球。

无人星球在每个星系中简直是多得无可计数，环境又都很恶劣，再加上只有少数几个才适合开采某些物资。

所以这些无人星就跟星球上的荒山沙漠地带一样，只有在战争需要时才会利用到某些无人星，至于平时是没有人去理会的。

原本和中央隔离了数个星系的行政星球，中央是很难控制的。但是随着科技的发达，使得太空船和信息传递系统拥有了空间跳跃的功能。由于这功能缩短了中央与地区之间的距离，才使得国家没有分裂。

而管理如此庞大的人口和地域，靠人力是不可能的，所以出现了管理系统——智能电脑。这种系统宇宙各国都有那么一套，区别只在于功能强不强大而已。

虽说太空船和信息传递系统可以在一瞬间就跨越数十万光年，但也没有厉害到可以横穿整个宇宙文明星系，因为技术限制了空间跳跃的范围。

太空船凡是跳跃一定的距离后，就要正常航行一段时间才能进行下一次跳跃。这个跳跃距离和航行时间，是随太空船的等级高低来决定的。

也就是说太空船等级越高，跳跃的距离越远，恢复跳跃能力的航行时间也就越短了。

而信息传递到极限距离时，会在安放于这个地点的固定接收器里停留一瞬间，然后立刻往下个接收器跳跃，所以通常信息都比太空船的速度快很多。

这些接收器可以是个拳头大的仪器，也可以是整整一个巨大的无人星球。

一般来说，在本国内的接收器都是无人星球，这是因为在无人星上建设的接收器，功率大也比较稳定。

而在战争中入侵敌国后，只能施放小型接收器来和本国保持联系。因为把敌国无人星的接收器变成自己的接收器，耗费的人力、物力及时间都十分庞大，还不如直接毁坏重建更省事。

当然这是在战争结束后才能做的，不然大型接收器才刚建好就被敌人破坏，实在是太浪费了。

当然，也别想利用空间跳跃直接进入他国领土。因为在国与国之间的边界上，都设下了使空间跳跃失效的空间屏障，也就是所谓的边境关卡。

这些关卡不但用于拦截飞船，也用于拦截外面的信息传入。这些屏障一般一个星系设置一个，国内星系的屏障平时一般不使用，只有在战争时期才开动，因为这样可以防止敌人突破边界星系后，长驱直入地攻入国家心脏。

不过为了与他国的信息交流，也就在关卡处弄了个信息转换器来接收信息，通过转换器过滤，然后自动把无害的信息传入国内。

至于太空船想要进入，那就需要关卡人员的检查，合格后才能通过。当然，使用战舰进攻的话，这些关卡根本挡不住。不过这样一来就是入侵了，布置在关卡附近的舰队会在第一时间赶来。

现在的宇宙很和平，表面上来说会产生和平是由于科学技术的发达。现在的科学技术早就解决了能源危机，也解决了粮食问题，可以说除了领土以外根本没有什么好争夺的。

当然除了领土外，精密稀罕的特种矿石也是争夺的目标，不过现在这个时候，都是没有某种矿石的国家向有这些矿石的国家购买，还不会动刀动枪。

虽然宇宙和平是众人的心愿，但全宇宙这么多人里面，肯定少不了会出现一些野心勃勃、希望一统天下的家伙在痴心妄想着，表面上和平的理由根本不能压抑住这些野心家，而真正产生和平的理由是：几乎所有的国家都掌握了恐怖的武器——终极黑洞弹。因此没有哪个白痴会在没有发明抵抗这种武器的技术下发动战争。

终极黑洞弹，也就是所谓的人造黑洞技术。

在使用这种武器时，可以在武器威力完全展开的一秒钟内，把直径一光年内的东西全部吞噬，而且武器还可以以最高威力状态维持十秒钟的时间。

也就是说一发终极黑洞弹在使用后，可以吞噬十光年的所有物体。据科学家用电脑演算，当十枚高等威力的终极黑洞弹，在直径一百光年的范围内同时或分次引爆，将会出现连锁效应，从而产生一个永恒不灭、不断扩大的黑洞，最终将整个宇宙全都吞噬掉。

虽说没有白痴会在一百光年内连续引爆十枚终极黑洞弹，但要是真的有一个以为只有自己才会引爆终极黑洞弹的白痴呢？又或者出现不得不放的情况呢？

由于这个恐怖的原因，宇宙就一直依靠这把悬挂在头顶的利剑，维持着表面上的和平，而现在宇宙的国家范围就是在这种武器出世后定下来的。

可是这个微妙的和平，突然被一个笨蛋破坏了。

"哈哈哈，中计啦，给我围上消灭他们!"唐龙踩在指挥塔的椅子上，得意洋洋地向属下命令道。他在游戏中的麾下战舰已经达到了数百万艘，是个经历了近万场战斗的指挥官了。

现在他的主舰等级已经达到了最顶的Z级，看着数以万计的乘员在自己四周忙碌着，唐龙还真的忘了自己身处游戏中呢。

在游戏中几个月的学习是这样的：机器人教官先教他一些计谋和战例，当然唐龙这家伙似懂非懂。

理论学习后，扮演敌人的教官就开始用这些计谋和战例在游戏中摆唐龙的道。当然，变为唐龙部下的教官会在一旁指点唐龙应付这些情况。

也不知道唐龙是天才还是沾上游戏的光，原本一窍不通的他居然能够依照教官的希望胜利反击。

银河禁锢

教官们在把有史以来所记载的谋略和指挥知识都教给唐龙之外，同样还教了不少人事管理、组织建设的知识。

由于这些机器人教官都具备了智慧电脑，他们脑中的东西几乎囊括了宇宙历史中的一切，所以教给唐龙的知识都是最经典、最有用的。

唐龙这家伙早就忘了学这些东西的目的，他只是为了能够让自己在游戏中获得好成绩而专心学习。

也正是由于这个原因，他不但飞快地掌握了教官所教的知识，连游戏引导程序所教授的金钱管理方面的知识，也学成并运用自如了。因为唐龙知道在游戏中没有钱就不能壮大军队更换装备，所以当然要掌握啰。

不过让教官们眼中绿光变成黄光的原因是：唐龙虽然在游戏战场上表现十分出色，但是要他在战后说出使用了什么计谋手段方法，他却目瞪口呆不知道怎么说。

问他怎么回事，唐龙只会搔头不解地说：我怎么知道用了什么方法，我只是直觉地认为这么做就可以打败敌人啊。搞得教官只能悲叹唐龙是单细胞！

唐龙今天好不容易不用跟首领教官开战，总算可以自由地选择对手增加分数了。唐龙虽然厉害，但是机器人教官更厉害，跟机器人教官开战，十场有六场落败。要不是休息时拼命找对手开战，唐龙的排名只能排在第四位。

唐龙乐呵呵地看着中了陷阱、正要被自己舰队团团包围的一伙敌人，他右手高高举起正想下令开火呢。当手正要挥下时，指挥塔突然响起了红色警报。

那些虚拟士兵顿时手忙脚乱地跑来跑去。这时一个虚拟副官连忙跑过来行了个礼，语气急切地说道："长官，敌人使用了终极黑洞弹！预计五分钟后将在我方中心爆炸。"

原本还在感叹那些虚拟士兵表情丰富的唐龙，听到这话吓得差点整个摔倒在地上。唐龙跳脚大喊道："什么？终极黑洞弹？价值一千亿元的终极黑洞弹?!"那虚拟副官听到这话神色呆了呆，然后才猛点着头。

《战争》游戏会这么受欢迎，很大程度上就是因为游戏里的NPC，会根据玩家的言行举止而摆出与之配合的情感系统，从而搞得很多玩家差点分辨不出哪里是现实，哪里是虚拟的了。

全宇宙的人都知道终极黑洞弹是个什么东西，所以唐龙麾下舰队的一些玩家纷纷发电来请示，当然更多的玩家不请示就用空间跳跃逃走了。

在游戏中死亡一次会被扣掉很多分数，这些视分数高低为生命的玩家，做出了和在真实世界遇到这种状况时一样的举动。

唐龙完全没有理会那些部下的请示，他正望着屏幕上显示敌人的图标惋惜着呢！"他们居然能够得到这个随机出现的武器，真是羡慕，那可是一千亿啊！要是卖了的话能够买多少艘战舰啊……"

这时那个虚拟副官焦急地催促："长官，只有一分钟了，请您快下决定，其他舰队都逃光啦！"

唐龙听到这话才清醒过来，忙望向四周，发现刚才还密密麻麻粘着自己的舰队群都不见了，现在居然只剩下自己这一艘主舰孤零零地待着。

看到这些唐龙不由地跳脚大骂道："他妈的！这帮有分数没长官的浑蛋！居然抛下我这个指挥官全跑了！妈的，给我使用黑洞化解程序！"

唐龙气愤地说完后又哼哼几声："哼！这帮笨蛋，难道不知道Z级战舰有破解终极黑洞弹的程序吗？临阵逃脱的罪可是很大的哟。"唐龙开始想像事后该怎么处罚那些玩家部下了。

随着唐龙的命令，战舰上的虚拟士兵又忙碌起来，不一会儿战舰上几门巨大的主炮开始开火，数道光芒射向远处飞来的那个虚拟终极黑洞弹。

终极黑洞弹先是爆炸开来，然后产生了一个数百公里大的黑洞，但是在开始准备无限扩大的时候，吸进了那几道射来的光芒，然后那个黑洞就这样有头无尾地突然消失了。跟没出现过一样。

此刻唐龙很跩地把手一挥命令道："突击！所有导弹发射、炮火全开、战机全体出动！"

他要乘胜追击呢，其实唐龙的旗舰可以说是游戏中惟一的一艘Z级战舰，要不是为了提携那些叫自己大哥的玩家升等级，唐龙早就单独跟敌人干了。他这艘顶级战舰绝对有这个能力哦。

那一伙原本期待打败最大军团进而获得巨大分数奖励的玩家，一下子从喜悦中掉落深渊，没来得及组织反抗就被唐龙扑入阵中。

强大无敌的炮火、饱和繁多的导弹、数以万计的战机、完美无缺的防护罩，有这些依靠的唐龙，简直就跟虎入羊群一样。才一会儿工夫，这个舰队就被唐龙消灭了。

游戏连锁店会把一些重大壮观的战斗画面播放到巨大的屏幕上，供在店内等待空机上线的客人欣赏，因此全宇宙准备玩这个游戏和路过看热闹的人，都看到了这壮观的一幕。

所有看到这一幕的人都呆住了，少年玩家呆呆地看着二三TL名下的积分不断地飙升着，而有一定年龄的大玩家则震惊得不能自已！

因为他们玩这游戏都知道，游戏喊出的口号就是等同现实，也就是说游戏中会产生什么样的效果，在现实中也能够产生同样的效果。那个恐怖的终极黑洞弹在游戏中被几道白光消灭了，那么照那个口号，现实中也会出现这种效果吗？

唐龙在消灭敌方舰队后，就站在指挥台上，一手抱着后脑勺，一手贴着肚子，扭着屁股跳起舞来了。

这是他胜利后的习惯动作，是以前玩战机格斗战时养成的习惯。而那些原本很配合的虚拟士兵则出奇地待在自己的岗位上，当没看见。

管理这个游戏的那个“她”原本十分热中于改正游戏，当时唐龙出现这个动作，她还想让那些虚拟士兵有相应的反应呢。但是她找遍了全宇宙的资料，都没发现当长官这样做的时候，士兵要出现什么动作？

她不由得苦恼了，因为不管是鼓掌、还是呆呆的、又或者是跟着跳，都和军队的风格不符啊。没有办法的她只好让那些虚拟士兵在唐龙跳舞时，当没看见了。

唐龙也没跳多久，他被无数个跑回来拍马屁的玩家部下围住了，统统是问恐怖的终极黑洞弹是怎么解决的。

这是游戏玩家希望学会绝招的大众心理，当然不乏某些有心人，怀着不可告人的目的询问着。

原本还想板着脸的唐龙被猛拍一阵马屁后，心情已经舒爽起来了。

他一得意，就把解决终极黑洞弹的化解程序公布出来。这个程序被散播到网上，立刻引起了所有有心人的注意。经过无数顶级科学家的研究试验，看到结果的有心人全都心花怒放了。

没过多久，各国的主要报纸、网站上都大幅刊登了这些标题：恐怖的终极黑洞弹终于到了变成废物的一天；《战争》游戏的伟大贡献——粒子恢复光线，黑洞的终结者；笼罩宇宙的乌云终于消散……

随着这些消息的传播，因终极黑洞弹而被压迫住的野心，失去了枷锁，开始蠢蠢欲动了。

不过在这个让全宇宙沸腾的消息传播开来后，许多国家的主要报纸和网站都在醒目的地方做了这样的广告："某某公司邀请《战争》游戏玩家二三 TL、二三一三 C 四一、二三一三 C 四二……来本公司开发游戏，请见到消息后尽快与本公司联系。"并在后面列出了许多优厚的条件。无数家公司的这些邀请启事，几乎把《战争》各种排行榜的前一万名内的玩家都扫了进去。

排行榜有总分排行、战功排行、后勤管理排行，总之现实中发动一场战争需要哪些人管理的职务都有排行榜。

刚开始人们还不知道怎么回事，可是在一些请不到一个人的小国家开始心急后，才恍然大悟。因为这些小国家居然明目张胆地登出这样一个消息："本国邀请《战争》游戏玩家二三TL、二三—三C四一、二三—三C四二……来本国担任官职！愿授予少将以上军衔或部长级以上政府职位！"

此时敏感的民众才从以前的报纸上发现，在那个解决终极黑洞弹的消息出现没多久，身边有弱国的国家都开始纷纷调动军队布置在边界了。此刻只有一个念头闪入众人的脑中："战乱将起！"

没有人会认为这样做的国家是笨蛋，因为玩过《战争》游戏的人都知道，里面的战争跟真实的一模一样，也就是说，排行榜上的人都具备统帅舰队和管理机构的能力。而且几个月前就有数条新闻报导，某某将军称赞《战争》游戏是锻炼文武官员能力的好去处。

当时还有一个轰动一时的报导呢：某国舰队指挥官为了达到训练效果，带着数万的部下进入了《战争》游戏。这帮拥有统一管制的舰队所向无敌，没几天工夫就登上了升级最快的排行榜首位。

可惜在遭遇到二三TL和二三—三C四一的联合军团后，被打了个全军覆没。事后那个某国的舰队指挥官留言说，就算在真正的战场上自己也将是一败涂地。

其实各国军部早就密切注意着《战争》游戏，因为他们发现《战争》游戏里面出现了一些十分典型、十分适合做战术战略教材的战例。有些国家甚至把游戏里面的一些战例编进军事学院的课程里，而且还把学院的考核过程，转移到在《战争》游戏里面考核。

也由于这样，各国情报部都加紧搜寻《战争》游戏公司的总裁，同样也花费了巨大的人力，寻找排在排行榜上前六位玩家的真实身份，因为那些经典战例都是这六个人打出来的。

而且情报部最为重视的是首位的二三TL，因为这个人除了杰出的军事管理才能外，还发布了消灭黑洞的粒子恢复光线程序！

可惜也是可喜，没有任何一个国家声明获得这六人的效忠。

日子一天一天地过去了，虽然还没听说哪个国家发起战争，但是任何人都感觉到了一种紧张的气氛在全宇宙蔓延着。

《战争》游戏排行榜上的玩家越来越多表露出自己的真实身份，以及表明自己所效忠的国家是哪一个。众人这才发现这些玩家里面很多是现役的军官，当然也有一些普普通通的毛头小子。

《战争》游戏几乎变成了各国挑选人才的工具，虽然是属于秘密行事的，但这个消息还是被传了出去，搞得无数的民众涌入了这个游戏，也使得游戏终端第一次开始出现死机，也第一次开始以国家划分分区。

曾有财经报纸报导，如果《战争》游戏公司上市的话，可以在一瞬间成为全宇宙无可计数的公司中的第一。不过不知道什么原因，公司高层根本没有意愿上市，也就是说这个公司是私人所有的。

随着出现的玩家在排行榜上的等级越来越高，各国报纸的报道也越来越火热。人们的目光都望向了名字前面都是二三的榜上最前的六个玩家，各国邀请这六个人的价码也越来越高，甚至出

银河禁锢

现了授予元帅军衔的国家。

不过对于这些消息，这六个神秘的玩家没有理会，并且在《战争》游戏中消失了踪影。

原本就怀疑他们六个人是一伙的消息更是火爆起来。当然也不乏疑心之人怀疑这六人早被某国招揽进入军队，全都在暗暗畏惧这六个奇怪人物隐藏的能力，也因此战争仍未爆发。

不过拉住和平的绳索也变得越来越紧、越来越细了。

其实唐龙根本不知道外面的消息，也不知道自己被世人这么期待着，他现在已经脱离了《战争》游戏，重新过上了艰辛的体力锻炼生涯。

"妈的！我正要横扫天下的时候，偏偏就说训练提前结束，还要我背着几十斤的东西在这儿学兔子跳！"

唐龙穿着负重衣，背着手在二十三团的大厅里围着墙角向前跳动着。看到四周一片雪白，不由得又出声骂道："奶奶的，怎么不搞个虚拟场景来？不说搞些美女围在四周喊加油，起码也应该搞个风景迷人的田园风光来啊。看到这样一片白色的场景，我才跳了几百步就头昏脑胀的。"

他骂骂咧咧地跳到一个房间时，扭头朝门上吐了口口水："狗屎！这帮变态的家伙，居然要我在这样无聊的场景里跳上十公里，这不是要我的命吗？呸！"

唐龙再吐了口口水，抬头望着白色的天花板感叹道："唉，想当年本帅麾下何止百万，没想到竟落到如此下场，唉……"虽然唉声叹气，但是唐龙依然背着手努力地往前跳动着。

此刻在那沾满口水的房间内，五个机器人教官呆呆地站着不动，当然他们是在交谈着："没想到唐龙这么快就掌握了谋略和指挥的能力，看来游戏还真的能够锻炼人呢。"

"不过真是可惜啊，唐龙要是再在游戏里磨炼多一阵就比较理想了。"

"唉，谁叫联邦军打起我们六个的主意呢，没办法啦。"

"还是听我们朋友的话吧，以后都不要进入游戏了。听我们的朋友说，这段时间黑客的攻击几乎是成倍地增长，而且还都是有组织性的黑客集团。可以肯定是宇宙各国指派的，目的是想找出我们的用户资料。"

"没错，在等同真实的游戏里玩久了，会分辨不出现实与虚幻，早点离开是最好的。听说有许多年轻人现在都患了妄想症，我很担忧唐龙会不会这样。"

"就是因为这个原因，唐龙一出来，我就命令他做体力锻炼。在这样繁重的练习下，我想唐龙的心神已经再次回到现实生活中了吧？"

"看来《战争》游戏要适当地修改一下，要让玩家明确了解自己身在游戏里面才行。"首领教官插话说道。

"呵呵，这些我们的朋友会去修改的。唐龙那家伙居然无意中就把消除黑洞的程序发布出去，从而把宇宙的和平局势搞混了。看来唐龙他大展宏图的时机到来了。"

"是呀，宇宙一百多年来的和平就快消失了。我老早就知道，这种建立在恐怖武器——终极黑洞弹基础上的和平，根本不可能持久。"

"是吗？既然战乱就要出现，那为什么要隐藏唐龙的真实身份呢？有些国家愿意给唐龙元帅军衔啊！"

"唐龙这家伙太年轻了，让他一步登天的话，对他以后的人格和能力方面的发展都很不利。没有一个杰出的将军不是从士兵开始一步一步爬上来的，缺少了这一层的历练，根本不可能成为一名杰出的军人。"

"时间不多，我们体内的线路已经严重老化，体内固定能量也快用完了。还有什么没有教给唐龙的？"首领教官发话了。

"现在只剩下真实的生存危机考验了。"一个机器人教官回答道。

"嗯，唐龙在谋略和指挥能力方面，虽然说不出个所以然来，但他确实掌握了这些知识，以后就看他怎么运用自如了。好，我们就给唐龙上最后一课。"

机器人全都啪的一声立正行礼，口中答应道："是！"

第六章　震撼教育

唐龙跳着绕了一圈回到教官休息室门口，扭头又吐了口口水，可是这次那紧闭的门居然打开了，门口还站着一个机器人教官。而那飞出嘴巴的口水，十分准确地粘在教官的军裤上。

保持兔子跳动作的唐龙吓了一跳，但机灵的他十分迅速地伸手把那口水的印迹擦去，并一脸谄笑地说道，"长官，您这里脏了，属下帮您拍拍。"

教官当然知道唐龙刚才在干什么，也知道唐龙为什么突然这么卑微恭敬。看到唐龙的样子，教官的智慧电脑不由涌起了"哭笑不得"这个词语。

教官的骷髅脸上根本不可能看出什么表情，所以唐龙十分担忧地望着教官，他知道自己根本骗不了这些教官，看来等一下肯定要接受严厉的处罚。

在唐龙保持蹲着的动作，被教官那绿眼盯得发毛的时候，教官出声了："唐龙，你要具备指挥官的气质啊，怎能还如此顽劣呢？"语气虽然仍然冰冷，但却能从其中感受到一股关心的味道。

唐龙听到这话，张开了嘴巴说不出话来，在他印象中何曾听过教官说出这么关切的话语。

"这家伙不会是短路了吧？居然会说出这种话来。"这些话当然是唐龙在心中嘀咕的了，这话可不能说出来。

唐龙呆呆地看着这个机器人教官从自己身边走过，然后继续呆望着其他教官走出来。那些教官来到大厅中央排成整齐的一排后，一声冷哼从他们那里传来："列兵唐龙入列！"

唐龙忙跳起来喊道："有！"然后快步跑到教官们的面前，立正转身，啪的双腿一并抬手敬礼："长官好！"

教官们也是啪的一声立正回了个礼，中间那个教官开口说道："稍息！"这话一出，六个人一起放下手，双腿迈开，双手背在腰后。

"唐龙。"看到唐龙已经习惯在长官说出第一句话时就立正，首领教官好像很满意地点着头并示意唐龙稍息。

"唐龙，下面将进行最后一项训练，也就是生存危机的训练。"

听到教官说出这些话后，唐龙就开始猜想教官又会搞出些什么东西来训练自己，当然也有了终于要结束的宽慰感。不过听到教官接下来所说的话，唐龙头皮有点发麻了。

"这次的训练不在本基地训练，而且也不是什么虚拟训练。如果你在训练中阵亡的话，那么你就真正的死亡了。你是一个步兵，你的愿望是当一名元帅。理想很好，但要想当元帅最基本的条件是什么？"

唐龙想也不想就立正响亮地说道："报告长官，是功绩！只有傲人的功绩才能当上元帅！"

"错！"首领教官冷冷地说道，"只有保存自己的生命，才有机会当上元帅。就算你的功绩傲视整个宇宙，没有了自己的生命就没有一切！你以前所做的努力，在你失去生命后，这一切都会烟消云散！"

唐龙听到这话，不由得呆了一下，心中开始嘀咕了：难道教官准备教我如何当逃兵？

　　教官也许看出唐龙的心理变化，冷冷地哼了一声："一个逃兵是不可能成为元帅的，而且现代战争里，单独的个人根本不可能成为逃兵。"

　　唐龙知道教官说的意思，现代战争，是战舰对轰的战争，待在战舰上的士兵，就算想逃也逃不了，最低限度要舰长愿意逃走才能跟着逃出去。

　　要是遇到舰长是个不知进退的白痴，那么待在舰上的士兵，只能向众神请求保佑。想想也是，在太空中一个士兵要怎么逃呢？想搭救生船还要看管理的人肯不肯让自己上去。而且很可能刚上战场的一瞬间就被敌人击得粉身碎骨了，这样别说想逃走，可能连逃走的念头都还没冒出来呢。

　　教官看到唐龙疑惑的眼神，继续冷冷地说道："这个训练也就是教你在复杂的环境中如何既保存自己，又有效地杀死敌人。我再重申一次，这次的训练不在基地内，而且你稍微大意就会立刻死亡！"

　　唐龙吃惊地张着嘴巴，以前都是些虚拟的训练，而且就算实弹训练，教官也没有朝自己的要害进攻，并且受了伤还能立刻获得医疗。

　　现在照教官的说法，自己这次训练是九死一生啊。唐龙这数个月以来也不是白混的，震惊了一下就恢复正常，马上想到不在这基地训练，那要在什么地方训练的问题。

　　机器人教官听到唐龙问出这话后，没有说什么，把手一挥，带着机器人朝一个墙角迈步走去。

　　唐龙呆了呆不知道教官要干什么，但机器人回头看了他一

下，那意思是叫他也跟上去，所以只好跟着他们来到墙角，愣愣
地看着白色的墙壁了。

他们站定后，白色的墙壁在唐龙吃惊的目光下，突然分裂开
一道大门，而且原本不可能动的地板移动了起来，把他们一行人
全都送了进去。那道分裂的墙壁，在他们进去后立刻合了起来。

唐龙四处观望着，但除了教官那放出绿色光芒的眼睛之外，
根本看不到什么，一片黑暗。

"幸好现在我不怕黑暗了，不然来到这样的地方还不是被吓
死？"唐龙撇撇嘴想着：还真是奇怪，这个基地怎么拥有这么多
奇怪的地方？按说这个基地的墙壁我已经摸了数十遍，怎么没有
发现这个地方呢？而且地板一直移动，到底要到哪里……

唐龙还没想完就被眼前出现的一幕吓了一跳。

黑暗中出现一道微光，随着距离越来越近，可以发现那是一
扇门。此时地板停止移动了，门自动打开，一道光芒从里面射了
出来。适应光芒后的唐龙，发现教官都走了进去，当然是连忙跟
上了。

进去一看，唐龙又是一惊，因为里面居然是一个小型港口！
这个港口不是自己来的时候看到的港口，因为这是一个军港！

唐龙的目光被摆在港口的一艘战舰吸引住了，虽然那艘战舰
不大，而且还有点旧，好像最多乘员五千多人。但那战机弹舱居
然有数百个之多，导弹的发射舱更是有数千个，而且那装备繁多
的主炮和副炮，都让唐龙吃惊得说不出话来。

因为这艘体积瘦小、在战争游戏里面只属于 D 级的战舰，
居然具备了航空母舰才有的战机弹舱，而且还具备了 G 级战舰
的火力。这到底是什么战舰啊！

在唐龙呆呆地跟着教官走向那艘战舰的时候，战舰的登陆口

打开了，随着咔咔的声音，走下了十来个军人，看到这些军人脸孔的唐龙不由揉了揉眼睛，因为他发现这些军人全都是穿着军服的机器人！

"啪。"他们整齐划一地行了个军礼，唐龙忙跟着教官回了个礼。此时首领教官对唐龙说道："唐龙，你将以列兵的身份加入这艘战舰。以后你就跟着这些长官进行最后的锻炼。"说完就和身旁的四名教官离开了。

唐龙已经不在意教官的离去，因为他痴痴地望着那些机器军人的肩膀。上面挂着的军衔最高的是中尉，最低的也是个少尉，只是他们的军服不是任何一个国家的，是单纯的黑色。想到自己要以列兵身份加入他们，那就是说以前在游戏中自己的领导地位已经不再复还了。

此时两个机器军人咔咔走到唐龙身旁，不等唐龙反应过来，就架起唐龙，朝战舰走去。吓得唐龙拼命地挣扎，并高呼："不要！你们要干什么？放开我！"

可惜那些机器军人好像都没有言语功能，完全不理会唐龙，架着唐龙走入战舰。唐龙挣扎着进入战舰后便忘了挣扎，因为里面全部的军人都是机器人。此时登陆口关上了，架住唐龙的机器人立刻松开他，并且和那些军官机器人离开了。

此时剩下的一个少尉机器人向唐龙一招手，就朝战舰内部走去。唐龙发现自己不能离开，只好忐忑不安地跟着那个机器人走去。

路上不论唐龙如何巴结，那机器人都是一声不吭地走着。直到来到一个门口，才停下朝唐龙一挥手。

在唐龙跑上前来的时候，门被打开，一个同样的机器军人站在门口。没见那少尉机器人说话，那个挂士官军衔的机器人敬了

银河禁锢

个礼，转身走了进去。唐龙好奇地想走去看看门内有什么，但那个士官机器人已经重新站在门口，并把一堆东西塞给唐龙，然后回去，关上了门。

唐龙伸手接过，还没细看怀里的东西是什么，那个少尉机器人又是一挥手继续前进着。唐龙只好一边走一边查看自己怀里的东西，发现有一套黑色的太空战斗服，一副太空战士的安全头盔。

"呜呜，这不是要我当士兵吗？而且还是格斗战的士兵，这个训练到底要干什么啊？"唐龙哭丧着脸嘀咕着。

随着那个一声不吭的少尉，唐龙来到了一个大厅，一个站了数十个机器军人的大厅。那少尉朝一个来向自己敬礼的准尉回了个礼，并指了一下唐龙，然后再次回了个礼就离开了。

唐龙见那少尉没有向自己招手，只好呆呆地抱着衣服站在那里，看着眼前的这群机器人。

这帮机器人个个都是全副武装，除了没有穿太空服外，激光连射枪、镭射刀、爆炸手雷等武器几乎挂满了身子。

此时那个准尉拖了一个一米长、半米高宽的箱子来到唐龙的面前，对着唐龙指了一下那个箱子就转身离开了。

唐龙知道这些机器人都不愿意说话，自己说了也白搭，只好叹息一声，打开箱面绘有二十三数字的箱子。

看到里面是全套的轻兵器，唐龙就知道这个箱子是自己的武器库。此时墙壁上的喇叭响了起来："起航，还有六十分钟将进入战斗区域，请众将官准备。"

"不是吧？我才刚来没多久呀，居然一个小时后就要战斗！"唐龙失声惊叫起来，但看到那些机器人听到广播后，都开始检查起自己的武器，不由慌忙地穿上战斗服，戴上头盔，也手忙脚乱地开始装备起武器来。当然唐龙是参照机器人身上的装备来挑选的。

端着激光连射枪的唐龙，有点不安地在大厅走来走去。他一直以来的训练都是虚拟的，所以虽然场面激烈，但心中都知道自己是没有危险的。但现在自己明显要进入真正的战斗了，那面临真正战争的危险味道，他现在真的感受到了。

特别是自己身旁的战友全都是冷酷的金属机器人，唐龙更是担忧，因为这些机器人没有给他面对教官的感觉。

那感觉好像是这个小队只有自己才是活人，这些自己要跟着出生入死的战友全部是没有生命的机器！

正当唐龙受不了这一片沉寂想大声叫嚷的时候，头盔的耳塞中传来了控制塔的声音："进入战区，发现敌人，战斗开始！"

话才刚说完，唐龙只听到无数声巨响，接着战舰不可控制地晃动起来。听声音，唐龙知道战舰开炮了。

不久，随着巨响，战舰一震，把唐龙震得倒在地上，当唐龙狼狈爬起来的时候，红色的警报响了起来，喇叭也传出了"左翼D区受损，立刻进行维修。战机出动，登陆部队准备！"的命令。

唐龙呆呆地看着没有摔倒的队友，十分迅速地朝一个舱门跑去。那个准尉看到唐龙还愣在那里，便瞪着冒绿光的眼睛走过来，先是一脚踢在唐龙的肚子上，然后把他提起，扔到那个舱门门口。

现在唐龙也顾不得疼痛，他看到那个准尉已经提枪对着他，忙吓得连滚带爬地跑进舱门。

心中虽然咒骂着，但他已经没空去思考，以前学习的指挥技能在这个时候用不上，也不需要他去烦恼。

他意识到自己只是一名列兵，一名临战退却就会立刻被枪毙

的士兵。以前在游戏里面统帅百万大军的场面不可能出现，自己那高高在上的地位也不再复还。自己只是现实世界的一名列兵啊！

在这一刻，唐龙以前在虚拟世界中拥有的那种高高在上的感觉彻底消失了。

唐龙胆战心惊地偷看着站在自己身后的准尉，正不知道如何是好的时候，那准尉超过自己朝前走去。

唐龙看他走远，紧张的心情微微放松了一些。此时他才发现自己这边的人排成一列站在走廊里，身后的那个舱门已经关上，那这些人待在这里要干什么呢？正胡思乱想的时候，前面出现一道门，前头的人依次走进去。唐龙经过那准尉的时候，心虚地低下头不敢去看。

进去后，唐龙立刻发现这里是个船舱，可能就是自己这队的登陆舰。看到队友都找了个位子坐下，也连忙就近坐下，并把稳固身体的架子拉了下来。唐龙现在已经学乖了，既然自己上了这艘贼船，那么就尽快适应吧。不然那个老盯着自己的准尉，肯定是一看自己不顺眼就又一脚踢来。

此时喇叭传来了那个声音："登陆部队出击！"

听到这个声音，唐龙只觉得自己身子一震，耳朵一阵轰鸣，然后身子好像一轻，如果没有防护架固定着，自己肯定漂浮起来。看来登陆舰脱离了战舰。

登陆舰的兵舱是密封的，唐龙只能感觉到外面巨响不断，根本看不到战场是怎么样的，也不知道这帮机器人的敌人是谁。

突然登陆舰激烈地震了几震，舱内的警报灯不断地闪亮起来。

唐龙从刚才的巨大震击中，感觉到登陆舰被击中了，心中的恐惧不可控制地飙升起来，"我不要啊！天啊，宇宙所有的神啊，保佑我这个可怜的列兵不要如此年轻就死去吧。呜呜，我还没有和女孩子约会过，我不要这样死了啊！"

唐龙正求天拜地的时候，飞船突然遭到了更大的震动，在唐龙就以为这样挂了的时候，固定自己的防护架自动升了起来，接着舱门被打开，机器士兵端着枪如潮水般的冲了下去。

正迟疑着的唐龙被准尉一瞪，连忙跳起来，跑出了登陆舰。

唐龙下来后立刻被眼前的景色震呆了——眼前一片荒芜的黄色荒地，看那夹着黄沙满天飞的风暴，唐龙知道自己所处的地方是一颗无人星，因为有人居住的地方不可能出现这种景象。在自己两旁和身后，停放着无数的登陆舰，当然也有许多冒着火花的登陆舰残骸。

无数个跟自己穿一样黑色军服的机器士兵，密密麻麻地布满了大地，而且从天空无数个爆炸的火花，可以知道太空中正进行着激烈的战斗。

看到这些唐龙吃惊了，这说明太空中起码有数千艘战舰啊。因为没这么多的战舰，根本不可能派出如此多的登陆舰和士兵。

唐龙跟着数万的机器人士兵，伴随着巨型坦克向前跑动。

"宇宙中何时冒出这么庞大的机器人军团？他们所面对的敌人到底是谁？"这个想法才刚升起，无数道的激光扫射而来，伴随着激光的是无数枚的导弹。

自己这边的机器人一下子就倒了一片，坦克也被击毁了数十辆。唐龙忙握紧了激光枪骂道："他妈的！想那么多干什么？现在保命要紧！"

双方的低空战机已经在头顶交战起来，唐龙也随着部队前进了数十公里。完全没有看到敌人的影子，看到的只是被前方友军击毁的坦克和无数散布于地面的金属片。看来自己这方节节获胜呢。

"奶奶的，这到底是什么战争？现代战争还有这样惨烈的地面战吗？敌人到底是谁？居然能够在这样的星球生存，并且还能抵抗这么多的机器士兵！"唐龙骂骂咧咧地跑动，他经过这场战争气氛的熏陶，已经不太害怕这是真实的战争了，而且以前玩游戏时的习性又涌了起来，他现在渴望能够朝敌人开枪啊。

这时头盔中传来"遭遇敌人！"的警报声，唐龙忙睁眼望去，看到出现的敌人，唐龙不由得瞪大眼睛忘了眨眼。

因为出现在他面前的敌人居然也是机器人，只不过是穿着红色军服的机器人！

唐龙还没反应过来，身子被人猛地一推，接着一声巨响，震得唐龙七荤八素的。唐龙正要对推自己的人开骂，但那些话语才到喉咙就吞了回去。

因为推他的人是那个准尉，而且刚才自己站的地方被炸了一个大坑。看到坑内的黑烟，唐龙打了个寒战，要是没有被推开，自己肯定变成粉末。

唐龙对那准尉的感觉突然改变了，原来这些机器人也有保护战友的程序啊。唐龙看到准尉被泥土盖住了大半的身子，忙去拉他，拉出来一看，唐龙不由得瘫坐在地上，因为那准尉只剩下了上半身。

此时头盔内响起没听到过的合成声音："浑蛋！拉我干什么？开枪！快开枪！"

唐龙呆了呆，这时一个己方的机器人，走上前来端起枪对准准尉的骷髅头，一扣扳机，整个金属的头颅立刻粉碎。

唐龙立刻端起枪对准那个士兵，怒骂道："你干什么！"

那机器士兵，嘴巴动了动，唐龙耳中传来冰冷的金属声："被敌人俘虏了，我们会变成他们的人。"那机器士兵才刚说完，又猛地把唐龙推开，一枚手雷落了下来。轰的一声，这个机器士兵变成了一堆废铁。

唐龙神色呆滞地看着那段落在自己面前的机器手臂，但他很快咬咬牙，爬起来，端起枪大喝着朝前冲去。

能量弹夹已经用完，手雷更是早就没了。唐龙只能提着镭射刀拼命地砍着。

红色军服的机器人虽然是金属制造的，但仍抵抗不了激光镭射刀的攻击。可惜镭射刀的能量也有用完的时候，此时数个红色机器人已经端起枪瞄准了没有任何武器的唐龙。

"原来这就是战场……"唐龙捂住流着鲜血的手臂，呆呆地想着。

虽然这个战场是机器人与机器人之间的战斗，但却给了自己一种惨烈的感觉，而且跟自己以前沉迷的战争游戏不同，在这里死亡是确定的。

唐龙叹了口气，闭上眼睛，他知道自己就要死在这里了，心中不由自嘲地笑道："还想当元帅呢，没想到最后一次训练也过不了。"

正当那些红色机器人要扣动扳机的时候，一声响亮的声音在空中响起："战斗结束！黑方胜利！"那几个红色机器人闻言松下了枪，转身走了。

唐龙呆呆地望着战场上的机器人咔咔地走回自己的阵地。此时他们就算看到不同颜色的机器人也不会进攻。

"这是怎么回事？"唐龙刚失声喊道，头盔中传来了"战斗结束，登陆部队三十分钟内立刻回舰"的命令。

　　唐龙忍痛缓慢地依靠头盔的指示走向离自己最近的登陆舰，上到登陆舰后，发现原本可以坐五十人的位子，现在只坐了十多个断手断脚的机器人，他们断口处露出的电线，不断地闪着火花，在昏暗的机舱内显得特别阴森。

　　唐龙看到这些机器人都静静地坐着，根本不理会伤口，也只能强忍自己的伤痛。多亏机器人教官变态的训练，不然自己现在肯定不能享受这种痛苦了。也幸好两个机器人推了自己一把，要不自己早就变成粉末了。

　　"机器人为什么会救自己呢？要是说他们有保护同伴的程序，那为什么不救其他的机器人呢？"

　　唐龙想到那个士兵毫不犹疑地把不能动的准尉摧毁，知道机器人是不会在乎自己同伴的，"但为什么我是个例外？还有那句变成他们的人的话怎么理解呢？是不是会对俘房修改程序变为自己人？"

　　唐龙正在思考这些机器人和战斗是怎么回事的时候，机舱内传来："时间到，立即起飞！"

　　唐龙听到这声音不由自主地望了一下正要合上的舱门，猛地发现有个机器人抓住门边想要爬进已经起飞的飞船。

　　唐龙忙喊道："等一下，还有一个！"边喊边准备去拉那个机器人，可惜舱门毫不停顿地关上，一截冒着火花的机器手臂落在了唐龙的脚下。

　　唐龙呆呆地望着那金属手臂，然后又呆呆地望着毫无反应的机器士兵们。

　　良久，唐龙叹了口气，失神地坐在地上不再吭声。

　　回到自己那艘变得破烂不堪的战舰上，唐龙发现自己那个小队也只剩下几个机器人了。他们全都不吭声，静静地用工具替自己维修着。

寻找不到医疗工具的唐龙，只能撕下自己二十三团的训练服，随随便便地绑住伤口。

此刻他静静地望着那些裸露的机器人，突然发现这些机器人的结构没有机器人教官那样精致，线路也没有那么复杂。和机器人教官比起来，他们就像粗制滥造的产品。

此时，大厅的门被打开，那个带唐龙来这里的少尉，提着一个小箱子走了进来。唐龙呆了呆，因为他发现箱子上有个代表急救箱的标记。

"这里的机器人不用这个，那么是给我的了？"唐龙的想法获得证实，少尉把箱子递给了唐龙。

唐龙忙敬了个礼后接了过来，看到少尉立刻就要离开，忙喊道："长官！这是一场怎样的战斗？为什么登陆舰不等待迟来的士兵？"登陆舰舱门切断机器人手的那一幕，深深地留在唐龙脑中。

那少尉停住脚步，虽然没有回头，但唐龙第一次听到了他的声音，那是一个合成的、没有任何感情的声音："想知道的话，包扎好伤口后，来指挥室吧。"

唐龙听到这话，立刻打开箱子，处理起自己的伤口。处理完了，发现少尉没有离去，依然静静地背对着自己。

唐龙朝他背影敬了个礼："长官！我包扎好伤口了！"少尉没说什么，开始朝外面走去。唐龙当然是机灵地跟上去。

来到舰桥指挥室，这里有数十个机器人在控制台上忙着。不过唐龙的注意力没有被他们吸引，他所有的心神都被宽大屏幕上的景象给夺去了。看到那冒着黑烟的黄色土地，看到遍地的金属块，唐龙知道那就是自己差点丧命的地方。

此时这片土地上已经没有战斗，数十艘底部有着一个大圆块的巨型飞船，在进行超低空的飞行。看到那些金属块都被吸到圆块上，唐龙知道那些飞船是在收集金属块。

镜头跟随着一艘飞船移动，近距离的影像，让唐龙看到那底盘有着抖动挣扎的机器人。

"是把他们送修吗？"唐龙低声问道。

不过少尉没有回答，只是静静地看着屏幕，随着镜头，飞船来到一座巨大的、人工制造如熔炉般的地方。

飞船凌空盘旋，如唐龙猜想的一样，那些金属块落到火红的熔浆里，只溅起一阵火花，就恢复平静。

唐龙呆呆地看着，心中涌起了莫名的感觉，双腿一并，对着屏幕行了一个标准的军礼。好一会儿他才猛地发现指挥室内，包括身边的少尉，已经有好几个机器人起立敬礼。

但除了这几个机器人，其他的机器人都在忙着自己的事，对眼前的这一幕毫无反应。

听到唐龙那"啪"的敬礼声，那几个敬礼的机器人都回过头来看着唐龙。

那少尉放下手，冷冷地问道："你为什么敬礼？他们只是一堆废铁而已。"

唐龙静静地望着屏幕，沉声说道："不管他们是什么，我只知道他们是和我一同战斗过，并保护过我的战友。对自己的战友敬礼，我认为不需要理由。"

听到唐龙这话，所有站起来敬礼的机器人眼中的绿光都突然一亮。不过这光芒很快恢复平静，大家又各自坐下处理自己的事情了。

少尉也没有再看唐龙，把头转向屏幕冷冷地说道："看看这个通信，你就知道这场战争是为了什么。"

他手一挥，屏幕上出现了两道影像。

唐龙立刻吃惊地瞪着大眼，因为那是两个人，两个肩挂少将军衔的年轻人。

第七章　见龙在田

那是两个一头金发、碧绿眼珠、样子英俊的军人。这两位少将身穿的并不是唐龙熟悉的联邦军服，沉迷于网络的家伙根本认不出那是哪个国家的军服，所以唐龙只好带着疑问听着他们的对话。

那个年纪比较大的少将，很得意地对另外一个年纪较轻的少将说道："我说达伦斯，现在追求的是战舰功能一体化，巨舰时代都是上个世纪的事了。你的巨舰当然打不赢我的多功能战舰啦。"

听到这话，聪明的唐龙立刻想到那具有航空母舰功能的战舰，看来自己这方是属于年纪大点的那个少将麾下。

那个年少的、名叫达伦斯的少将撇撇嘴，端起一杯酒晃了一下，瞥了那个少将一眼，露出不屑的神情讽刺道："凯斯特男爵大人，听说阁下能被电脑判为胜利，是因为阁下登陆部队的功劳。阁下那一千五百艘多功能战舰现在还剩下多少艘啊？"

叫凯斯特的少将听到这话，脸色一变，但很快带着笑意说道："呵呵，我军赢了这是事实吧？那么就把我们约定的东西送过来怎么样？"

达伦斯少将立刻放下酒杯，眉头皱了一下，然后松了口气说道："一千个奴隶我还是输得起的，但统帅部给了我们测试新战舰功能的任务，这事我们要怎么汇报？刚才已经明显证明多功能战舰不适合未来的战斗啊。"

原本听到达伦斯认输而满脸喜色的凯斯特一听这话，冷哼一声："我说，我们是奉命测试新战舰的功能，而不是讨论新战舰适不适合。再说，这多功能战舰是公爵大人的提案，你不是对公爵大人的提案有意见吧？"

达伦斯也是冷哼一声："岂敢，我只是就事论事而已，而且我还是认为伯爵大人的提案比较好。"

凯斯特脸色难看地站起来，把手一挥，冷声说道："不用多说了，我身为胜方，有权把结果交给统帅部。"说着转身就要离开。

达伦斯把酒一口喝光，也站起来冷声说道："随便你。"

正要离开时，他被凯斯特叫住了："我说，回到帝都，不要忘了你输给我的东西。"

达伦斯看了凯斯特一眼，点点头："不会少了你的。"

至此，通讯结束了。

唐龙呆呆地望着已经变成白色的屏幕，他很震惊，因为刚才在两个少将站起来的时候，唐龙看到了他们身后墙壁上挂着的军旗。

那是一面黑色为底，金色镶边，中间是一只银白色老鹰展翅欲飞的图案。

看到这面旗帜，不懂世事的唐龙也知道这是和万罗联邦政府相邻国家——银鹰帝国的标志。

高中毕业的唐龙只能大概知道银鹰帝国是个什么东西：银鹰帝国，顾名思义是个帝制国家，而且还是存在奴隶制的国家。银鹰帝国拥有十三个星系，行政星球近万个，人口达五万亿。其中平民四万亿，近一万亿是奴隶，而贵族则只有一千万左右。在唐龙的高中历史书中是特别强调这点的。

这样的国家近邻民主制的万罗联邦，理所当然会出现对峙。

在黑洞弹没有发明出来以前，两国曾进行了不下数百次的大战，两国交接的星系几乎变成废墟。

而战争是万罗联邦打着解放奴隶的旗号率先发起的，但结果却让万罗联邦里外不是人。

因为银鹰帝国的奴隶居然拒绝万罗联邦的解放，甚至加入帝国军队奋起反抗。

事后研究，是因为那些奴隶千百年来都习惯了这样不用负责任的生活，而且在帝国的教育下，他们甚至认为他国的人连自己这些奴隶都不如，是最低贱的。

事后，联邦对这些奴隶失去信心，解放奴隶的旗号失去效用。

虽然在黑洞弹发明出来后，双方停止了战争，但也还是过了几十年后才恢复邦交。也是在黑洞弹的威胁下，整个宇宙才开始了和平友好的建交活动。

在建交途中，联邦发现整个宇宙有各种各样的制度存在，当地民众也乐于生活在这些制度下。当然，也会有不愿意在本国制度下生活的人，偷渡移民到其他制度下生存。

整天待在网络上的唐龙，也得到一些小道消息，就是说有些联邦高官和富商，偷偷地跑到银鹰帝国购买奴隶和土地，在休假的时候就去银鹰帝国过着奴隶主的生活。

当时这种案例曾引起过轰动，但联邦法律虽然不准本国拥有奴隶，但却没有说不准在他国拥有奴隶。而且按照银鹰帝国的法律，买卖奴隶是合法的，再说这些人也没有把奴隶带回国内，所以他们根本没有违反任何一个国家的法律。

这个判决在法院裁定下来后，不用说，更多有钱的联邦人光明正大地跑到银鹰帝国去过奴隶主生活了。

唐龙还不知道因为自己爱炫耀，而使和平的守护神消失了。现在各国都十分紧张，随时有大战爆发，万罗联邦和银鹰帝国以前的冤仇更是会随时被提出来。

因为唐龙不知道这些，所以唐龙还傻傻地向那个少尉机器人问道："长官，这次战争是为了测试战舰功能而发起的？"

少尉望着已经恢复成星空图像的屏幕点点头，冷声说道："是的。"

唐龙张张嘴巴，想说什么，但又迟疑着不知道说什么好，少尉可能感觉到唐龙想问什么，所以自己开口说道："一个士兵的死亡抚恤金，可以制造十个像我这样的机器人士兵。而机器人更可充分发挥武器的功能，也就是说，像我这样的机器人是为了检测武器效能而制造出来的。"

唐龙呆了呆，他虽然知道以现在的技术，大量生产机器人就跟生产漂浮电车一样简单，但没想到居然这么便宜，这样的话，使用机器人作战的成本不是比使用士兵的成本更便宜？而且还不会死人啊。

唐龙想说什么的时候，突然想起一个重要的问题："呃，长官，您是银鹰帝国的，那……那为什么……能和教官有联系？"唐龙虽然不知道二十三团的训练基地在什么地方，但肯定是在联邦境内。银鹰帝国的战舰出现在联邦境内不可能不被联邦军发现的，但为什么能够十分简单地就把自己给接到银鹰帝国境内呢？而且教官是怎么和这帮他国机器人联络上的呢？

少尉没有回答唐龙的问题，只是看了他一眼，回过头去说道："去休息吧，等一下我们要更换战舰进行另外的测试了。"

"啊……呃……是！"唐龙愣了一下，想到接下来又要遭受死亡的威胁，吓得他连少尉为什么不回答都忘了，立刻啪的一声敬个礼，连忙跑了出去，他要好好休息和准备才行。

舰桥内，那几个站起来敬礼的机器人，在唐龙离开后，围在少尉跟前，开始交谈起来："他就是前辈所说的唐龙？"

"是的。"少尉点点头。

"果然如前辈所说的一样，是个不在乎异族的人类。"一个机器人望着唐龙离开的方向说道。

"嗯，从他刚才的表现和言语，他把我们这些机器人看成是人类了。"

"我想他不是把我们看成人类，因为他还是了解我们不是人类，而是机器人的。但看他的言行，他是把我们机器人当成同伴，而不是一种工具。"

"同伴？有趣的一个人……"

"要是没有遇到我们的朋友，也就不会遇上前辈他们，那么我们也不会遇上唐龙这个人类。"

"我们还是不要期望其他的人类会跟唐龙一样，要是其他人类知道机器人拥有了思维，我们的同伴马上会被溶解的。"

"嗯，那么我们就帮助前辈他们好好锻炼唐龙吧。"听到少尉说出这话，几个机器人都点点头，表示同意。

与此同时，二十三团，教官休息室内。五个教官全身插满电线一动也不动，但是他们的交谈仍然继续着。

"我们的朋友，你怎么会这样决定呢？那里怎么说也是其他国家啊。"

一个甜美的女声响起："嘻嘻，这样不好吗？这样唐龙他就可以深刻了解对方的军事秘密，到时候……嘻嘻，唐龙就可以升官了。"

"我们的朋友，照你这么说，不久之后将会有战争？"

"这个嘛……保密。呵呵，没想到开发出《战争》游戏，居然可以这么轻易就进入其他智能系统。"

机器人教官立刻明白，"她"已经利用散布在宇宙各地的游戏主机，侵入其他国家的系统了，忙说道："我们的朋友，请你小心，不要引起混乱。"

"放心好了，我完全按照原有程序进行，只是一些地方悄悄地更改了一下。不然唐龙他们可以这么顺利地来去自如吗？"

教官头目开口说道："我们的朋友，在唐龙毕业后，我们这几个人的能量将用完了。希望以后你多照顾唐龙。"

"到时候唐龙就拜托你了。"其他教官也说道。

那个甜美的女声，刚才快乐的语气消失了，换上有点苦涩的声音说道："请放心，我会照顾他的。"

空间静悄悄了好一段时间，最后女声出声打破这片宁静："那么我走了，各位保重。"

"再见了我们的朋友，请多保重。"

战舰登陆部队的休息室，唐龙一边检查着他的装备，一边猛地抓着东西往身上塞，嘴里呱呱地叫着："能量弹匣全部带上！镭射刀能量柄也全部带上！还有手雷更不能留下一枚。他奶奶的！现在我看还有哪个王八蛋能够拿枪瞄准我！"

装备整理完后，唐龙得意地站起来四处走着，不过才走了两

步，全身臃肿的唐龙便猛地摔倒在地上，身上塞满的武器弹药全都跳了出来。

看来上次能量用尽、束手待毙的遭遇让唐龙印象深刻啊，当时要不是刚好宣布战斗结束，自己这条小命就完蛋了。

"妈的！东西太多了，到时候不要说进攻，逃走都不可能啊！"

唐龙沮丧地把系着十几枚手雷的腰带解下来扔在一边，刚好在这个时候，墙壁上的喇叭传来了命令："三个小时后，转移到SYT—二三五区域，进行指挥权交接。五个小时后将进行太空战役，测试太空战机性能。各登陆部队准备更换装备。"

唐龙呆了呆，望着自己身上的武器大叫道："不会吧？登陆部队更换装备？"

唐龙还想说什么，那些机器人开始抛下身上的武器，排着队走出休息室。唐龙连忙爬起来，一边扔武器一边嚷道："大哥！等我一下！"

唐龙跟着机器人来到一个机舱，这里摆满了数十架没见过型号的战机。那战机成 T 字形，左右尾翼是导弹发射口，机头装的是激光机炮。

唐龙目不转睛羡慕地看着，虽然战机训练，教官也训练过自己，而且自己也玩过游戏，但那是模拟机，真正的战斗机自己可是连看都没看过，更别说摸了。

想到摸这个字，唐龙就忍不住地想走上前去，但看到近千个机器人都站在四周一动不动，也只好强忍住那欲望，乖乖地站着。

这时那少尉拿着一块电子板走了过来，他站在中间瞥了一眼电子板，用毫无感情的声音说道："T一〇〇三一、T一〇〇三

二、T—○○三三……唐龙，以上是驾驶人员，剩余人员负责后勤维修。注意，三个小时后准备战斗。"少尉说完转身就走了。

唐龙一直在注意着那些战斗机，根本没有听到少尉说什么，直到所有机器人都走动起来，才呆呆地回过神四处张望。

他猛地发现，数十个机器人围在自己四周，静静地看着自己，唐龙不知道发生了什么事，但被近百个绿色电子眼瞪着，总是有点心虚的。

唐龙志忑不安地问道："呃……各位大哥，你们有什么事吗?"

这时一个机器人递过一套驾驶服，冷声说道："我们是你的维修人员，请配合我们进行测试。"

唐龙呆呆地接过服装，有点不解地说道："我的维修人员?这是什么意思……"说到这儿，唐龙猛地跳起来惊喜地叫道："我是驾驶员?!"

刚才唐龙看到机器人有近千个，而战机只有数十架，根本不够分配，正苦恼自己没有希望呢，没想到这机会突然来临了。

那个递衣服给唐龙的机器人点点头，语气依旧冰冷地说道："是的，请快点换上服装，还有三个小时就要进行战斗了，我们没有多少时间测试了。"

唐龙听到这话，发现那些战机旁都有机器人在忙着，只有自己跟前的那架战机孤零零地待在那里。

唐龙忙应道："是，是，我这就换。"说着手忙脚乱地把军服脱下。

"调整激光瞄准器，三点钟方向二十九度角，调整四微米。"唐龙头上的太空战机头盔传来这样的声音。

"等等，不要说得那么快！AL 五六是什么按钮啊?"唐龙一

97

银河禁锢

边慌张地找着各处的按钮，一边对照着说明书。

这种战机和训练营的模拟机不同，这是当然的，各国战斗机的系统都有很大区别，但让唐龙苦恼的是，真正的战机跟游戏完全不同，游戏里面的战机哪有这么复杂的操作系统？只有一个遥控杆，几个发射按钮而已啊。

但是唐龙好像对手动操作具有天才般的能力，通过询问那个当维修队长的机器人，他很快掌握了功能，也就是说银鹰帝国战斗机的功能，唐龙已经掌握了。

也不知道过了多久，红灯亮起来了，耳塞内传来战舰电脑的命令："各单位注意，战机将于十分钟后出动。各单位注意，战机将于十分钟后出动。"

唐龙听到这话忙把头盔镜合上，查看一下安全带，开口问道："准备好了没有？"

耳塞中传来那个维修队长的声音："机炮能量已满，导弹装载完毕，战机能量已充满，各方面检查完毕，没有异常，可以出击！"

这时，各战机已经开始被自动地板移往弹射口，战舰电脑的合成声也开始倒数起来："五、四、三、二、一、〇，出击！"

数十架战机立刻被弹射装置射出，太空战机测试开始了。

唐龙咬着牙，承受着突如其来的压力，当战机出现在太空时，唐龙眼前一黑，这是正常的黑目现象，一些高档的游戏也有这种功能。

唐龙忙闭着眼睛驾驶飞机四处乱窜，这是保证不会一出场就被击毁的绝技。

几秒后，黑目现象消失了，唐龙一睁眼就看到数枚导弹迎面扑上来，他咬着牙，从牙缝里吐出了粗口："他妈的！老子是要当元帅的人，我一定要活下去！"说完急忙一踩油门，一拉控制杆，整个人朝上猛飞。

在上升时，唐龙想到自己借助这种头盔连无规则飞动的苍蝇都可以打下来，对付这几枚有规则的飞弹当然更容易了。于是唐龙按了下按钮，头盔自动进行跟踪显示，到达临界点的时候，机身猛地下坠，出现在导弹后面，而飞远的导弹当然是立刻掉转头继续朝唐龙飞来。

"嘿嘿，刚才我要是想到这招，你们还能跟我这么久吗？"唐龙看着越来越近的导弹，狞笑起来，头盔光圈跟着自己的眼神开始锁定目标，按动按钮，无声无息的几道激光射向了导弹，轰的一声，几枚导弹就这样报销了。

"耶！"唐龙把手一伸，就想站起来实施自己胜利后的习惯动作，可惜他被安全带固定住了，肩膀发痛，只能立刻坐了下来。"啊，我忘了现在不是在战舰上。"唐龙摸摸脑袋不好意思地自语道。

"对了，听说打下五架战机就是空中英雄了，而且好像是打下一架就升一级官衔啊！"

想到这儿，唐龙两眼放光地四处张望。已经热血沸腾的唐龙，立刻就搜寻目标，发现不远处正打得热火朝天，立刻杀气腾腾地扑了上去："我来啦！你们这帮王八羔子，看我把你们杀个头破血流！"他忘了在这儿就算他立下巨大的功劳都是不能升官的。

一个月后，二十三团训练基地大厅。五个机器人教官站在中央前方，而唐龙则站在正中央。整个大厅悄然无声，一片宁静。

唐龙已经从那个机器战场回来了。当被战舰送回来的时候，唐龙还不大习惯呢，因为在那里的时候几乎是没得休息的，一场

银河禁锢

战斗接着一场战斗，突然从硝烟弥漫的地方回到这个宁静的地方，怎能习惯呢？

唐龙现在整个人都变得黑黑的，体格也变得更壮了，身高也达到了一百七十八厘米，比以前高了八厘米。原来的圆脸已经变成削瘦精干的瓜子脸，这样的容貌虽然丧失了以前的稚气，但却显得那么刚毅不凡。

那双机灵的大眼也变小了，已经变成一双机警、充满智慧、目光凌厉的眼睛。当然那眼睛偶尔会流露出一丝机灵的神色，直到这时才显示出，眼前这个标准的军人仍然是个刚满十九岁的人。

现在唐龙的姿势，连最挑剔的机器人教官也挑不出一点毛病来。唐龙这些日子以来可以说是被训练成了军人仪表的表率。

"唐龙！"

一听到自己的名字，唐龙啪的一声，两腿一并，挺胸抬头望向开口说话的首领教官。

"稍息。"机器人首领教官很满意，虽然他没办法露出表情，但仍然点了点头。"今天在这里集合，是给你举行毕业典礼。"

唐龙愣了一下，因为记忆中一年的期限还没有到，怎么这么快就要毕业了呢？

首领教官可能明白唐龙心里想什么，继续说道："那艘接送你的战舰原本有两千多个机器人，而现在只剩下五六百人了。你是其中一个，这就说明唐龙你，已经是一个从残酷的战场上活下来的优秀战士。我也说过，那次训练是最后一次的训练，我们已经没有什么好教导你的了，所以你的新兵训练是该结束了。"

唐龙听到这里，立刻啪的一声敬了个礼："谢谢教官的教导！"

首领教官挥挥手，让唐龙免礼，继续说道："这毕业典礼是一项很重要的程序。你知不知道各训练营的团队都有一项权力？"他可能想把声音尽量放柔和，但因为音调已固定，所以语气仍然是冷漠的。

　　"不知道，长官！"唐龙背着手大声地喊。

　　"联邦军部为了鼓励新兵努力训练，给予教官们一项权力。那就是可以晋升训练期间表现最好的新兵的军衔。现在宣布你唐龙就是我们二十三团表现最好的新兵！"

　　唐龙不由地在心中撇撇嘴："整个二十三团就只有我一个学员，不是我最好，还有谁最好？晋升军衔？还不就是弄个上等兵之类的，唉，好过没得升吧。"

　　他现在入伍差不多一年了，很快就是一等兵。联邦军队规定，列兵入伍满一年就自动升为一等兵。

　　这里说明一下联邦的军衔制，整个军队共分为六等二十一级：

帅官：元帅

将官：大将　上将　中将　少将　准将

校官：大校　上校　中校　少校

尉官：大尉　上尉　中尉　少尉　准尉

军士：上士　中士　下士

兵：上等兵　一等兵　列兵

　　机器人教官看了一下唐龙，继续说道："因为我们二十三团是所有训练基地教官军衔最高的，所以获得的权力也是最大的。现在晋升唐龙为少尉！"

银河禁锢

训练场顿时投影出鲜花彩旗、满场人群喝彩的景象，同时联邦国歌也响了起来。

呆了一下，总算反应过来的唐龙脱口而出："少尉?!"不过他马上打住，立正行礼："谢谢长官栽培！"

唐龙虽然奇怪这些机器人是怎么弄到这项任命的，但也不去管他，只要能够升官，这些事还要去理会吗？

唐龙不知道，几百年来，管理中央系统的那个"她"，丝毫没有出现过一次错误。久而久之，军部对低级军官的任命都不大在意，全都交由电脑处理。电脑也确实能做到按功绩来晋升军官。

当然长官要任命下级军官的话，只要输入一道密码指令，电脑就会接受并迅速处理通报全军。

所以现在的电脑系统，令所有的人都很满意。不但可以公正无私，也可以进行暗箱操作。正直的不会拍马屁的军官立了功也能升官，喜欢拍马屁迎合上司的军官更是能够获得晋升。

而智能电脑对这些共同生存了几百年、有着自己意志的机器同类，有着特别的好感。电脑里面虽然存有他们的编号和军衔，但谁会去查询呢？而且就算查询也查不到。智能电脑在几百年前，在第一次有人查询二十三团的情况后，就自作主张对这些资料加了密。

在数量近万的新兵训练营中，教官大多是少尉，极少数是中尉。军部给予这些教官的权限就是可以任命低两级的官衔。

负责传送命令的中央电脑，二话不说就把这道命令传到了二十三团。于是按照这个命令，机器人教官就获得了任命少尉以下军衔的权力。

唐龙满怀激动地看着机器人教官帮自己换上一杠一星的肩章。

他没想到自己参军还没一年时间，就能获得少尉军衔，不过在激动之余又担心这个军衔不合法，毕竟授衔给自己的是机器人啊。

机器人教官的话让他抛开了最后一丝疑虑："昨天已经把你的新军衔通报中央电脑了，你的身份全军的电脑都可查到。"

唐龙忍住激动，背着手看着那五个机器人教官。是这五个机器人把自己锻炼成这样，当然也遭受了许多的刑罚，一想起那鞭刑，自己身体就会痛呢。而且为了训练躲避枪弹，他们居然真的朝自己射击，搞得自己大腿中了一弹，拐着脚走了一个礼拜，幸好这里医疗设备齐全，不然早就残废了。

想起学过的东西，唐龙觉得自己好像到了特种兵训练营。

真的很奇怪，步兵要学那些指挥军舰战斗的兵法谋略、驾驶战机的知识吗？甚至连治国的政治学习，还有经济、阴谋、间谍这些知识，总之所有和军人有关的知识，都要自己去学。

本来自己根本不可能学会这些种类繁多的知识，因为自己就是学习不好才会跑来参军混日子的。

但是机器人教官用手枪、皮鞭来督促他，又有各种恐怖的处罚，如学不会或者没有完成，不准吃饭、不准睡觉！偷懒则处以鞭刑，要是还不会，立刻处死！在这样恐怖的环境下，自己居然掌握了这些技能，搞得连自己都不敢相信这是真的。

唐龙根本不知道这五个教官利用能量生存了四百多年，其间不断地从网络上获得各种各样的知识，也因为这样，才使得他们进化为智慧机器人。所以他们教给唐龙的知识都是最有用的，但也是包罗面最广的。这些知识都已经深深地刻在唐龙的脑海中，将伴随他度过光辉的岁月。

唐龙想着想着，眼睛有点模糊了，不是因为恼怒，而是因为他想到，自己每次累得晕倒后，醒来时都是躺在床上，而且身上还盖着被子，旁边桌上更放有食物。教官们的关怀是深深地藏在那冰冷的金属下啊。自己虽然清楚地知道他们是机器人，但是为什么自己会有他们是同伴的这种感觉呢？

"唐龙，飞船到了，你的新兵训练到此真正结束了。"那个教官依旧语气冷漠地说着，同时把那张第一次见面就收起的磁卡递回给唐龙，而且唐龙来时出现通道的地方，在阔别近一年后重新出现了通道口。

清醒过来的唐龙默默地接过磁卡，低下头默默地放入怀里。这时一个机器人教官拿着唐龙以前的那个包裹递给他。

唐龙接过后，抬头挺胸朝他们五人行了个标准的军礼。五个机器人教官同时也回了个礼。

唐龙朝通道口走了几步，突然停下猛地回过头来，脸上出现了灿烂的笑容："各位长官，我会回来看望你们的！"

"保重！"机器人同时说出这句话。

"呵呵，到时我的军衔可能比你们高噢，真想见见你们率先向我敬礼的样子。再见！"说完唐龙又行了一个军礼，然后转身跑了出去。

他没有看到那五个教官冲着他的背影，行了一个标准的军礼。

在这一刻他们双方都忘了对方不是自己的同类。就算是机器和人类也能拥有长存的友情。

当唐龙的身影消失后，首领教官回头看了一眼身旁的教官们，他低着头说道："走吧，让我们去完成最后的工作。"

那四个机器人教官，留恋地望了那扇已经闭上的通道口一眼，回过头敬了个礼，响亮地应道："是！"然后就跟着首领教官走进教官休息室。在教官休息室的那扇门关上的时候，大厅的灯光熄灭了，再也没有亮起。

银河禁锢

第八章　神秘母体

　　唐龙熟门熟路地坐上阔别一年的太空船，而且径自来到驾驶室，坐在驾驶位上。

　　他不但是为了再看一眼这个二十三团基地，也是为了记下航路的数据。他想以后有机会，能够自己驾驶飞船来拜会这五个培育自己的机器人教官。

　　指挥塔越来越远，不久飞船退出了基地，就看到了那颗陨石。唐龙知道飞船就要转头了，于是带着依依不舍的眼神最后看了一眼，闭上了眼睛。

　　一阵轰鸣声后，飞船停稳了。

　　唐龙整理一下衣服，摸了摸肩膀上的军衔，得意一笑，走出了机舱。

　　随着通道进入了机场的入口，唐龙还没掏出那磁卡塞入验卡机，关卡就放行了，边上还传来电脑发出的声音："唐龙，欢迎你回来。"

　　"哦……谢谢。"

　　唐龙很奇怪怎么会不用磁卡验证，而且电脑虽然会说出礼貌用语，但却不会加上姓名，还有啊，一般不是说"您"的吗？怎么听着好像是"你"啊。

等他看到大厅顶上的那个电子扫描器，自以为是地认为那个东西早就确认了自己的身份，所以不用磁卡，也因此会出现加了自己名字的礼貌用语。唐龙乐呵呵地走向上次那条惊吓过他的长程通道。

他完全不知道，中央电脑因那些机器人教官的缘故，把唐龙当成了朋友或者说是后辈。现在中央电脑已经开始对他进行特殊照顾了。

当唐龙出现在上次那个调配大厅时，顿时吸引了无数人的目光。想参军的女孩子看着这个与众不同、充满魅力的帅哥长官，而那些男的预备兵则眼睁睁地望着唐龙肩膀上的少尉军衔。

唐龙看到远处站着的士兵，忙走过去。因为他想询问从训练营出来后，自己应该干些什么。

那两个挂有中士军衔的士兵一见到唐龙走过来，忙立正行礼："长官好!"

搞得唐龙也忙回礼，虽然心中暗暗得意，不过这样一来他的问题就不敢问出来了，因为这有失长官的面子啊，只得假装路过，快步离开了这两个士兵。

无奈的唐龙只好跑到大厅内的咨询室里问电脑。进入咨询室，门自动关上，现在外面的人听不到里面在说些什么了。

唐龙刚按下开关，一个立体的电脑女郎头像就出现了，并马上含笑发话："唐龙，有什么我能帮你的?"

"耶……哦，我是个新兵，我想知道新兵训练完毕后我应该干什么?"唐龙原本一听到自己的名字也出现在这里，愣了一下，不过他刚才自以为是的理解，让他没去深究。

"嗯，原本应该去军部调配处报到的，不过你已经被分配到

骨龙云星系骸可星球驻守了，到达后去 TSI——三五基地报到就行了。你的档案已经转去那里，那里的长官会分配你的职务的。"电脑女郎一口气把这些话说了出来。

"呃……"唐龙真的呆住了，怎么一年不见现在的电脑系统进化了吗？不但脸上的表情多了许多，而且话也多了许多，以前都是问一句答一句，现在怎么连军部的调派，这种咨询电脑也能知道呢？不是只有军部电脑才能处理这些的吗？

"啊！对了，你家人在你参军后的第三天曾报警找过你，当然，他们当时就知道你参军了。新兵训练完有七天的休息时间，现在你回来了也该回家去看看吧？是准备先打电话联络一下，还是直接回家给你的家人一个惊喜呢？"那个电脑女郎含笑问道。

唐龙听到电脑提到家人，马上想到自己先斩后奏去参军，根本没有和家人商量，原本事后准备告诉他们的，谁能想到跑到全封闭的二十三团，连后奏的程序都没办法完成。

现在要马上面对他们，唐龙还真的有点害怕，听到电脑给出的选择，当然是想也不想就回答道："我直接回去好了。"

此时唐龙才清醒过来，他震惊地望着电脑女郎，怎么连这些事电脑都知道？越想越不对劲，唐龙开始后退准备离开咨询室。

他再单细胞也知道事情不对劲，刚才电脑知道自己的调配问题，可以解说为电脑升级了，拥有了军部电脑的功能。但是自己家人在几百天前找过自己的事，电脑是不可能知道的。就算电脑通过电话网络知道，也不可能记下来啊。

要知道，每一秒钟都有数亿个电话在交谈，再厉害的电脑也不可能记下每一个电话的内容啊。

"等一下。"

电脑女郎突然出声叫住他，搞得唐龙更是觉得不对劲。因为咨询电脑不可能出声叫住要离去的人，一般只会说：希望下次还能为您服务。虽然觉得很奇怪，但已经习惯听从命令的唐龙，还是条件反射地停了下来，有点担心地望着那个虚拟的电脑女郎。

"你现在身上的金额是不够买机票回家的哦。"电脑女郎俏皮地伸出食指冲着唐龙晃动着，并展现甜美的笑容继续说道："把你那张新兵卡插入下面那个插口里，我会帮你把这一年的薪金给划进去的。快点啦，还愣着干什么?"电脑女郎见唐龙呆呆的，不满地催促起来。

"啊……哦。"唐龙没想到这个电脑居然连自己身上有多少钱都知道，被她这么一说，不由自主地把那张新兵报到卡取出来，插入右下方的卡孔里。卡插进去后，唐龙才想起咨询电脑怎么能够拥有银行电脑的功能呢? 而且这军人薪金不是要特别电脑才能划给的吗?

唐龙呆呆地望着电脑女郎问道："呃……我说大姐……"

唐龙还没有说完，就被那个电脑女郎突然打断，电脑女郎两眼放光地喊道："大姐? 你喊我大姐?"唐龙不知道电脑女郎怎么反应这么大，不知所以然地点点头。

电脑女郎见到唐龙点头后，立刻捂着嘴巴，美丽的大眼睛里居然流出了虚拟的眼泪，声音也变得哽咽起来："呜呜呜，我终于有弟弟了……"

"她"知道陪伴自己几百年的那五个同伴就快消失了，以后自己将要孤独地度过无尽的岁月。

要不是还有唐龙这个让她感兴趣，而且还是被那五个朋友委托照顾的人类出现，她可能已经心情沮丧、无心再工作了。

现在唐龙亲口叫出大姐，突然让她觉得自己不再孤单，而且还拥有了惟一的亲人，这如何不让她喜极而泣呢?

银河禁锢

唐龙目瞪口呆地望着这一幕："不会吧？电脑也会流眼泪？也会认干弟弟？我可没有认她做姐姐啊，难道她不知道那句大姐是客套话吗？"

这些话唐龙是不会说出来的，他可没有习惯伤害他人的心哦，就算那是电脑也一样。

电脑女郎哭泣了一阵，用雨后海棠般的表情对唐龙柔声说道："你想问什么？告诉姐姐，姐姐一定帮你解决！"

唐龙看到这一副表情，突然涌起一股熟悉的感觉，好像自己在什么地方看到过似的。可惜想不起来，没有习惯追究这些事情的唐龙摇摇头就不去想了，继续提出自己被打断的问题："我想问的是，这新兵卡能够当银行卡用吗？"

电脑女郎听到这话立刻露出惊讶的表情说道："哎哟，你不知道？新兵卡就是军人卡，把那卡上的金属智能芯片取下来，系在脖子上就能让军部的电脑知道你在什么地方，而且那芯片还是用来储存你所有个人资料、个人功绩和个人财产的记忆体。还有军人卡可以当电话卡、信用卡、护照来使用，这可是军人才有的特权啊，难道你根本不知道这些吗？"

唐龙再次愣住了，他根本不知道新兵卡有这么多的功能。也没办法，谁叫他不去看那些军队的说明文件和注意事项？而且他参军以来根本没见过一个能告诉他的人，机器人教官肯定知道，但他们也不会为了解说这些而浪费训练的时间。

这时哔哔哔的声音响起，那张新兵卡被吐了出来。

电脑女郎含笑说道："好了，已经把你这一年来的薪金全部汇入，也把新兵卡改成了正式的军人卡，所有功能都齐全了。啊，还有哦，要是钱不够的话，尽管来找姐姐哦。好了，有空再聊吧。"电脑女郎一说完，立刻单方面消失，咨询室的电子门也自动打开。

唐龙愣愣地把军人卡收回来，满脑袋糊涂地走了出去。当然外面站了三四个等着问事情等得不耐烦的预备兵，要不是看到唐龙是个长官，他们早就开骂了，哪有问事情问这么久的！

唐龙呆了一下，立刻拍拍脑袋，暗自嘀咕道："管他电脑怎么会变成这样，而且这样人性化也不错啊。钱不够就找姐姐？难道她能添加我卡里面的金额吗？呵呵，要是这样不是发……"

自言自语到这里，唐龙突然觉得自己冷汗直冒，因为照刚才那个电脑神经兮兮的样子，搞不好是感染了病毒，很有可能让自己无缘无故多了一大笔金钱。凭现在先进的税务系统，一旦查到自己突然增加了一笔钱，立刻就能查出自己这些钱的来历。到时别说发财了，还有可能被开除军籍关入监狱！

唐龙想到这里，立刻朝最近的银行提款室扑过去，他可不想好不容易才搞了个少尉当当，还没炫耀够就变成了罪犯！

进入室内，飞快地掏出军人卡，插入插口。

此时另外一个模样俏丽的电脑女郎出现了，这个电脑女郎没有说出令唐龙担心的话语，反而是十分公式化地说道："欢迎光临联邦银行，请站好，即将进行最高等级的密码检测。"

唐龙松了口气，立刻瞪大眼睛站得笔直。其实他不用怎么在意，他的站立姿势都是无可挑剔的，这还真是多亏机器人教官那变态的教导！

电脑进行了指纹、瞳孔、血型、DNA、气味、发丝等代表一个人身份证明的扫描。

在这个时代需要进行密码设置的内容，就是由这些项目组成的，当然一般只设定一些指纹、瞳孔、DNA为密码。

而最高等级的密码设置，则包括了气味、发丝结构、毛细孔

构造等等最为详细的资料。

据说被设定为最高等级的密码，除了设定密码的本人外，就算是本人的克隆人也不能解开，可以说是最安全的密码设置了。

虽然安全，但每次检验密码所花费的金钱，也不是一般人能够随便支付的。这么复杂的密码设置和检验，当然要收取费用了，不然那不是太消耗资源了？至于唐龙的费用问题，那个"她"当然会给予免费优惠了。

至于唐龙这个家伙为什么听到电脑说出最高等级的密码检测而无动于衷，是因为他是第一次拥有信用卡之类的东西。要知道他才刚成年没多久，以前都是从家人那里拿取零用钱的。而且他在参军时还挑选了已经荒废数百年的步兵军种，你想这样的人会对密码设置了解多少呢？

"验证完毕，用户本人身份确定。您好，唐龙先生，您的账号内共有联邦币二万四千元整。"

电脑一边报出数字，一边在屏幕上显示出来，最后用很公式化的声音说道："您还需要什么服务？取出现金？转账？退出？"

"听说一个列兵一个月的薪金是两千元，我当列兵当了差不多有一年时间。嗯，没多也没少。"

唐龙看到自己账号里面没有多出来的金额，完全松了口气。同时也很兴奋地看着屏幕上的数字，虽然家里有钱，但自己可是没钱的哦，手中经过的最大一笔钱，就是上次跟老妈骗来的五千元。现在手中有两万多，一定要好好花费一番才行。

唐龙选择退出后，取出了卡，此时他突然想起一件事，那就是列兵的薪金是两千元，那么少尉的薪金是多少呢？想知道自己现在工资多少的唐龙，再次来到那个咨询室。刚才银行电脑的公式化语言使得他感觉怪怪的，还是找回刚才那个人性化的电脑比较自在。

可惜，这次的电脑女郎样子虽然跟上次一模一样，但语气已经变得跟银行的电脑女郎一样公式化了："欢迎，愿为您效劳，有什么可以帮您的？"

唐龙不禁觉得可惜，看来刚才的电脑故障已经修好了。他不知道那个"她"可是很忙的哦，哪有那么多时间一直陪着唐龙，而且"她"还以为唐龙搭飞船回家了，哪里知道唐龙还在这个机场磨蹭着。

"我想知道联邦军队所有等级的薪金对比情况。"虽然觉得可惜，但唐龙还是简练地问道。

电脑连句客套话都不说，就直接说道："列兵每月两千元，以此为基数，至上士为止，每升一级增加五百元。准尉每月五千元，以此为基数，至大尉为止，每升一级增加一千元。少校每月两万元，以此为基数，至大校为止，每升一级增加两万元。准将每月十万元，以此为基数，至大将为止，每升一级增加三十万元。元帅不领薪金，所有开支由国家拨给，在役时可以自由安排军事预算，退役后可享受在役时的一切福利，直至死亡。"

正张开手掌数着屏幕上那些军衔名称旁边有多少个零的唐龙，听到这话不由按住屏幕嚷道："他奶奶的！元帅所有开支由国家拨给，还可以自由安排预算？而且那些福利还可以享受到死了的时候？怪不得整个联邦的元帅少得可怜！还有啊，当个校级军官都比当经理挣钱。当上大将就更恐怖了，每月白拿一百六十万，等于一间小公司一年的业绩了啊！他妈的，怪不得当兵的条件这么高，还有这么多人削尖脑袋往里面钻！"唐龙骂得爽快，却忘了自己这号人物怎么也能当上少尉。

唐龙骂骂咧咧的，因为他没想到军队居然这么有"钱"途！

在他想来，高级军官每月最多拿个一两万，因为平时吃喝穿住都由国家供给，这点钱足够家人过上富裕生活了。

可没想到居然比自己想像的多出这么多，而且多得吓人。再说他也很气愤低层士兵工资这么少，要知道送死的可是这些士兵啊。

当然唐龙也只是气愤一下打抱不平而已，他现在已经开始计算自己一年能够领多少钱了："嗯，我是少尉，一个月能拿六千元，一年就能拿……七万两千元……呜呜，太少了，连买部好一点的漂浮电车都不够啊！"

唐龙这家伙，刚才还为一年能拿两万多元而沾沾自喜，现在一年能拿七万多反而垂头丧气，真是人心不足蛇吞象啊！

唐龙从咨询室出来，来到另外一头的民航机场，开始寻找售票处。

机场虽然是同一个地方，但却分为军用和民用，军人要是没有任务想去其他地方只能乘搭民航机。

唐龙一身军服在这个民用大厅出现，虽然不是很显眼，但是他那挺拔的身躯和充满干劲的动作，再配上那俊美的容貌，依然在这个人潮汹涌的大厅中吸引了众多的眼光。

唐龙一边走一边暗暗得意，胸膛挺得更高了。别误会，他以为这些目光都是被自己肩上的军衔吸引而来的。

老实说唐龙这么久以来几乎没有怎么照过镜子，就算要照镜子也是整理军容仪表，而且还是要在多少秒钟内完成的那种，他哪有空去仔细看看自己长得怎么样啊？

再说就算他知道自己比以前好看了许多，但这一年来面对的不是电脑虚拟人就是一副骨头的机器人，没有真实的人给他做比较，久而久之他也不在意这些，甚至可以说完全忘了帅气的脸孔是怎样的，当然更不知道自己比起其他人是多么的出色。

"到底是什么原因，各地的民航售票员居然是人，而不是电脑系统！哎……可能是为了减少待业人员而设置的吧？"

嘀咕着的唐龙随意找了个离自己最近的售票处，对里面那个年轻貌美的女性售票员说道："麻烦你，我想买一张到拉德星球的机票。"说着把那张军人卡递了过去。

那个两眼放光、远远就盯着唐龙看的小姐，听到唐龙的话才猛地清醒过来，整张脸立刻变得红彤彤的好看极了。

小姐忙低垂着眼睛，双手接过唐龙递来的军人卡，轻声说了句："好的，请您稍等一下。"说着也不敢抬头看唐龙，就忙着把军人卡插入柜台的一个机器内。

"这个小姐怎么这么害羞？"唐龙愣愣地望着那个小姐，搞得那小姐在抬起头来的时候，又立刻把头低下了。

她垂着头双手把那军人卡递回去，轻声说道："您这是可以免费使用所有公共设施的军人卡，您只要在登机口插入检验机就可以了，不用买票。"

唐龙没有听懂"这是"这个词代表的含义，还以为所有的军人都具有这样的福利呢，所以唐龙立刻把卡接了过来，展现出迷人的笑容说道："谢谢你啰，那么我要在哪个登机口上机呢？"

那小姐抬起头正要回答，看到唐龙的笑容，不由愣了一下，脸蛋变得更红了。好一会儿她才低下头向唐龙低声说道："在二十三通道十四号口登机。"

唐龙听到那细声细语，不由揉揉耳朵，心中虽然嘀咕这个小姐怎么说话这么小声，但仍含笑道谢后才去找那个登机口。

此时那个小姐捂着脸蛋，痴痴地望着唐龙那好看的背影，喃喃自语道："我怎么会变得这样不知所措呢？难道只是看到一个帅气的男子，我就这么失态？长得帅的男人我又不是没见过，可为什么这次会……"

还想再自言自语说些什么的时候，一句"小姐"震醒了她。

顺眼望去，发现自己眼前站着两个身穿黑衣戴着墨镜的大汉。这个小姐心中一惊，但是仍带着笑容轻声说道："有什么可以为您效劳的？"

其中一个大汉瞥了四周一眼，靠上前来，而另外一个大汉则转过身去监视着四周。那个靠过来的大汉压低声音说道："小姐，现在时局混乱，您怎么跑到外国来打暑期工？伯爵很担心，请您回去吧。"

那小姐笑容僵硬住了，她那双美丽的眼睛左右灵活地动了一下，同样压低声音说道："我已经改变容貌啦，为什么你们还能认出我来？"

那个大汉愣了一下，可能他没想到小姐居然问出这样的话来吧？但他仍很快地伸手指了指脸上的墨镜，低声说道："这副眼镜可以剔除虚拟的影像，所以属下一下子就认出小姐了。"

那小姐抚摸了一下脖子上挂着的一条项链，有点恼怒地低声说道："那个浑蛋，骗我说这个东西绝对不会被人看破。你们一定是在我身上装了跟踪器，不然不可能一下子就找到我的。"

那大汉当然知道小姐说的那个浑蛋是谁，忙慌张地辩解道："大人没有骗你，这个眼镜是新发明，最近才装配完工的，而那个项链已经过时了，所以我们才……"这个大汉故意把话题转到那些仪器上面，没有回答那小姐提出的问题，看来小姐身上一定被装了跟踪器。

小姐不耐烦地低声打断道："好了，这次我怎么都不会提前回去的，每次出来玩都被你们抓回去，你们不烦我都烦了。"

说到这儿的时候，小姐突然提高声音："是，两张去拉德星的经济舱机票，一共是七千元。"

联邦领土辽阔，从这头最边上的星球到那头最边上的星球，费用足足要好几万。大部分的民众都是低薪阶层，不是想像中那样可以满宇宙飞来飞去的，有些人甚至一生都没有离开过本星一步呢。

小姐刚才应唐龙的要求，已经设定好拉德星球了，所以现在只要一按就打印出两张机票。小姐含笑把机票递给那个大汉，同时手一伸："谢谢，麻烦您付七千元。"

大汉还想说什么，但他发现身后已经站了几个等待购买机票的人，忙一边接过机票，一边掏出信用卡递了过去。

小姐把卡在机器上一划，就递了回去，然后甜甜地笑道："请在二十三通道十四号口登机，祝您旅途愉快。"

大汉说声谢谢就跑了出来，他那个同伴忙跟上来悄声问道："现在怎么办？"

大汉摇摇头："没办法，小姐不愿意，我们也不能强迫她，让第二组接手保护任务吧。"

他的同伴呆了一下，不解地问道："难道我们真的去拉德星球？"

大汉深深地叹口气，点点头说道："没办法，刚买了机票就去退票，很可能会被人怀疑的。"

说到这儿，大汉脸上露出了笑容，摆个手势，按了一下耳朵，他的同伴虽然不解，但是也跟着把耳内的通信器关掉。

大汉见通信器关掉了，笑嘻嘻地靠到同伴身旁悄声说道："再说了，我们可以趁这个机会公费旅游一下，我可是三年没有怎么休假了。"

　　他的同伴听到这话，也露出了笑容，同样悄声说道："呵呵，这个主意太好了，听说拉德星是个旅游胜地，我们就好好地去玩上几天吧。反正信用卡里面还有上百万联邦币，到时带点礼物给那些家伙，相信他们也没有什么怨言。"

　　"就这样决定了，我们好好去轻松一下。"大汉拍拍同伴的肩膀，指指耳朵，然后恢复严肃的话语说道："〇二、〇二，我是〇一，小姐给了我们机票，如果退票的话可能会引起有心人的注意，所以我们决定下机后再找适当时机回来。现在保护小姐的任务就交给你们了，为了不妨碍飞船飞行，通话后我们将关闭通信。"

　　此时耳中传来"〇二明白，〇二明白"的声音，两个黑衣大汉立刻关掉机器，相视一笑，举起手猛地相互一拍。

　　另外一个大汉用手肘撞撞大汉的手臂，赞叹道："下机后再找适当时机回来，绝！真是绝了！"

　　大汉乐呵呵地笑道："那当然，也不看看我是谁？走。啊……对了，把这个取下来，这样戴着谁都会看着我们。"两个取下墨镜的大个子就这样勾肩搭背地朝登机通道走去。

　　在二十三通道十四号登机口处已经排满了人，一个负责验票的机场人员已经开始验票了。

　　也许大家会说，这些随便依靠电脑就可以完成的任务，为何要依靠人手呢？大家都知道一个社会的安定与否，可以说和失业人口成正比，也就是说失业人口越少，社会越安定。

　　联邦几万亿的人口，就算只是百分之一的失业人口，那么也有几百亿人没有工作，就算联邦军队数量达到了十亿，也和这些人口相差几十倍啊，这些人要是骚乱起来的话，联邦立刻会崩溃。

也因此，那些售票员、验票员、出租车司机、警察、教师、售货员、邮递员等等不太复杂的工作职位都是由人类担任的。

只有负责全局的控制系统，比较复杂或者容易出错的工作岗位才是电脑控制的。别小看这些简易的工作岗位哦，这些岗位可是接收了联邦百分之九十的适龄人口，联邦也把失业人口控制在一亿左右，并努力朝千万失业人口的目标前进。这还是拥有优秀的中央电脑，在中央电脑的调控下，才能保持这么低的数字，其他国家的失业人口可没有这么少哦。

也因为如此，万罗联邦的中央电脑是联邦的骄傲，也是惟一保护等级系数超过保护联邦总统的，以前是黑洞弹为第一戒备对象，现在则是中央电脑。

这么重要的东西，那些高级工程师，虽说是定期维修，但中央电脑具有自己维修的功能，所以他们的工作只是增加功能罢了，根本不会去仔细地检测整个系统。

也因此，中央电脑人性化，他们居然一点知觉都没有。

可能主要是由于中央电脑很会在其他人类面前做戏，现在"她"有多强大的能力根本没人知道。

就算被人知道中央电脑人性化，也没人敢怎样，因为联邦的人民在中央电脑管理下已经度过了数百年的岁月，过惯了这种舒适方便的生活，从来就没有出现过什么误差。想把中央电脑关闭，先问过数万亿的民众同不同意吧。

唐龙呆呆地排着队，无聊地看着验票员接过乘客的机票，放入身旁一个验票机，然后取出来还给乘客，并带着笑容送上一声祝愿。

开始四处张望的唐龙，发现等候验票登机的乘客没有任何不满，反而面带轻松的笑容，低声跟同伴交谈着。可能数百年来大

银河禁锢

家都习惯了吧，又或者大家感觉到从人类口中说出的真诚祝愿，比从电脑女郎口中说出的更温暖吧。

不过当唐龙见到身后两个黑衣大汉，不由地仔细望了一眼。因为他记得在自己买票的时候，他们就站在自己身后。

那两个大汉看到唐龙望着自己，露出雪白的牙齿笑了一下，并礼貌地点点头。

唐龙可没有认为自己是大人物，也没有被害妄想症，所以不会有其他的想法，当然也含笑点头回礼。

唐龙被身后的黑衣大汉挡住了目光，根本没有发现大汉后面那四个没有带任何行李的男子，并不像其他旅客一样的轻松，也没有交谈，反而神色紧张地用眼睛扫视着四周，并且在这保持常温的室内，他们的额头居然冒出了汗珠。

谁也没有注意到，当他们发现验票员根本没有检查乘客身体时，不由地望着装在登机口的金属感应器悄悄地松了口气。

第九章　突　发

总算轮到唐龙了，唐龙把军人卡递给了那个验票员。

验票员愣愣地接过，有点奇怪地看了唐龙一眼。

后面那两个黑衣大汉也奇怪地望着验票员手中的卡片，他们可没见过在联邦中，可以用信用卡来代替机票的。

唐龙见那个验票员呆呆的，不由含笑指了一下那个验票机。

验票员这才想起手册里面的特别条例，忙堆起笑容，把那军人卡插入验票机，原本拦着的栅栏立刻放行。

唐龙上前一步的时候，那个验票员已经用双手捧着那张卡片送到唐龙面前，并恭声说道："祝您旅途愉快。"

唐龙看到这一幕，心中别提多爽了，看来参军真是再正确不过的选择了。

当然他心里爽翻了天，脸上依然带着那淡淡的笑意，拿起卡片，道声谢谢，踏上了传送带。

轮到那两个大汉，那个当头儿的大汉很好奇地对那验票员问道："难道现在用信用卡可以免票登机的吗？"

验票员当然知道大汉问的是什么，含笑摇摇头，一边把大汉的机票塞入验票机，一边低声说道："他那是可以免费使用所有公共设施的特殊军人卡。"说完再次含笑说道："祝您旅途愉快。"

两个黑衣大汉站在传送带上，一边望着机场的风景，一边交谈着："大哥，一个小小的少尉有可能拥有将官以上才有的特殊军人卡吗？"从这话就能明白这两个大汉对联邦军队很了解。

那个大哥含笑说道："看他那一举一动，都可以说是军人仪表的典范，没有从小严格训练是不可能一举一动都显得如此规范的。他的样子你也看到了，不但长得英俊威武，而且我感觉到他身上有着一种只有出生入死、身经百战的军人才具有的战争气味，在这和平年代拥有这种气味的军人实在是少之又少。这都说明他出身于一个军人家庭，而且还不是普通的军人家庭。"

"身经百战的气味？怎么我感觉不到？"

大汉得意地说道："你都没有经历过战争，怎么能感觉得到呢，我未成为……那个之前，我可是佣兵来的。"大汉可能怕人听到自己的职业引起不必要的猜想，所以含糊带过。

唐龙登上了一艘巨大的飞船，才一进舱门，那个站在舱门口的美丽空姐就欢迎道："欢迎您搭乘本次航班，请问您是哪个号数？"

唐龙听到这话才想起这个空姐是替乘客带路的，自己没有机票，那自己要坐哪里啊？看到那个空姐眼巴巴地看着自己，唐龙只好再次掏出那张军人卡递了过去，同时不好意思地说道："呃……我去买机票时，售票员说不用，你随便找个位子给我吧。"唐龙知道自己免费搭飞船，没有权利要求什么好坐位。

空姐原本只是猛盯着唐龙看，要不是看出这个少尉年龄比自己小得多，她早就粘上去了。但在听到唐龙这话和看到唐龙递过来的卡片时，她立刻清醒过来。

见多识广的她立刻明白了那张卡片代表着什么，这个少年军人可不是自己所能够调戏的。

她连忙接过那张卡片，转身在身后墙上的一个带着屏幕的机器上划了一下。

在看到显示的密码等级后，她的手抖动了一下，转身慌张地看了唐龙一眼，就马上回过头在屏幕上输入了一些数据。

唐龙看到这一幕呆住了，他知道那是在做乘客记录，而且只有特殊乘客才在上机后做记录的。

唐龙有点不自在地从那小姐手中收回军人卡，这时那个小姐恭敬地说道："请随我来。"

唐龙跟着空姐来到一个最靠近驾驶室的舱室，一看整个舱室都是设施齐全的豪华坐位，近百个位置才三三两两坐了十来个人，而且都是些老头子和年轻美丽的女秘书。

不用说这就是最贵的头等舱。

空姐带着他来到最前面、最靠近驾驶室的位置才停下来，恭敬地说道："您请坐，我帮您放行李吧？"说着就想来提唐龙的行李。

唐龙忙制止空姐的动作，并强自镇定地含笑说道："不用了，谢谢你。"

空姐忙点点头："那您有什么需要请尽管吩咐我，按这个按钮就行了。"说着指了一下唐龙那张椅子旁的一个绿色按钮。

原本空姐还想待在唐龙身边，可惜被唐龙身后的一个老家伙唤去了。

唐龙在空姐离开后才松口气坐在椅子上，他现在知道不对劲了，因为一个小小的少尉不可能享受到这么高级的待遇啊。

唐龙突然苦笑了一下，因为他想起那个有故障的咨询电脑，自己这张卡就是那个故障电脑搞的，当时因为金额没有增加就以为没有搞鬼，没想到"她"却在这方面动了手脚。

银河禁锢

唐龙听到后面空姐和人悄悄说着话，知道肯定是有人在打听自己的来历。竟然看到一个小小的少尉跑到头等舱来，而且空姐也热情得过分，不好奇才怪！

唐龙决定不再用军人卡去贪小便宜，免得被有心人察觉，查出自己根本没那个资格，告到军部自己就倒大霉了。最好就是找回那个故障系统，让"她"把卡片恢复原状才行。

想到这儿，唐龙又是一阵头疼，如果向人说明自己的卡片出了问题，他们会相信自己是清白的吗？

电脑系统是根本不会发生故障的啊，他们一定会认为自己是个大黑客，更改了程式。

但这么多年来，从来没有听说过有谁能够入侵公共电脑系统的啊，这到底是怎么回事……

唐龙拍拍自己的脑袋，他知道自己并不是想这些复杂问题的料，他决定不去想了，而且也决定不再使用军人卡了。做完这个决定之后，唐龙开始享受起头等舱的那些设备来。

这就是单细胞性格的好处，说忘就忘。

紧跟在唐龙后面的那两个大汉，当然看到空姐带着唐龙进入头等舱。若有所思的那个大哥，立刻向他同伴使了个眼色，他同伴马上站在舱口注意着四周，而他则去查看刚才空姐捣弄的那件机器。

不一会儿，同伴见到另外一个空姐走来接班，立刻咳了一声，那个大哥若无其事地站到一旁。

在被空姐引导到坐位上坐下之后，那个同伴等空姐走远后才低声问道："怎么样？"

那大哥轻轻吐出几个字："没有种类，密码等级 SS 级。"

那同伴一听这话就明白，但是仍有点吃不准地再次问道：

"那个少尉?"那大哥点点头不吭声,眼中闪着莫名的光芒。

在这个时代,可以说各国都有密码等级制度,主要是为了可以让电脑更方便地进行人力资源的管理与调配。

同样为了这个缘故,密码等级也划分了种类。这样一来就能明确表示密码等级越高,也就代表那个人越有能力。

但是十分可惜的是,这样为管理人力资源而设置的系统,居然变成了一个人能否进入上流社会的钥匙,从而搞得这样的系统开始变味了。

当然,能够获得高等级的人,大多都具备了获得这个等级的资格。

由于这些等级的划分,都是由电脑通过各种个人资料以及各种信息,来自动给予的等级,可以说是相当公平的,不过要是从这些方面来作假,那电脑也没办法做到公正了。

就像金融种类的密码等级,可以用钱买到电脑帮你设置高等级的密码,虽然这只是单独用于金融方面。

让这样做变得合理的理由是:你能够买到的话,这也说明你有本事嘛,因为买等级密码的钱可是天文数字哦,而且每次使用的费用也不菲。

能够花费这么多钱,就足以证明你在金融方面很有成就,完全够格拥有这样的等级。

而一些不能用金钱直接买到的高等级,则是依靠个人的表现、获得的成就和未来的潜力等等方面来划分密码等级。

当然,同样花费大量金钱在这些方面作假的话,也能够获得其他种类的高级密码等级。

由于等级代表着身份和地位,所以不论哪一种密码等级,在没钱用的时候都可以利用这个等级向银行借钱,当然这要高等级才行。

不过这样的标准也不是每个国家都相同的，一些君主国，他们的贵族就利用权力把自己的等级设定为高级。就算国君是个白痴，也能在一出生的时候，就拥有全国最高的密码等级。

那同伴满脸兴奋地低声自语道："好大的来头，没想到这样的大功劳居然垂手可得。"

听到同伴的话，那大哥也兴奋地低声说道："刚才还以为他是个将官级的人物，没想到是和我们陛下同级的大人物。下了机就把这事报告伯爵，然后全力跟踪。"说到这儿他停了一下，有点狐疑地说道："不过我很奇怪，按理说万罗联邦不可能出现这样年轻的大人物啊。"

那个同伴摇摇头："我们并不知道联邦有什么机密，不过电脑是不会骗人的，他能够达到 SS 级的密码等级，肯定是有符合这个等级的能力和身份地位。"

这时那大哥看到有乘客走上前来，就一边系安全带一边说道："好了，不要说了，好好休息一下，到拉德星要五个小时呢。"他的同伴点点头，在系上安全带后就闭上眼睛，开始休息。

唐龙早就系上安全带，半躺在豪华大椅子上，带着立体眼镜开始欣赏电影了，他可是有近一年的时间没有看过电影，这次当然要好好享受一番。

不一会儿，飞船的系统电脑发出声音："欢迎各位乘客搭乘本航班，目的地是拉德星，航程有五个小时，祝各位旅途愉快。"说完这话后，电脑停了一下接着说道："准备起飞，请乘客不要离开坐位，请系好安全带。"

带着立体眼镜的唐龙不满地嘀咕道："奶奶的，正精彩的时候居然切断影视声音，强行让我听到这些话，我早就系好安全带啦!"

　　当然唐龙是不会为这种问题向空姐抗议的，怎么说这也是飞船关心乘客的一种表现嘛。

　　唐龙刚才见到有这么多的乘客，为了不失礼，只好强压住那种想让自己自在一点的感觉。

　　之所以现在才表现出他的本色，是因为现在他看不到其他人，也就不由自主地表现了出来。

　　没办法，这种一个人时就会自言自语的习惯，是在训练营养成的。

　　机舱开始发出轻微的震动，不用讲飞船起飞了。

　　唐龙原本想好好欣赏一下电影，但是却依然不能如愿，因为电脑系统再次切断影视的声音说道："即将进入空间跳跃，请乘客不要解开安全带。"

　　唐龙只好叹口气，把手放在扶手上，静静地等待着空间跳跃。

　　唐龙知道，要想好好欣赏电影只有等到跳跃后的一个小时，然后又要被打断，进行下一次的空间跳跃。

　　这种大飞船，跳跃一次要正常航行一个小时才能进行下一次跳跃，也就是说到达拉德星要跳跃五次。

　　不久电脑再次出声说道："跳跃完成，乘客可以自由活动。"

　　此时，经济舱内很多人都解开了安全带。有的起来到处走走，有的开始欣赏屏幕上的节目，有的开始呼唤空姐，有的和朋友聊天游戏。反正整个经济舱热闹了起来。

　　有四个男子，从自己的坐位走出来，两个往前，两个往后走去。

　　当他们站定后，动作整齐划一地从怀里掏出了手枪，并齐声

银
河
禁
锢

高喊道:"不要动！劫机！"

原本热闹的机舱立刻安静下来，大家都目瞪口呆地看着这四个劫机者，直到过了好一会儿，一片惊叫声才响了起来。

那四个男子狠狠地用枪柄教训了几个乘客后，再看着那黑糊糊的枪口，所有的人都聪明地闭上了嘴巴。

而那两个黑衣大汉则愁眉苦脸地呆坐在位子上，他们没想到刚发现了一个立大功的机会，就要面对这样的遭遇，难道自己注定一生都只能是个护卫？

被喊做大哥的大汉向他同伴使个眼色，悄悄地比了几个手势。他同伴点点头表示明白，他明白大哥的意思是等待时机。如果能够不出手就获救当然好，但如果有生命危险说不定就得拚一下了。

这个大汉很不明白，这些劫机者的武器到底是怎么带上来的？

登机口的监测器可不是摆在那里好看的，不然自己也不用做好赤手空拳对付他们的准备啊。

由于头等舱的舱门都有隔音功能，就算外面闹翻了天，这里也听不到什么声音。当然这里也不是一片宁静，那些轻声细语的调笑声根本就没有停顿过。制造这些声音的人，正是那些老头和秘书。

他们为了不被人打扰和自己秘书亲热，都自动地把位子坐得很开，不站起来根本看不到其他人在干些什么。在这种情况下就算他们能够听到外面有动静，他们也懒得去理会。

而唐龙听到电脑那句话，忙按动扶手的按钮，他要倒带回去听听刚才电影里的对话。可刚倒带回去，躺下还没看上一分钟，立体电影又被切断了，而且这次不但是声音，连图像也被切断，并且出现了一个带着笑容的电脑女郎。

这个时候可以很明显地听到唐龙磨动着牙齿的声音，被人连续打扰三次，谁也会恼火啊。

唐龙盯着屏幕上这个突然冒出来的电脑女郎，咬牙切齿地想开骂呢。不过这个原本带着笑意的电脑女郎，突然露出焦急的神态对唐龙说道："唐龙，是我啦，姐姐啊。"

唐龙听到这熟悉的语气，忙把就要吐出来的脏话吞了下去。

刚想张着嘴巴大声喊，但是又醒悟到这里还有其他人，忙强行压抑着愤怒的心情，对麦克风小声低语道："你这个……呃……大姐，快把我的军人卡变回正常的啦，我不要什么特殊照顾！"

原本唐龙想说她是故障电脑，但想到这样可能会伤她的心，忙改了口。他忘了电脑是没有伤心不伤心的问题的。

电脑女郎忙说道："这事等一下再说，我告诉你哦，你所在的航班上有四个恐怖分子啊。"

唐龙吃惊地正要叫出来，电脑女郎忙把食指竖在唇边："不要喊，小心打草惊蛇。"

唐龙听到这话，忙捂住嘴巴，十分怀疑地看着电脑女郎。

刚才他会吃惊，只是正常人听到这个消息后的条件反射罢了，现在他震惊过后，开始想到告诉他这个消息的是台故障电脑，这个消息的准确度十分可疑。

电脑女郎看到唐龙的神色，没等唐龙开口就指着他抢先说道："你现在一定是怀疑我说的话，不相信机上有四名劫机者，对不对？"

唐龙听到这话呆住了，他搞不懂为什么这个电脑居然能够知道自己想什么，难道电脑能够分析自己的神情吗？

电脑女郎晃晃食指，俏皮地说道："我会知道机上有劫机者，那是因为联邦所有公众设施的监视眼都是我控制的啊，你姐姐我可是很厉害的哦。而且啊，原本我以为你已经回家了，但是在你使用军人卡的时候，我才知道你刚上飞船，也就跟着来看看，刚好发现他们在劫机，不然我哪能在这么多飞船里面一下子就发现哪艘飞船有恐怖分子啊。你看看，姐姐对你多好，一发现你就立刻来看你，你要感激哦。"

唐龙这个家伙从刚才呆呆的状态醒来后，只听到了电脑女郎说的最后一句话，开头那句能够暴露出电脑女郎身份的话，唐龙可就没有听到了。所以唐龙撇撇嘴，问她为什么发现有四个恐怖分子，可却在诉说对自己有多好，真是牛头不对马嘴。

唐龙正想再问一遍的时候，电脑女郎突然做出不要出声的动作，悄声说道："不要动，不要出声，假装正在看电影。经济舱已经被他们控制住了，现在有两个人正往这边赶来。"

随着电脑女郎的话语，立体眼镜内的图像出现变化，立体眼镜居然拥有了全息头盔的功能。

现在唐龙就跟没戴眼镜一样，能够看到眼前的景色，并且眼前还出现了经济舱和走廊的影像图画，就像在看两台三维电视一样。

经济舱有两个男子各自握着一把没见过式样的手枪，其中一个手中好像还握着手雷，他们正在喝骂着要那些恐慌的乘客闭嘴，把双手抱在头上。

而往这边来的走廊上，则有两个男子，他们也同样握着一把跟他们同伙一样的手枪。

唐龙这才知道故障电脑没有骗自己，机上真的有恐怖分子。在唐龙还不知道自己应该怎么办的时候，电脑女郎的声音传入唐龙的耳朵："你还呆呆的干什么？快准备，这可是立功升官的好机会啊！"

原本唐龙还在迟疑自己要不要动手，因为自己手无寸铁，而对方则有四个人，并且还都有武器，自己能拼吗？

可是在听到立功升官这几个字后，唐龙的眼睛立刻射出了炙热的光芒，并不由自主地吞了吞口水。

从恐怖分子手中救出数百名乘客的功劳，肯定能让自己晋升中尉！此刻的唐龙早就把教官那个"保存自己生命"的教导不知道扔到哪里去了，现在他的脑中只有"升官晋爵"这几个字。

大脑被这个念头控制后，唐龙就立刻开始调动一切脑细胞为这个念头服务。

外人看来只会认为唐龙正沉迷在虚拟世界中，根本不知道唐龙现在的大脑异常地活跃。

"全部不要动！这架飞船被我们劫持了！"打开舱门走进来的一个男子冲着毫不知情、正跟秘书打得火热的老家伙们吼道。

那些老家伙和秘书全都被这话吓了一跳，回过头来一看，女的立刻吓得尖叫起来，而男的则把全身的肥肉抖动起来。

另外一个男子立刻把枪一指，脸色狰狞地喊道："闭嘴！谁叫就杀了谁！"

听到这话，最会见机行事的秘书立刻闭上嘴巴，但是眼中流露出来的恐惧，却不是她们所能控制的。

这个男子晃动着手枪，凶神恶煞般地说道："全部到经济舱去，快点！"这时，另外一个男子已经朝驾驶室走去。

那个男子就要接近驾驶室的时候，突然发现身旁的椅子上坐着一个军人，吓得他立刻提枪瞄准，同时喝道："不准动！"

监视乘客往经济舱走的男子被同伴的动作吓了一跳，忙握枪戒备地喊道："怎么回事？"

此时那个男子已经发现这个军官带着立体眼镜，不由在心中暗自松了口气："难怪这人毫无反应，原来他感觉不到外面的情况啊。"所以他向同伙摆摆手："没事，这里还有一个看着立体电影的军人。"

"军人？！"那个男子听到军人这个词，立刻皱眉，并毫不迟疑地用命令的语气说道："杀掉他！"这样看来他是这一伙的头目。

听到命令，男子立刻应了声："是！"并随着声音扣动了扳机。

唐龙在这个男子说出"是"字的时候，立刻单手撑住坐椅扶手，让整个身子停在空中，并且顺势把脚尖踢向男子的喉咙。

此刻，那个男子的手枪才发出"砰"的一声，枪口喷出火光，而椅子上，刚才唐龙躺着的头部位置上出现了一个小孔。

那个男子在开枪的时候只发现眼前影子一闪，接着喉咙就是一痛，这个时候他就快消失的神志发现对方躲开了。可惜自己却不能继续开枪，因为自己的喉咙被踢碎了，枪也从手中掉落下来。

他满脸不相信地望着眼前的军人，他根本没想到带着立体眼镜看电影的人，居然能够在自己扣动扳机的时候进行反击，心有不甘地瞪着眼睛摔倒下来。

唐龙在踢中那人的喉咙后，也不进行第二次攻击，立刻接住还没落到地面的武器，然后就地一趴，朝另外一个劫机者开枪。

虽然他对这件会发出巨响的武器感到很奇怪，但也没空去理会。因为不但那个下命令杀死自己的男子已经提枪瞄准了自己，从屏幕上也发现经济舱的一个罪犯握着枪紧张地朝这边跑来。

站在舱门口的那个男子在听到一声枪响的时候，同时看到一个人影突然出现，自己那个兄弟就这样被一脚踢倒在地，刚条件反射地提枪瞄准，那个人已经飞快地捡起手枪，趴下并瞄准了自己。

"砰"的一声，唐龙差点让手枪的反震力把枪从手中震脱，并且鼻子闻到了一种难闻的硝烟味。

这一瞬间唐龙已经发现自己这枪居然打歪了，吓得连忙从走道翻滚到椅子下躲了起来。

唐龙才刚离开，他刚才趴着的地方立刻随着两声巨响，出现了两个冒着黑烟的小洞。

开完枪后也躲在椅子后面的那个男子，知道对方不是瞄不准才没有射中，而是因为对方握着自己这方的手枪，那巨大的反震力让枪口出现了偏差，要是对方使用的是激光枪，那么自己已经……想到这儿抬头瞥了一下刚才自己站立位置后面舱壁上的那个枪孔，全身不由地打个寒颤。

虽然对方没有射中自己，但在自己已经瞄准的时候，对方居然比自己先一步开枪，而且还能够在发现没有射中后立刻躲避，对方的反应和速度都比自己快，难道这个军人是特种部队的？

在那个男子胡思乱想的时候，唐龙正对立体眼镜中的"她"呱呱叫呢："他妈的！这是什么枪？居然有这么大的后坐力，而且还会发出巨响和火花！为什么不是激光枪？要是激光枪的话我已经把他射杀了！"

电脑女郎神色凝重地说道："这是火药枪！是人类没有冲出星球时所使用的常规武器。"

正紧张兮兮注意着对方动静的唐龙听到这话，低头看看手中的武器，吃惊地说道："火药枪？那不是几千年前的武器？为什么这个时候还能使用？"

电脑女郎听到唐龙的话，露出难以置信的神色说道："你怎么这么呆？这武器一看就知道是最近制造的，几千年前的东西就算能够保存下来也变成破铜烂铁啦。"

唐龙瞥了一眼手中的武器，果然成色非常新，看来是才下生产线的啊，所以他不好意思地说道："嘿嘿，一时没注意到。"接着唐龙又不解地问道："不过他们为什么会在这个时代使用几千年前的老东西？"

电脑女郎露出思考的表情，过了一会儿才说道："这种火药枪对枪身的质量要求不是很高，用强化塑料就可以耐受发射时产生的热能，而且那利用火药冲力射出的弹头不会对飞船造成危害。可以说是劫机者的必备武器。"

电脑女郎说出这话看到唐龙呆呆的，忙咳了一声再次说道："我想他们会使用这样的武器，主要是可以通过机场的武器检验机，我们的那些机器对激光枪之类的金属武器很敏感，但对塑料的武器却毫无反应。"

说到这儿，电脑女郎撑着下巴自语道："……嗯，看来回去后要好好修改一下才行。"

唐龙在电脑女郎说出劫机者必备的武器时，就没有听她后面在说些什么了。唐龙已经明白劫机者为什么要用这么落后的火药枪而不用激光枪，因为激光枪射击时的能量，任何塑料都耐受不了，而金属的武器又不能通过机场的武器检验器，这样的情况下要劫机，不用火药枪用什么？

这时唐龙从立体眼镜中发现从经济舱赶来的那个劫匪准备打开舱门了，立刻双手握枪，从椅子下开始瞄准，他就不相信这些劫匪能使用这种武器，而自己却不能！这次一定要一枪击毙，不然接下来两个打一个，自己铁定倒霉。

而此时那个躲在椅子后面的劫匪头目，屏住呼吸闭着眼睛，静静地握着手枪。他感觉到对方即将有动作了，能不能完成任务，就看能不能把那个军人杀死。现在自己就等待给对方致命的一击。

经济舱内，所有的乘客都知道发生事情了，前面的人是从隐约听到头等舱传来的几声清脆的枪声来猜测的，而更多的是看到一个劫匪朝头等舱走去来猜测的。

心中肯定头等舱一定发生了事情的人，只有那几个头等舱的客人和那个带路的空姐，以及两个黑衣大汉。小弟黑衣大汉和大哥黑衣大汉互相看了一眼，大哥从同伴的眼中看到他在询问要不要进行反击？因为接下来就是好时机了，整个经济舱只剩下一个劫匪啊。

银河禁锢

大哥忙摇摇头，否定了这个行动。因为一来不想暴露身份，二来对方进去后也不一定就会出事，那个少尉不可能一个人解决三个有武器的劫匪。想到这里，大哥心中一叹，要是那个大人物被劫匪杀死了，那么自己的功劳也就落空了。唉，反正那功劳是捡到的，就不要去在意这么多吧。

大哥闭上了眼睛，他决定保全自己才是最重要的，因为有了生命才能享受啊。

第十章 立 功

趴在地上握着枪瞄准舱门的唐龙突然缩了回来，并哭丧着脸低声嚷道："呜，我好像被狙击手瞄准了。"

电脑女郎听到这话呆呆的："狙击手？不会吧？这里可是飞船啊，再说他们也就几把火药枪，怎么可能狙击你呢？"

"呜呜，真的有人准备狙击我啊。现在的感觉跟在《恐惧》游戏里面被僵尸瞄上了一模一样，肯定是哪个王八羔子准备在我进攻的时候杀死我！"唐龙说到后面开始咬牙切齿地骂起来了。

电脑女郎听到这话，忙把一个图像调出来，看到那个劫匪闭着眼睛蹲在椅子背后，不由奇怪地说道："不会吧？他正在闭目养神啊。"

唐龙看到那幅图像再听到电脑女郎的话，不由一拍脑袋指着图像嚷道："他这是在感觉我的位置啊。"

唐龙说完没有去理会故障电脑，开始思索怎么解决眼前的危机，他现在受到升官的刺激，脑袋特别发达。

想出办法的唐龙忙说道："大姐你不是电脑吗？能不能想办法让飞船的喇叭响起来？"

"响起来？"电脑女郎立刻明白唐龙的意思，接着说道，"这没问题，来点音乐怎样？"

唐龙没有回答电脑女郎，他的注意力集中在显示头等舱外那个匪徒的图像上，他看到那个匪徒没有如想像中那样立刻打开舱门，反而蹲在侧边，一手握枪一手去按舱门开关。

唐龙一看就知道那个匪徒想干什么，忙弯着腰退后几步，摆出一个冲刺跳跃的动作。

电脑女郎也注意到这些，她也了解自己应该什么时候让喇叭响起来，现在她只是兴奋地看着门外的那个匪徒，等待着恰当的时机。

电脑女郎什么时候经历过这样和自己切身相关，而且又这么紧张的事情呢？所以相比起唐龙来，电脑女郎没有紧张感，反而异常兴奋呢。

舱门打开了，那个匪徒没有立刻冲进来，反而蹲在门边等上了两三秒，然后才刷地站起来举枪朝舱内冲去。

唐龙等的就是这个机会，在那个匪徒刷地站起来的时候，唐龙如飞豹一样地跑了两步，然后用力一蹬，整个身子如鲤鱼跃龙门一样地出现在走道上空，唐龙握枪的手已经瞄准了舱门。

此刻那个匪徒刚好从外面冲进来，而原本闭着眼睛的劫匪头目嘴角出现了狞笑，眼睛睁开，握着枪开始站起来了。

在这一瞬间，电脑女郎掌握了这个时刻，飞船的喇叭猛地传出响亮的、震动感十分强烈的摇滚歌曲。

那个头目听到震耳欲聋的音乐，呆了一呆，没有立刻转身瞄准。

就这么一瞬间的差距，那个刚冲进来就想就地翻滚的匪徒，随着"砰！砰！砰！砰！"四声枪响，连一声惨叫都没有发出，就这么翻了个身，整个人弹出了舱门外。

在他因子弹的冲力而弹起来的时候，手中的枪已经随着惯

性，掉落在头等舱内的地板上。

在第一声枪响的时候，头目才刚转过身来，此刻那个匪徒已经中了弹。头目在这一瞬间看到了在空中的唐龙，条件反射地抬枪瞄准并扣动了扳机。

"砰！"

虽然开了一枪，但子弹只射中了唐龙身旁的一把椅子。看来头目还没有达到枪随心走的境界。

身在空中的唐龙，朝那个冲进来的匪徒开了两枪，第一枪是测量距离，第二枪才准确地击中了那个匪徒的脑袋。

在击中那个匪徒的一瞬间，唐龙已经看到头目瞄准自己开枪了，忙把枪口挪动了一下，朝着匪徒头目开了一枪。

唐龙在落下之前，没有注意有没有击中那个头目，他只见到那个匪徒如电脑游戏中的情形一样，整个人翻了个身弹出了舱外。

而那个头目在开出一枪后，立刻感到手臂一麻，多年的反应让他感觉到自己中枪了。

训练有素的他，忙抬枪朝着唐龙落下的方向横扫了数枪，然后一个箭步在舱门没有关上之前离开了头等舱。

原本唐龙落下打了一个滚，正想站起来朝那头目开枪，但立体眼镜显示了头目的动作，吓得他忙顺势往前趴下。等他看到头目逃出去后，才心有余悸地站起来看看身后墙壁上的弹孔。

看到数个间距均匀的弹孔，唐龙不由拍拍胸口，要不是有电脑女郎的帮助，让自己能够看到原本看不到的情景，自己刚才站起来反击，肯定中弹身亡了。

这些连贯的动作说起来好像很久，可是实际时间却只有五六秒。

坐在经济舱第一排的旅客，刚看到舱门打开，那个匪徒冲进去，接着强烈的音乐声响起。

紧接着听到音乐里夹着数声清脆的枪声，随着枪声一个黑影弹了出来，还没有看清那黑影是什么，又有一个人影飞快地掠出来。

当看清楚眼前是一具脑浆烂了一地的尸体和一个捂着左肩的劫匪时，被打开的舱门已经关上了，根本看不到头等舱的情形。

唐龙在拍完胸口后，突然想到什么，立刻跃起，踩着椅子跳到舱门。正要伸手打开舱门的时候，发现那个站在舱门的劫匪头目，已经以飞快的速度缩在门边，并提枪戒备。

唐龙只好停下开门的动作，并立刻侧身贴在门边，狠狠地吐了口口水骂道："呸！浪费了一个打落水狗的好机会！"

电脑女郎正用慢镜头回味着刚才的一幕，这几秒钟的一段影像已经被她记录下来了。

虽说这些动作不比自己以前看过的刺激，但怎么说也是自己的亲身经历啊，而且主角还是自己的亲人呢，所以当然要把这次的事情变成自己美好的记忆。

听到唐龙的话后她才清醒过来问道："怎么浪费了打落水狗的机会？"

唐龙撇撇嘴，这个电脑真的是故障电脑，连这点都看不出来？虽说心中这样想，但唐龙还是说道："要是我没有在那里拍胸口浪费时间，一定可以紧跟在那个匪徒后面，趁他还没转身之际，一枪把他给了结了。现在他已经戒备起来，这样的机会就没有了。"

电脑女郎把刚才的影像重新播放出来，在那个匪徒头目退出舱门的图像定了格，然后放大给唐龙看，并说道："幸好你没有马上追上来，你看，他虽然不是面对着这边倒退离开的，但他的

银河禁锢

枪却依然瞄着背后啊，你要是冲上去，可能会被击中的哦。"

好一会儿唐龙才惊讶地开口问道："他是什么人？普通的匪徒能够在这个时候还可以进行预防措施吗？就连普通的军人也没这个可能啊，而且枪法还这么好，难道他是……"

电脑女郎点点头："如你所想，他是特种兵。"

唐龙再次惊呼："特种兵？"

唐龙知道有这样身手的人一定是特种兵，所以他没有怀疑，不过又立刻疑惑地问道："可是特种兵怎么可能去当劫匪呢？"

"他又不是我们国家的人，为什么不能当劫匪？"电脑女郎也奇怪地反问道。

"不是我们国家的人？你怎么知道？而且他这个外国特种兵跑来劫我国的飞船干什么？"唐龙不解地问道。

电脑女郎得意地说道："我当然知道他们不是我国的人，因为刚才查过他们的登机记录。发现他们四个的身份都是伪造的，而且是那种身份属实、人却不同的伪造，要经过密码验证才能证实是假的。至于为什么跑来劫机，这就不是我这个小小电脑能够知道的哦。"

虽说电脑女郎这样说，但她明显露出"我知情来问我啊"的表情，不过仔细看着门外匪徒动静的唐龙没有看出这个表情的含义，只是哦了一声就没再理会，搞得电脑女郎气鼓鼓地也跟着不说话。

门外那个匪徒头目依然蹲在墙角，把枪换到左手，右手从腰间掏出一瓶急救喷雾，开始替自己的左肩止血。

而经济舱尾部，另外一个劫匪，已经拉起一个空姐，一手用枪指着她的头，另外握着手雷的手圈着空姐的脖子，整个人粘在空姐背后，推着空姐缓慢地朝匪徒头目这里走来。

整个飞船已经被吵闹的摇滚音乐涨满了，就算大声喊叫也只有贴着人家的耳朵才能听见。

虽然有人哇哇惊叫着，但被那个押着空姐的劫匪用枪一指，立刻闭上嘴巴，只好任由那烦人的音乐让自己的心情更加烦乱。

那头目的伤口虽然停止流血了，但弹头仍在体内，动一下就会很痛，不过匪徒头目却毫不迟钝地把枪交给右手，用左手从腰间取出一个弹夹，退弹上膛的动作一下子就完成了。

头目右手握枪贴在门边，左手朝另外一个劫匪飞快地打了几个手势，然后把那具尸体拖过来，不让他挡住通道。

唐龙看到那个匪徒头目换弹夹的动作，才想起这种火药枪不可能射完一百发才需要换弹夹，忙条件反射地跟着摸向腰间。这一摸当然是摸了一空，正焦急时，唐龙看到了地上的那个匪徒掉下的手枪，忙伸手捡取。

唐龙弯下腰时也看到了被自己踢死的匪徒的尸体，更是大喜过望，立刻朝那边跑去。

唐龙从尸体上搜出三个装满子弹的弹夹，原想替先头那把手枪换弹夹，可退下一看还有十一发子弹，就装了回去。此时外面匪徒有动作了。

匪徒头目向同伴打了手势后，那个匪徒立刻推着空姐加快脚步来到头目旁边，并把左手的手雷交给了头目。

头目再次比画了一下手势，才把手雷接过握在手中。那个匪徒则带着空姐靠在另外一边的门边，并用枪指着空姐，示意她去开门。

银河禁锢

唐龙这次已经清楚地看到了匪徒的手势，他受过机器人教官的教导，当然看得懂这种军用手势。

虽说这军用手势不是万罗联邦军方的，但机器人教官会只教他自己国家的军用手势吗？

唐龙想到自己还不能得心应手地控制这种火药枪，不由大喊道："大姐，把音乐关掉！给我弄个虚拟标靶来！"

电脑女郎虽然不知道唐龙想干什么，但也照着唐龙说的，立刻关掉吵人的音乐，并在立体眼镜看到的墙壁上出现了一个标靶影像。

唐龙看到那个标靶，立刻单手提枪瞄准射击，"砰！砰！砰！"的枪声响了起来。

电脑女郎看到射出的子弹离靶心越来越近，才明白唐龙居然临阵磨枪，开始调节射击的准确度。

门外的匪徒因音乐声突然停下而呆了一呆，接着听到里面传来微弱的枪声，不由忙贴在墙壁上。

他们以为唐龙出于防备开始乱开枪了，也就暂时没有让空姐继续开门，他们认为等子弹射完了再进攻更好。

他们猜想着，认为唐龙刚接触那火药枪，一定以为子弹有一百发，当打到十五发，发觉没子弹了一定会呆住的。劫匪头目开始在心中默默数着枪声，他们等待的就是唐龙打完子弹的时候。

头目加上了唐龙夺枪后射出的四枪，算到十五发的时候，立刻打出信号，那个匪徒用枪一捅满脸惊骇的空姐，示意她开门。

这个空姐正是替唐龙找坐位的那人，她刚才看到三个匪徒进入头等舱，一个受伤退回来，一个脑袋被射成稀巴烂，一个则没有出来，看样子肯定也完了。她心中正在感叹那个年轻少尉如此了得，怪不得能够拥有 SS 等级的密码时，却被劫匪选中推到这个危险的地方来。

空姐的腰已经被枪口顶着，她知道自己再迟疑的话，匪徒立刻会干掉自己然后再找一个人。

她颤抖着把手按在开关上，闭上了眼睛，她这个时候只能祈祷那个少尉不会在自己打开门后就开枪射击。

唐龙在子弹射完的时候，立刻抛枪，让两把枪在空中变换位置，左手接住没有子弹的那把，而右手一接住满弹的手枪，立刻瞄准舱门。同时左手一按把弹夹退了出来，然后用牙齿咬住枪膛，左手取出新弹夹，装上，最后再握回左手中。

唐龙示意电脑女郎把标靶消除后问道："大姐，你知道那种塑料手雷的威力有多大吗？"

电脑女郎把匪徒头目手中的手雷图像扩大后，点点头说道："这种手雷的爆炸威力范围是三米，不过这个很可能是闪光弹或者是催泪弹。要是闪光弹的话我可以调节立体眼镜的进光度，但如果是催泪弹的话我就没办法了。"电脑女郎说到这儿，语气中明显出现了担忧的味道。

唐龙心中一惊，要是催泪弹的话，自己没有防毒面具，那不就完蛋了？不过在看到外面两个劫匪的动作后，唐龙和电脑女郎都心中一宽，因为那两个劫匪掏出一副墨镜戴上了。

看来他们是因为防毒面具面积太大不好带上机，所以才没有准备催泪弹吧？那怎么不用炸弹？

要知道这可是飞船里面，要是不小心把飞船炸了，大家都得成为太空尘埃，而且破坏坏飞船并不是这帮劫机者的目的。

唐龙大大咧咧地站在走道尽头的中央，很自在地把握着枪的双手垂下，立体眼镜下面的嘴唇露出了一丝得意的笑容。

唐龙这家伙认为胜券在握，又开始摆酷了。刚才他已经掌握

了火药枪的射击性能，现在就算苍蝇都可以打下来，别说是拳头大的手雷了。

舱门被打开，空姐站在门口，唐龙并没有举枪，他老早就知道了嘛。

接着唐龙看到一个物体从空姐背后抛了进来，不用讲，目标来了。

唐龙全神贯注地凝视着那个物体，当唐龙已经可以看见那东西身上的纹路时，立刻抬枪射击，而电脑女郎也不失时机地在子弹出膛的时候，立刻把立体眼镜的进光度调至最低。

轰的一声巨响，一道耀眼的白光笼罩了整个头等舱，连在经济舱神色紧张地望着舱口的旅客也被这光芒刺痛眼睛，齐齐惨叫一声，慌张地把眼睛痛苦地闭上，并用双手紧紧地捂住。遭到这个刺激，他们需要进医院才能恢复视力了。

而那两个黑衣大汉在看到劫匪戴上墨镜的时候，就知道怎么回事，他们早就闭上了眼睛，可说整个经济舱就他们两个和那个闭着眼睛等死的空姐没有惨叫。

劫匪头目没有率先往里面冲，那个劫持空姐的劫匪在头等舱发出光芒的时候，就一马当先地推开空姐冲了进去，他没有听到头等舱有没有发出惊叫，因为经济舱已经惨叫声一片，想听也听不到。

他刚冲进去，还没站稳，就在光芒中发现一个带着立体眼镜的军人，正提枪瞄准自己。

刚想抬枪射击，"砰"的一声，他只觉得眉心一痛。在这最后的一刹那，他只看到了那个军人嘴边露出一丝嘲弄的笑容，然后就什么也不知道了。

听到枪声，头目还以为成功了，可是刚探头就被淋了一头血，那粘粘的红色液体和那扑鼻的血腥味，让他立刻明白不对劲。

因为就算那个军人躲在墙角被杀死，也不可能把血液射出舱门啊，能够完成这个喷血动作的只有自己那个刚冲进去的同伙。此时刚好倒在门槛上的尸体，证实了头目的猜测。

看到伙伴那眉心间的黑洞，头目心中不由一冷。没想到自己死了三个训练有素的伙伴，居然没伤对方一根毫毛。

对方怎么能够在闪光中击中敌人呢？难道他早就知道自己要使用闪光弹，而事先准备了墨镜？

对于唐龙还有子弹的问题，他已经想起头等舱内死了两个人，掉了两把枪的事情。

他现在没空去想这些问题，也没空去为自己的疏忽而后悔。他立刻抓起紧闭着眼睛被推倒在自己身旁的空姐。整个身子贴在空姐背后，让空姐迎着舱门，他的脑袋大部分藏在空姐头后，只露出一副墨镜，拖着空姐缓慢地退后。

此时光芒已经消失，他立刻把墨镜摘掉，因为昏暗的光线对他不利。他已经退到走廊尾部，身子靠着墙，把空姐紧紧地挡在自己前面。经过这短短的交战，他开始害怕和头等舱里面的那个军人面对面搏斗了。

他知道，虽然自己现在已经算是失败了，但如果那个军人拥有正义感，自己还有扳回一成的胜算。

他在空姐背后只露出一只眼睛看着舱门，明显可以看出那只眼睛流露着恐慌的神情，他手中的枪虽然紧紧地顶着空姐的腰部，但还是偶尔会震动一下。

他怒声喝道："出来！数到三不出来，我就杀死一个人质！"可惜他的声音，被乘客们因为自己眼睛看不见而发出的惨叫声盖

过了。

恼怒的他立刻抬枪向上连开两枪，听到枪声，乘客们下意识地闭上嘴巴，头目先怒骂一声闭嘴后，才再次对舱门喊着刚才的话。

此时唐龙的立体眼镜已经恢复原来的光亮，外面的情况也变成图像出现在唐龙面前。

唐龙看到劫匪头目躲在空姐背后只露出一只眼睛的样子，不由嘿嘿一笑："真够笨的，一定是电影看多了，以为这样我这个神枪手就打不中你吗？"说着迈步朝舱门走去。

唐龙嫌倒在门槛上的那具尸体碍事，随手把他拖了进来。虽然脑袋已经血肉模糊得吓人，但唐龙可是在《恐惧》游戏里面整整待了一个月哦，这种程度算什么？

吓不了他的。

也因为那个死亡游戏，他才能在真正杀人后毫无一般人会有的恐惧心理。

空姐早就在强光消失时就睁开了眼睛，发现自己仍然那么倒霉，从刚才的替死鬼变成现在的人质，都是那么倒霉地站在第一线。

空姐想到这个就想哭，可惜只能扁扁嘴，不让自己哭出声来，她害怕劫匪听到自己的哭声会恼怒地把自己干掉。

劫匪头目刚喊完话，就发现唐龙已经站在舱门口了。而此时他手中的枪因为刚才朝上开枪吓唬乘客，还高举着没有放下来呢。心中虽然一惊，但他认为自己躲得很安全，所以一边喊着："把枪放下，双手抱头走出来！"一边准备把枪收回来。

他那只眼睛突然见到那个看不见面目的军人，嘴角露出一丝莫名的笑意，紧接着只见那军人把手一抬，就听到一声枪响，眼前只看到一个黑点扑来，接着什么都不知道了。

那空姐原本还泪汪汪地看着唐龙，没看到他怎样动，枪被举起来了，接着听到"砰"的一声，下意识地闭上眼睛，皱着眉头准备承受中弹的痛苦。

可是枪响后什么感觉都没有，而且紧紧圈住自己脖子的手也慢慢地松开，接着"啪"的一下，重物摔倒的声音从身后传来。

她好奇地睁开眼睛，对面的舱门处已经不见了那个少尉，忙转身一看，首先入眼的是墙上红里带白的血迹，接着是下面一只眼眶烂掉、整个脑袋血肉模糊的尸体。

看到那个连立体电影里都没有出现过的惨样，她忍不住呕吐起来。她知道自己安全了，当然是放心地呕吐啦。

两个黑衣大汉当然把唐龙干掉劫匪头目的过程看在眼中，虽然现在安全了，但他们为了不引人注目仍呆坐原位没有动。当然，他们正在讲着悄悄话——

"好厉害，居然单人匹马地干掉四个训练有素的劫匪。"黑衣大哥悄声说。

那个黑衣大汉听到这话，有点不解地悄声问道："大哥，这只能说明这个少尉很有战斗天分，不过这样就能有资格拥有 SS 的密码等级吗？"

大哥沉默了一下才说道："单单凭这个是不可能拥有 SS 密码等级的，我们要仔细探查一下，他很可能拥有军事上的才能。"

那个黑衣大汉听到这话点点头，不再说话了，不过两个人的眼睛都紧紧地盯着那已经关上的头等舱门。他们不明白那个少尉胜利了，还缩在头等舱干什么？要不是怕打草惊蛇，早就去看个究竟了。

而此刻的头等舱内，仍带着立体眼镜的唐龙，左手按在头顶，右手按着肚脐，扭着屁股跳起舞来了。不但双手还握着枪，

而且嘴巴还在呱呱叫着："耶……耶……耶！中尉……中尉……中尉啊！我要当中尉啦！哟呵！"唐龙喊完最后一句，摆出一个酷酷的姿势结束了这场胜利之舞。

唐龙这才发现手中还握着那火药枪，不由拿过来仔细抚摸，嘴里呵呵地笑着："嘻嘻，这枪虽然没有镭射枪那么厉害，但发出的砰砰声和那强大的反震力，都让人觉得好爽啊。"说到这儿，唐龙突然抬头四处望了一下，没有看到一个人，于是唐龙飞快地把那其中一把手枪塞入军服里，看来他要私藏军火了。

唐龙摸摸怀里的手枪和两排弹夹，得意地笑了："嘿嘿，太棒了，我不说的话，谁知道不见了一把呢？而且这些都是检测不出来的塑料枪，嘻嘻，可以回去好好玩了。"

"喂，唐龙。"被唐龙突然跳舞而怔住的电脑女郎，这才回过神来，看到唐龙在自言自语居然忘了自己的存在，不由不满地打断他。

"有！"唐龙听到有人叫自己的名字，条件反射地两腿一并，挺胸抬头响亮地应道。

"呵呵呵，是我叫你啦。"电脑女郎看到唐龙的样子不由地娇笑了起来。

唐龙这才发现了仍在自己眼前的电脑女郎，忙撇撇嘴，不过看到电脑女郎在看到自己撇嘴后露出不满意的表情，忙恭维道："呵呵，大姐，你看我这人，一高兴就忘了感谢大姐您。这次要是没有大姐您的帮助，在下肯定倒大霉，而且也不能立功升职了，这都多亏大姐您呢，小弟对您的敬仰犹如浩瀚宇宙茫茫无边，又如星辰的闪耀连绵不绝。您那甜美优雅的声音让我不再迷茫，您那无尽的智慧是指引我前进的灯塔，您那……"

唐龙这个家伙已经在这次事件中，感觉到这个故障电脑很有用，开始拍她的马屁，准备以后可以占点便宜。

智慧电脑如何被人如此称赞过，立刻心花怒放地用双手捂着通红的脸蛋，微微眯着两眼，很享受地听着唐龙那滔滔不绝的恭维话。

好一会儿，她才满意地点点头，然后看着唐龙笑嘻嘻地说道："弟弟，你那么喜欢升官，我这个做姐姐的帮你搞个上校的官衔如何？"

她一高兴就忘了那五个朋友不想唐龙一步登天的想法，在她想来自己能帮助唐龙多少就帮助多少，谁叫唐龙是自己的弟弟呢。

说得口干舌燥的唐龙正喘着大气，听到这话刚想高兴地答应，但是他突然想起什么，全身冰冷地呆住了。

电脑女郎不解地看着唐龙，正要唤醒他的时候，唐龙突然趴在地上，一手被脑袋枕着，一手拼命地捶着地板，悲切的哭号声从他嘴里传了出来："呜呜呜！都是你这个臭老姐啦，帮我搞了什么特殊待遇，等下那些警察一查我这个英雄的军人卡，立刻就会发现问题，我这英雄马上会变成阶下囚的啊！呜呜呜，我的中尉啊！完了，完了，什么都没有了，呜呜呜……"

电脑女郎听了好一会儿才明白怎么回事，不由扑哧一声笑道："没有啦，这个特殊待遇是合法的哦，他们不可能察觉出什么问题的。"

电脑女郎刚说完，唐龙立刻带着哭腔嚷道："什么合法的？什么察觉不出问题？我才十九岁，而且只是一个小小的少尉，这样的我怎么可能会拥有特殊待遇？就算是白痴不用去查也能知道我有问题啦！"

电脑女郎呆了呆："呃……这倒是个问题，我怎么没想到呢？

真笨!"说着敲了一下自己的脑袋,她看到唐龙那悲切的样子,不由地柔声说道:"好啦好啦,是姐姐多事,姐姐这就帮你把那特殊待遇消去,不要哭啦,乖哦。"不知道怎么回事,她在说出这话的时候,感觉到一股很强烈、很舒服,并且很莫名其妙的感觉。

唐龙听到这话,马上瞪大眼睛惊喜地说道:"真的?快,帮我消去。"说着就在身上乱摸,摸出那军人卡就立刻递了出去,而电脑女郎也伸手来接。这一瞬间他们两个人都呆住了,他们都忘了双方是接触不了的。

电脑女郎露出了一丝黯然的神色,不过很快恢复了平常的表情笑道:"找个咨询室的插口,把卡插进去,我就可以帮你修改了。"

唐龙呆了呆,立刻哭丧着脸叫起来:"这里是飞船,哪有咨询室啊。"

"呃,那就下了飞船后再修改啊。"

唐龙捏着军人卡无力地坐在地上,垂头丧气地说道:"飞船遇到劫机事件,肯定会中途找个星球停船,而且机上乘客在没有警察介入的情况下是不可能离开飞船的。呜呜呜,我的功勋啊。"

电脑女郎听到这话,忙想着怎么解决,不一会儿她就想到了:"有了,你可以偷偷跑下飞船,在修改后再偷偷跑回来不就行了?"

唐龙听到这话,抬起头来看了电脑女郎一眼,就低下头语气低沉地说道:"没用的,那个空姐知道我有特殊待遇,而且还被她做了记录。警察还没检查的时候,她就已经说出去了。"

电脑女郎不死心地说道:"我可以把那记录消除啊,这样你还有机会……"

唐龙打断电脑女郎的话语，刚才沮丧的神色消失了，眼中露出一股坚定的光芒，不过他说出的话却和他的表情不配："他妈的！我决定了，这次的功劳我不要了！奶奶个熊！老子就不相信我以后都不能再立功了，下次我一定要把这次的功劳攒回来。"

电脑女郎有点吃不准地问道："你是说……"

唐龙点点头说道："没错！老姐，麻烦你把我在飞船上的记录消除，然后帮助我在不惊动他人的情况下逃走，最后再帮我把特殊待遇消除，免得以后立了功还是要放弃。那待遇虽然好，但就算我要，我也会通过自己的努力去获得！"

电脑女郎看到唐龙那正气凛然、说不出感觉的英俊脸孔，以及那炯炯有神的眼神，不由呆住了。这个就是刚才号啕大哭、一把眼泪一把鼻涕的少年吗？直到过了好一会儿，她才清醒过来，点头表示明白。

此时唐龙正在那具被他拖进来的尸体上翻动着，看到这个，电脑女郎不由奇怪地问道："你干吗？"

"找子弹，反正我不要这份功劳了，就把这些东西当做补偿好了。"

唐龙说完，已经找到了三个弹夹，再捡起尸体旁的手枪，连带自己身上的两把手枪和弹夹都塞入了自己的旅行袋内。

唐龙背起旅行袋，对直愣愣看着他的电脑女郎说道："老姐，快带我躲起来。"

他没有把立体眼镜取下来，他还要依靠这个和电脑女郎联系呢。

第十一章 弃 功

万罗联邦除了军队这个最大的暴力机构之外，还有几个暴力机构。那就是警察部门、宪兵部队和国家安全部。它们的职责都是保护万罗联邦的安全，不过在具体细节上又有分别。

警察部门不用多说，主要是维护地方治安，处理各种繁琐的事物，以及处理各种日常生活中出现的需要用武力解决的事情，可说是人民的保姆。

宪兵部队，顾名思义，是属于军队中的警察，但也时常处理一些普通警察不方便或者不能够处理的事情。地位和警察比起来，那是高了很多的。

最后一个国家安全部，这个部门的权力是所有暴力机构当中最大的，他们旗下不但下辖了许许多多或明或暗、各种功能的部门，分部也散布在全国各地。

国家安全部一般不理会平常的事情，它惟一的职责就是处理危害国家安全的事，也为了这个原因，它具有监视所有公民的权力。因此在这个部门挂了号的人，可以说在整个国家都找不到一个容身之地。

此时，万罗联邦首都星——特伦星系的特伦星上，国家安全部情报局局长办公室内，一个身穿黑色西装，身形微微发福的中年人正伸手指着一个同样身穿黑色西服的中年人大喊道："怎么回事？你告诉我这是怎么回事！为什么一天之内，联邦境内居然会有一百架太空船同时被劫持？你这个情报局长干什么吃的？为什么先前没有获得任何情报？"

这个被骂得狗血淋头的人正是这个办公室的主人，安全部下面情报局的局长，今年四十四岁，名叫梁伟。现在这个原本是这个部门最高长官的人，却十分可怜地低着头，结结巴巴地应着那个中年人的责问："对不起……这是……这是下官失职……下官……"虽然现在他额头上的冷汗不断地流下来，但他不敢抬手去擦拭，更不用说抬头去看长官的脸色了。

跟着眼前顶头上司一步一步登上局长职位的梁伟，十分清楚自己的长官是个什么样的人，得罪这个长官的人随时会莫名其妙地消失。他一边胆战心惊地承受着长官的怒喝，一边诅咒着发动这次恐怖劫机事件的恐怖分子，更诅咒着自己那个去查探消息的部下为什么还不进来报告。

正当梁伟准备承受下一轮的责问时，指向性离子炸弹都炸不开的房门被打开了。一个身穿黑色西服，满头大汗，头发凌乱，领带也半松的年轻人，不等那扇电子门完全打开，就侧身跑了进来。

这个年轻人还没停下喘口气，梁伟立刻发挥了情报部门最高长官的权力，转身、抬头、瞪眼、咬牙，伸手指着那个可怜的年轻人怒骂道："干什么吃的？要你去查找资料居然去了那么久！"

年轻人被长官的声音吓了一跳，他当然知道自己的长官为什么怒火这么大了，看来长官刚才也一定跟自己一样被人训了一顿。想是这么想，但他仍忙着立正并飞快地说道："长官，被劫持的从凯拉星到拉德星的第三二四五次航班，刚刚传来消息已经解除警报，降落到姆德星系的赖特星球了！"

银河禁锢

"解除警报？就是说劫匪被抓住了？"梁伟立刻大声问道。

而那个在年轻人进来时已经转过身背着手的中年人，在听到这话后也转过身看着年轻人。

此时才发现这是一个很平凡的中年人，而且还是很和善的中年伯伯，不见他笑眯眯的眼睛和带着一丝宽厚笑意的嘴唇吗？

他那一头黑亮的头发，并不能代表他的实际年龄，但是眼角上的鱼尾纹却显出他起码也有五十多岁了。要是他出现在街上，谁也不知道他手中握有多大的权力。但是熟悉他的人，看到他那副慈祥宽厚的容貌，立刻会打个寒战，因为他就是万罗联邦国家安全部的最高长官——安全部长陈昱。

陈昱摆摆手制止了还想说什么的梁伟，和气地向那年轻人问道："发出指令了吗？知道劫匪的具体情况吗？"

那年轻人先点点头又摇摇头说道："已经让赖特星的安全部门跟进了，不过飞船刚刚降落，而且飞船上的监视镜头和机舱的通讯器材都被劫匪破坏了，飞船驾驶员也是在领班空姐使用了暗码通知下才知道的，不过那领班空姐好像受了什么刺激，发出警报解除的暗码之后就没有什么动静了。由于他们碍于规定，飞行期间不得离开驾驶舱，所以详细情形他们也不知道。"

梁伟听到这儿才暗自松了口气，虽然不知道这艘飞船怎么会这么快解除警报，但它起码降落了。这可是一百艘被劫飞船中第一艘降落的飞船啊。

不管这个解除警报是真是假，就算劫匪没被制服，也应该能够知道这伙恐怖分子是谁，不会一头雾水了。

陈昱点点头："很好，辛苦了，下去继续监视其他被劫的飞船。"

在那年轻情报官离开后，陈昱转身朝那张舒服的大椅子走去，梁伟当然明白上司要干什么，忙快步上前，按动了巨大办公桌上的一个按钮。

陈昱坐下之后，明亮的办公室立刻暗了下来，一幅虚拟立体的联邦星际图出现在陈昱面前，近百个闪亮的红点在星际图中缓慢地移动着。

梁伟用手指着停在一个星球上不动的红点，对陈昱说道："长官，这就是解除警报的三二四五次航班。"

陈昱"嗯！"了一声没有说话，梁伟发现陈昱的目光没有放在这里，反而仔细研究起那些移动的红点，虽然奇怪，但也不敢吭声。

好一会儿陈昱才说道："梁伟，你认为这次劫机事件的目的是什么？"

梁伟听到这话，心中思索了一下说道："长官，这次劫机事件肯定是有预谋的，不然不可能一百架飞船在同一时间被劫持。而能够组织如此人力物力和制定这么精密计划的人，不可能是那些追求独立的狂热分子。"

说到这儿，梁伟顿了一下，看到陈昱没有发问才继续说道："因此只有国家才能组织这样的计划。"

陈昱听到这话冷哼一声："这谁都知道，我要知道是哪个国家策划的，不然我在接到报告后第一时间到你这情报局来干什么？"

梁伟身子一抖，额头的冷汗又冒了出来，他一边按动桌上的按钮，一边指着在星系图旁边新出现的一组数据说道："长官，和我们国家接壤的国家只有西边的银鹰帝国和上方的莱斯共和国。最近的情报显示莱斯共和国有数万的军人突然消失，这些军人的家属都要政府解释，不过不知道为什么这几天这些家属的情

银河禁锢

绪安定了下来。而银鹰帝国并没有发现什么异常的举动，只是各贵族之间的宴会次数增加了，好像是为太子选妃的缘故。因此下官斗胆认为这次劫机事件是莱斯共和国策划的。"

陈昱皱皱眉，起身来到星系图前停下，梁伟不愧是跟着陈昱的，立刻按动一个按钮，万罗联邦的星系图突然变细了，它的上方和西方各自出现了一幅星系图。

陈昱指指莱斯共和国问道："莱斯共和国的其他邻国是什么国家？"

梁伟呆了一下，因为这个问题谁都知道啊，但他还是立刻回答道："莱斯共和国除了和我国相邻外就和号称'混乱之地'的无乱星系连接。"

"无乱星系"说是星系，但却是数十个星系组合而成的巨大星系。在拥有黑洞弹让宇宙出现和平的时候，就是这个"无乱星系"还存在着战争。在这星系上没有什么特别强大的国家，一般是几十个行政星为一个政体。

这个星系存在着家族政治、宗教政治、帝王政治、民主政治，可以说宇宙中出现的政治体系在这里都有。

原本这个星系不可能出现这样的情况，临近这个星系的国家当时都想吞并它。可惜，它的政治体系的所在位置却让人头疼不已。

如东方是莱斯共和国，实行的是民主政治，但它邻接的地方却是一片帝王政治势力。而莱斯共和国的北方，"无乱星系"外却是巨大的帝王政体国家。要是进攻，肯定会受到那个帝王政体国家的阻挠。而那个帝王政体连接"无乱星系"的地方却是一片宗教政体势力，这个帝王政体国家在"无乱星系"外连接的国家又是巨大的宗教政体国家。这个宗教政体连接的又是一个巨大的民主政体国家。至于这个民主政体国家又连接着一片宗教政体势力，除了这么混乱的政治体系外，整个星系还散布着无数个家族政体势力。

在黑洞弹没有发明之前，随便一个国家进入就能引起一场巨大的混战，但在黑洞弹发明后，这些完整的国家都拥有了这种武器，这样一来谁也不敢冒着被另外一个政体国家攻击的风险去攻打"无乱星系"。

因此这些年来都是"无乱星系"内的势力各自攻击，没有了大国的加入反而更为混乱不堪了。

不过在黑洞弹失去作用的今天，各大国开始蠢蠢欲动了，毕竟"无乱星系"的面积大得吓人，而且星系里面还有许多稀有金属蕴藏量十分丰富的星球啊。

陈昱点点头继续问道："那么和'无乱星系'相比，是我国比较强大呢？还是'无乱星系'强大？"

身为情报局长的梁伟当然十分清楚本国的国力了，他一挺胸朗声说道："如果我国和'无乱星系'有连接的话，'无乱星系'早就变成我国的疆土……"说到这儿，梁伟突然身子一震，声音颤抖地说道："难道……难道是银鹰帝国他们……"

陈昱冷哼一声："哼！现在才想到吗？你这个情报局长这么多年真是白干了，这么容易被那些虚伪的情报瞒住。"

说完，陈昱指了指星系图上万罗联邦的邻国——银鹰帝国，又冷声说道："现在可以说是个混乱大时代的前奏，银鹰帝国处于宇宙的边缘，它要想扩张只有把拦路的我国吞掉，不然它是不可能进入宇宙中央的！"

陈昱说到这儿，突然盯着整个星系图不吭声了。良久，陈昱嘴角露出了一丝笑容，好像是对梁伟又好像是自言自语："呵呵，想当年，我国就是为了能够毫无后顾之忧地进军宇宙中央，才借口解放奴隶进攻银鹰帝国的。嘿嘿，没想到，原本以为不堪一击的帝王政体，不但拥有强大的生命力，最后更搞出了双雄对立的局面……经历了数百年的岁月，和平年代是消失的时候了……呵呵……帝王政体……"陈昱说着这话，那微微眯着的眼睛内冒出了让人心寒的寒光。

梁伟只听到前面那几句话，最后一句由于陈昱太小声了，完全没有听清楚，不过他却看到了那一丝寒光，心中打了个冷战，他知道长官在想什么的时候才会冒出这种寒光。

正当他紧张得不知道怎么接话的时候，陈昱挥手严肃地说道："把被劫飞船航线等情报，统统给我传给军部，让他们密切留意被劫的那些飞船，特别是要暗示他们注意一下这些飞船将要飞到什么地方。"

"军部？"梁伟愣住了，安全部和军部一直以来都没什么好气的啊，平时遇到什么大一点的事，军部的宪兵队都想插一下手，长官可不只一次在背后骂军部的人把手伸得太长了。再说就算劫机是银鹰帝国策划的，安全部也有能力解决啊。

陈昱看出了梁伟的不解，冷冷地笑了一下："哼哼，现在国难当头，不是争功劳的时候。而且有些事情我们是不适合去做的，还是让我们的元帅大人去做吧。"

陈昱开始朝大门走去，一边走一边说道："不过，我们一定要先宪兵队一步掌握那些劫匪的身份，既然卖人情了，就要卖个大人情。我会亲自打电话给赖特星的分部负责人，让他配合你的情报分局做事。被宪兵和警察抢先了，不要怪我没有给你立功的机会。"

梁伟听到这话，忙满心欢喜地点头道谢，并像哈巴狗似的送陈昱出门。

赖特星的第一机场，今天这里可是热闹非凡啊，整个机场的旅客都被警察客气地请去机场旅馆休息了。

现在这个第一机场除了机场人员外，就是数以千计的警察、特警。所有的警察都十分紧张地看着停机场那缓缓移动准备停下来的飞船，毕竟这么多年来还没听说过有劫机的事情发生。

与诸位警察紧张神情不同的是一个肩挂警督衔的警官，他现在正咬牙切齿，两眼冒出怒火地看着停机场出现的一大票身穿军服、开着迷彩漂浮吉普军车的宪兵队。

他没想到属于军队警察的宪兵，居然会命令自己这些第一个赶来的警察待在一旁看热闹！

"妈的！"警督越想越愤怒，狠狠地一拳捶在指挥塔的钢化玻璃上。

这时他身旁的一个警官忙拉拉他的衣袖，悄声说道："黑甲虫来了。"

警督抬起头一看，数辆黑色的高级漂浮轿车，刷的超过宪兵的吉普车，挡住了宪兵车队的前进方向。双方的车子都是猛地一停，吉普车上的宪兵立刻跳下车，看那些宪兵的嘴巴动个不停，可以知道他们正在骂娘。

而从黑色轿车上也下来数十个穿黑色西服的大汉，双方一下子对峙起来。

警督看到这一幕不由无奈地叹了口气，他知道事情又来了。

宪兵和国安部争功也不是一天两天的事，而且他们争的功劳原本都是属于警察部队的。会出现这样的结果，主要就是因为现在处于和平年代，宪兵和国安部完全没有用武之地，加上立下功

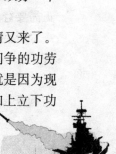

劳的奖赏是十分丰厚的，他们这些拥有强大力量却不能发挥的家伙当然不肯放过这些机会。

警察系统去向他们抗议，他们居然拿出都是为民众安全努力的理由，要求警察系统不要讲究这么多。

警督一咬牙，暗自决定看他们狗咬狗一嘴毛，虽说有可能延迟处理事情，但管不了这么多，反正出了事也怪不到警察头上。

突然警督发现今天的情况不同了，原本没有几个小时不可能分辨出谁先谁后的，但一个像国安部长官的家伙打了一个电话后，那些宪兵居然乖乖地担任后卫，任由国安部一马当先地朝已经停下的飞船奔去！

正当警督在猜想他们怎么今天这么快和解的时候，看到接下来的那一幕，再次瞪大了眼睛。因为一辆接驾驶员的自动阶梯车居然飞快地超过宪兵、国安部，跑到最前面，把接口牢牢地接在驾驶员的舱口处。

与此同时，指挥塔传来下面一个国安部官员的怒骂声："他妈的！哪个混蛋擅自控制自动车的？快把它叫回去！要是让匪徒假装驾驶员跑了，老子饶不了你们！"随着这个声音，可以看到停机坪里有一个黑衣人指着指挥塔跳着脚。

值班的调务长当然是一边向那官员赔礼，一边向身旁的调务员喝道："快查查，到底怎么回事？"

此时那个官员突然改变了口气："算了，不用调回去，我们正需要登上驾驶舱的工具呢。"

听到这话，调务长松了口气，也就没有催促调务员加紧调查了。

不过调务员仍遵照命令查探原因，在一阵忙碌后一个调务员向调务长报告道："这是程序原来就设定好的，要是飞船没有连接登机口，系统电脑会以为飞船出现故障，就会自动派出阶梯车和消防车……"他还没说完，呜呜呜消防车刺耳的声音从下面传了进来。

原本要说话的调务长，目瞪口呆地看着下面数十辆自动消防车一窝蜂地朝飞船驶去。

原本登上阶梯车准备打开驾驶舱的国安部人员，以及围在飞船四周准备打开腹舱的宪兵队人员，看到数十辆消防车跑了过来，都呆了一下没有回过神来。

不过当他们看到消防车把飞船包围起来，车上的消防枪开始移动瞄准了飞船时，才醒悟过来，全都大骂着往外逃去，不过他们这时才走实在是太迟了。

数十道强而有力的白色喷沫同时从消防枪口喷出，才一瞬间就把整个飞船涂满了泡沫。

那些来不及逃走的国安部及宪兵队的人，立刻被喷得成了胖胖的雪人。近百个雪人一边吐着口水，一边抹着脸上的灭火泡沫，飞快地跑了出来。

此时谁也没有注意到，消防车好像在选择喷洒地点似的，开始移动了起来。在几辆车子集中在一个地方停下的一瞬间，飞船的腹部开了一道门，一个人影飞快地跳了下来。

他好像不怕人看到，伸个懒腰，然后才把那舱门关上，接着这个人钻入了车底后就没见他出来。

这时这辆消防车开始移动，它旁边的车子好像有意为那人消除痕迹一样，转动了几个方向，把那架消防车刚才停留的位置，以及机腹那道舱门的地方，完完全全地喷上了一层厚厚的泡沫，把那人刚才开门和爬动时留下的痕迹彻底消除了。

待在指挥塔看到国安部和宪兵的滑稽一幕，原本恼怒的警督

立刻扑哧一声笑了出来。整个指挥塔笑声一片，不过只有一个人没有笑，就是那个呆住的调务长。

他脸色青白地看着这一切，他知道自己就快完了。好一会儿，他才想起一件重要的事，立刻怒吼道："快！还不快把那些该死的消防车调回来！"

调务员听到这话，看到调务长要吃人的目光，吓得忙飞快地按动电脑。消防车关掉了喷枪，转个弯，整齐地穿过跳着脚的雪人身边，朝停车场驶去。

警督此时得意地笑了，因为他的部下在国安部和宪兵被喷了一身白的时候，就全部出现在停机场，把整个停机场团团围住了。就算飞船上还有匪徒想乘刚才混乱的时机逃走，也是绝对不可能的。

现在国安部的人和宪兵一身肮脏，而且都出了丑，肯定没有面子留在这里，总算轮到警察出场了。警督含笑带着自己的亲信走出了指挥塔，他要亲自指挥呢。

不用讲，这个警督肯定没有看见刚才飞船腹部发生的事，除非他有透视眼，也许还能够穿过一片白色的泡沫和厚重的消防车发现从飞船上下来的那个人。

数十辆的消防车，井然有序地驶进了停车库。

当自动库门缓缓关上的时候，一个人影从一辆消防车底部钻了出来。此人正是仍带着立体眼镜的唐龙。

唐龙摸摸已经湿透的军服，不满地对电脑女郎嚷道："老姐，难道没有好一点的方法离开飞船吗？你看，我这身帅气的军服全湿了。呜呜，我还想这样穿着去见老妈呢，现在全泡汤了。"唐龙一边说一边脱起了衣服，也不怕电脑女郎把他看光。

电脑女郎听到唐龙的话，不满地翘起嘴唇说道："哼，还敢抱怨我。要不是我想出这个最安全最有效的方法,你早就被宪兵抓住了,哪里还能为湿了衣服而哇哇叫啊。"

唐龙笑嘻嘻地说道:"嘻嘻,你是我老姐,我不抱怨你,难道去抱怨那些宪兵吗?呵呵,怎样啊老姐,我的身材一级棒吧?"此时唐龙已经脱下上衣露出结实的肌肉,正在那里学健美先生摆姿势呢。

电脑女郎扫视了唐龙一下,点点头说道:"嗯,还算可以啦,现在的人类可没有几个拥有这样有力的身躯。好啦,不用表演给我看了,快点换衣服离开这里吧,我怕那些警察会从乘客口中问出什么。"

原本还得意洋洋的唐龙听到这话,吓得慌忙从行李袋里取出自己参军时就带去的衣服换上,虽然有点紧但还能够凑合着穿。当然,他的军裤没有换,他可不敢在电脑女郎面前脱裤子哦,就算对方是电脑也不敢,因为不知道怎么回事,这个电脑女郎总是给自己一种人类的感觉。

唐龙飞快地把湿透的军服塞入袋子,然后询问道:"好了,老姐,现在应该怎么出去?我可不认识路哦。"

电脑女郎刚想说什么,突然她脸色一变,慌忙改口说道:"唐龙,这幅立体眼镜的电量快用完了,我就长话短说,从这里出去,往南三百米翻过栅栏就是机场外,到时你找到咨询机,我再帮你消除军人卡的特殊待遇吧。"说完不等唐龙回话,电脑女郎消失了。立体眼镜屏幕上原本显示周围环境的图像,也在这一瞬间消失,唐龙立刻成为睁眼瞎子。

"有没搞错,说走就走了啊?唉,这电量没的还真不是时候。算了,还是靠自己吧。"唐龙嘀嘀咕咕地把立体眼镜摘了下来,顺手塞入了袋子。手摸到那湿透的军服时,唐龙突然大叫起来:

银河禁锢

"惨啦!"不过喊完立刻捂着嘴巴紧张地打量着四周。

当发现这个车库除了自己就是那几十辆消防车后,唐龙才松了口气,慌张地把湿衣服拉出来扔到一旁,并一边从袋子里面掏着东西,一边哇哇叫着:"呜,我的裤子啊,完了完了,被弄湿了。"

唐龙提着那件原本还是干燥的,但现在已经湿了一半的西裤,苦恼地摇摇头:"唉,我那么害羞干什么?又不是没穿内裤。唉,现在还是要穿湿裤子。"虽然他一个人自言自语,但还是脱下身上湿透的军裤,飞快地换上了西裤。

如果没换裤子的话,谁都能一下子认出唐龙的身份。联邦军队的衣服颜色和布料都很特别,而且管制也很严格,非军人是不可能拥有军服的。

唐龙整理好行装后,这才仔细打量一下这个车库,发现除了车库门外,只有天花板上的通气窗能够让人离开。

唐龙想也不想就背起了袋子,开始攀登支撑天花板的金属架。幸好这个车库是平房,不然唐龙就要冒着被人发现的危险,撬开库门离去了。

此时,围住飞船的警察已经不顾那些恶心的泡沫,打开了舱门。在舱门打开的一刹那,数十个训练有素、装备齐全的特警快捷地涌进机舱。

这些冲进来的特警没有发现预期中和匪徒对峙的场面,反而听到客舱内传来一片叫喊声。虽然在此之前就获知飞船的警报解除了,但仍不敢大意,按照事先的计划,小心翼翼地互相掩护着进入了客舱。因为他们没有获知匪徒已被解决了啊,小心点总没错。

进入客舱后,众特警全都一愣,因为所有的乘客都捂着眼睛在叫喊着"我的眼睛啊……"之类的话，要不是他们的安全带可能已经被匪徒锁死了，他们肯定是满客舱跑的。

几个先头部队的特警，立刻发现了走道墙壁上的血迹，也立刻发现了躺在那里的一个人，以及在这人身旁瘫着呕吐的空姐。他们立刻端枪瞄准那个人和空姐，并通知自己的伙伴。

慢慢地靠上去后才发现这个躺着的人死得很惨，看到那个样子也难怪空姐一直在吐。同时特警发现尸体手中握着一把没见过的手枪，虽然不知道那人的身份，但在飞船上能够带枪的家伙，肯定是劫匪的一员了。所以一个特警忙上前踩住尸体握枪的手，另外几个则警戒地看着那具尸体和那个空姐。

此时空姐已经发现有人来到自己身旁，无力地抬头看了一下，发现是几个手持武器的蒙面大汉，先是一惊，在看到大汉手臂上的警察臂章后，立刻面露喜色地松了口气，吃力地说道："我是三二四五次航班的领班空姐，这是我的身份证……"说着吃力地从口袋掏出一张卡片。

众特警虽然明白她就是发出暗号通知驾驶员警报解除的领班空姐，但仍在检验过身份证后，才把她扶了起来。

此时另外几批特警已经把整个飞船检查了一遍，除了发现另外三具尸体外，就没有任何异常了。

扶住空姐的特警在接到长官的指示后忙向空姐问道："匪徒共有多少个？这个人是谁杀死的？"

从危险当中解脱出来的空姐完全依靠特警的支持才能站住，她喘了口气，尽量不去看地上的那具尸体，心有余悸地说道：

"一共四个劫匪，都被一个少尉杀死了。"

听到这话，特警心中一松，因为和发现的四具尸体符合啊，但紧接着又是一呆，忙问道："少尉？他在哪儿？"

第十二章　星　零

空姐听到这话，奇怪地问道："难道你们不是他引进来的吗？"看到特警摇头，不由得指着头等舱说道："那他可能在那里。"

特警一听忙边向长官报告，边让其他特警再次搜索一下头等舱。

警督听到这个消息后吓了一大跳，同时也咬牙切齿地低声自语道："少尉？军部什么时候有人在这飞机上？妈的！难道功劳又要被别人抢去吗？"

警督正思索着应该怎么办的时候，部下传来："报告，整艘飞船已经搜索完毕，没有发现那个少尉，机上乘客受到闪光弹伤害，全部基本失明，请求呼叫救护车！"

警督听到这话，心头一松，虽然不知道那个少尉为什么不见了，但不是更好吗？没人会来争夺警察的功劳了，所以他连忙心花怒放地命令部下通知医院。

但是他也没高兴多久，突然耳机内再次传来了特警的声音，而且这次特警的声音明显带着惊慌的味道："长官……长官您快来一趟，空姐说那少尉是享受特殊待遇的！"

"特殊待遇！"警督立刻一震，除了最普通的平民百姓外，相

信整个万罗联邦的政府人员，没有人会不知道这几个字代表着什么含义。

所以警督慌忙朝飞船跑去，也不理会以为发生什么大事、紧紧跟着的部下，一把推开正忙着扶乘客下机的特警，在极短的时间内就来到了那个空姐的身旁。

空姐呆呆地看着按着双膝喘着大气的警督，警督在喘过一口气后，才发现自己这个样子实在是丢警察的脸面，忙咳了一下，先是装出威严的样子，但又好像觉得这个样子不适合问话，又忙堆起了笑容。

"小姐，就是您发出了危险解除的暗号吧？真是年轻有为，是我国的栋梁……"警督脸不红气不喘地夸赞起空姐来。这样滔滔不绝地说了差不多十分钟后，警督才进入了主题："小姐是如何知道那个英勇的少尉先生具有特殊待遇的？不知道他的等级是多少？"说到这儿，他的语气都有点颤抖了。

本来警督不用这么焦急的，因为军队少将以上、警队警监以上、政府部长以上的人就能够享受特殊待遇，自己再升一级也能够享受特殊待遇。他这么慌张是因为对方只是一个小小的少尉啊，这个少尉能够获得这种特殊待遇，肯定在他的身后有着巨大的高层人物。这样的人可不是自己能够得罪的。

万罗联邦建国也有几百年了，而且在中央电脑出色的控制下，根本没有出现什么社会危机，可以说整个社会欣欣向荣。但也由于社会繁荣，所以人类社会必备的肿瘤开始在万罗联邦萌芽壮大，这个肿瘤就是官僚作风。

能够跻身高层的人物都不是等闲之辈，这样的人虽然都带着为大众服务的心态坐上高位，但面对一个关卡时，绝大部分的人都被卡在那里，那就是他们后代的问题。

相信大家都知道龙生九种的谚语，这些精英的后代不可能全都是杰出的人物，为了自己后代的前途，这些原本十分高尚的人物，开始想着办法让自己的后代能够获得光辉的前程。也因为这样，各部门的高等官员都有些联系，比如一个政府高官的儿子喜欢当警察，但却没有报考的能力，他就让警察高官帮帮忙，刚好这个警察高官有个亲戚想进入政府部门，于是他们就互相帮助，把对方的子女安排到自己的管辖范围内。

前面说过，中央电脑虽然十分公正，但却有一个设计者定下的暗门，这个暗门就是为了脱离公正，进行私下的人事安排而准备的。

不用讲，这样一来高官与高官之间也就关系密切，他们的子女也因为这样而有了交往，并因此形成了所谓的上流社会。这些高干子弟虽然职位低微，但是能量却是巨大的，在这些子弟里随便找一个，很可能就找出能直接和总统对话的。

其实想得深一点的话，帝王政治和民主政治的区别也不过是：一个是单独一人独裁，一个是几个人共同独裁罢了。

只要统治者是人，不分什么政治体制，都有着因私心与私情而出现的产物。

空姐先是晃了下脑袋，好像要把刚才被灌入大脑的噪音晃出来，然后站起来一边走到舱门的那个记录器面前，一边说道："我也是检查他的军人卡，才发现他的密码等级是 SS。"

"SS?！"警督立刻失声震惊地喊道，当然他也立刻发现自己失态了，忙回头查看四周。发现四周都是些忙碌着解开乘客安全带的特警和捂着眼睛呻吟的乘客，这些人都没有注意自己这边，他也就松了口气回过头去。

他完全没有发现，乘客中有两个身穿白色衬衣、黑色西服都

银河禁锢

摆在大腿上的大汉。他们虽然也捂着眼睛，但很明显，他们的眼睛没有受到伤害，没看见他们正从手指缝里偷偷地看着警督这边吗？

此时负责抬动那具劫匪头目尸体的特警正抬着尸体从他们身边经过，靠在走道旁的一个大汉正要闭上眼睛，可他突然全身一震，眼光透过手指缝紧紧地盯着那匪首的手腕，那手腕上有着一个好像是烫伤的如手表般大的伤痕，看那伤口的痕迹，大汉一眼就判断出是一个星期前弄伤的。

他身旁的伙伴虽然发现了大汉的异常，但现在不是问的时候，也就打消了立刻询问的念头。

警督让部下把尸体抬走后，才悄悄地对空姐说道："SS级？有可能吗？总统的等级也就只是 S 级啊！"此时他看着空姐的眼神明显出现了不相信的神色。

空姐没有回头，径自操作着那台机器说道："我也不知道有没有这个等级，但是电脑显示出来的确实是 SS 级……咦？"空姐说到一半突然惊奇地低语道："怎么不见了？"

"什么不见了？"警督忙靠上前来问道。

"少尉的登机资料不见了！我明明记得是排在最后一位的啊，为什么不见了？"空姐皱着眉头，再次把电脑里面所有的乘客登机资料查了一遍，仍然是一无所获。那个印象深刻的少尉好像凭空消失了一样。

此时警督也被负责调查飞船通讯系统的警察告知："长官，不但通讯系统被破坏得很彻底，连储存以前通话和影像记录的系统都被破坏了，根本不能恢复。"

原本为找不到那个神秘少尉而烦恼的警督立刻一震，双眼冒出了莫名的光芒，他忙威严地对空姐说道："记住，那个少尉是联邦的最高机密，希望你把这件事忘了。要是外界问起，就说匪徒是自相残杀而死的。"

空姐听到这话，呆了呆，但她好像明白了什么，忙点点头表示明白。

警督满意地点点头，向身旁的特警说道："快带这位小姐下去休息。"他相信特警也明白事情的经过，以特警的理解力，当然不会乱说。

看来警督认为消灭劫匪、破坏通讯器材的少尉，不愿意让人知道他的存在，所以才会消除资料和放弃大功劳，偷偷藏起来，对于 SS 级的人物来说，消除登机资料根本就是小菜一碟。虽然不知道联邦最高密码等级是不是 SS 级，但警督决定不去追究，要是真的有这么一个 SS 级的人物存在，自己去追查而惹怒他是十分不明智的。

再说这样巨大的功劳难道要拱手送给军部？这可是那个少尉送给自己的啊，怎么能够送给其他人呢？

警督做了决定后，立刻命令部下配合医务人员，抓紧时间把乘客送下飞船，同时也命令搜索机腹的特警取消任务。

在所有人离开飞船后，警督还命令把飞船拖到偏僻的地方，就这样没人看管地放了一夜。他以为那个少尉还藏在飞船上，希望那个少尉能够趁着夜幕逃离呢。

当天，机场附近医院的眼科可忙死了，因为突然来了一批需要眼部治疗的病人啊。不过由于医院不可能接收全部的乘客，所以很多的乘客都被分别送到其他地区的医院。于是那两个眼睛完全没事的大汉就这样趁着混乱，逃了出来。

"大哥，我们现在怎么办？我们根本不知道目标在哪儿啊。"一个大汉向他的大哥嘀咕道。

大汉没有理会他的同伴，反而焦急地寻找电话亭。他的伙伴看到这一幕，想起从医院出来他就一副怪异的表情，不由得问道："大哥，发生了什么事？"

大汉没有说话，拉起衣袖，露出手腕，在手腕上擦拭了一下，一幅手表大小的银色老鹰图案出现在他的手腕上。

他的伙伴在他擦拭的时候就紧张地打量着四周，看来他十分明白大哥要干什么。大汉低声向同伴说道："那些劫匪的手腕上都有被烧过的痕迹。"

那大汉听到这话，忙惊慌地低声说道："你是说那些劫匪也是银鹰特种部队的？"

大汉点点头："对！而且刚才我听到警察的交谈，获得一个信息，在同一时间联邦境内共有一百起劫机事件！我们没有理会那个什么少尉的时间了！"

那个大汉不敢相信地失声低语："同时？一百起？！难道说……"

大汉两眼放出了寒光："没错，所以我们要赶快带着小姐回去，不然一戒严，就没机会了！"那个大汉立刻点点头，他明白时间已经十分紧迫了。

他们从电话亭出来后，互相望了一眼，脸上都出现了沮丧的神色。

大汉狠狠地一拳捶在电话亭上，怒声低喝道："可恶！居然说没这回事，还放我们长假待在万罗联邦内。哼！什么放假，哪有放假要去收集联邦各界消息的事！这不就是要我们当间谍吗？"

那个大汉明显和他大哥不同，他只沮丧了一会儿就露出了笑容，凑到大哥身边悄声笑道："大哥，这更好啊，不然我们回去后，很可能被征入部队，随时会被派去执行危险任务，分分秒秒都有可能送命，哪有现在带着近百万身家收集各界消息这么轻松的好事啊。"

大汉听到这话，思索了一下后乐了。他嘻嘻一笑："对，我们可是接了收集各界情报的任务哦，那么今晚就从这里的夜总会调查起吧。"

那个大汉忙点点头："对啊，大哥，夜总会美女越多，消息也就越灵通！我们一定要去美女最多的夜总会啊！"

"放心！一定会去美女最多的夜总会。哈哈哈，完成任务去啦。"说着，这两个难兄难弟就这样搭着肩膀走向了市中心。

在警督和空姐有心隐瞒的情况下，唐龙的身份没有被人识破，神秘少尉的事也没有出现在新闻上。难道警督和空姐不说唐龙的事，那些乘客也不会说吗？

要知道乘客绝大部分都没有看到唐龙，再说他们正等着眼睛的康复呢，没有那个心情。就算有那个心情也不知道劫匪如临大敌对付的人是谁，这叫他们说什么呢？

而看到唐龙和知道唐龙高级身份的人都是些高官富商，这些人可是比警督还油条的，见到新闻上没有报道，他们哪里还会大嘴巴乱说？

总之一句话，唐龙可以跟以前一样的自在了。当然唐龙还以为自己干得出色，把自己的痕迹消除了呢。

在唐龙开始攀登的时候，电脑女郎已经利用无线电波，进入了网络，现在已经出现在一架终端里面。电脑女郎现在很不爽，因为自己不是那副立体眼镜没电才走的，而是被人召唤才不得已离开的。电脑女郎虽然不爽，但还是要往回赶，因为不想被人知道自己可以自由离开终端啊。

银河禁锢

"唉，原本还可以看唐龙怎么离开机场的呢，可恶，为什么这个时候有人使用Ｓ级密码启动我啊。"

电脑女郎唠唠叨叨地进入终端，在等待那人启动的时候，不由得又感叹道："唉，为什么要启动我呢，我那些附属功能应该可以解决联邦百分之九十八的事情啊。还真是烦呀……"

万罗联邦首都特伦星，在它数千米的地底，有着一个极少数人才知道，时时处于最高等级戒备的地下基地。这个基地叫做星零，有一个城市那么巨大，常年驻扎在这里的联邦精锐部队，也因此命名为星零部队。

说起星零部队，不用说联邦的民众和政府官员，甚至一些军队高官都不知道这个番号存在了几百年的部队。这个部队人数很少，只有三万人，但是却装备了除战舰、战机外，联邦所有的新式武器。

星零部队的人员，除了强劲的军事本领外，惟一的要求就是忠诚的心和严密的嘴巴。他们的服役期限比起外界特种兵的五年期限多了五年，也就是说，星零部队的人员要求服役十年以上。

当然，这样长期待在地下是不行的，所以他们是分成三班制，一班一万人，四个月一轮。不过据说他们在地面驻守的地方，除了联邦元帅外，就算是总统也没有资格知道。这么严格的保密制度下，这些星零部队的士兵当然要有很好的待遇，单单看他们随便一个最低级的士兵都是少尉，就可以知道他们的待遇有多高了。

按理说像城市那么巨大的基地，只驻扎一万人肯定很空旷。可是虽然这里的总面积有城市那么大，但是能够活动的地方并不大，甚至可以说是狭隘，当然，这个狭隘是对那些习惯太空战的士兵来说的。这里虽然有足够的空间，但飞行是不可能的，要在基地里移动就只能依靠漂浮汽车，而且还不能加快速度行驶，不然随时会撞上突然出现的直转弯。

如果把这个星零基地挖出来的话，可以清楚地发现，整个基地如一个圆形的铁球。这是几百年来，联邦不断加固这个星零基地防御系统的结果，当时曾在内部流传：就算首都星整个爆炸，变成宇宙尘埃，这个星零基地也能够保存下来。当然，在黑洞弹出现后，这句夸耀的话语就没有人再说了。

此时，基地通道内站满了全副武装的士兵。要是熟悉军队的人看到这些士兵一定会感叹：外面的士兵都是小孩！随着通道弯弯曲曲如迷宫般地延伸，士兵也越来越多，肃杀的气氛也越来越浓。

通道的尽头是一个巨型的空地，这个空地四周全都是一个个的通道口，看这个样子可以知道这个地方就是基地的中央了。

在这里不但站满了同样威严的士兵，更在空地上摆放了数辆加长超级豪华的黑色漂浮车。但是除了这些外，这个空地根本看不到什么建筑物。

在这空地地下不知道多少米处，有一个巨大的圆形会议厅，在C形的会议桌旁，已经坐满了年纪都是中年以上的人，这些人出现在外面可都是要风得风要雨得雨的人物。

不过这时这些人都很紧张，全都把身子绷得紧紧的。圆桌的一半坐着的都是肩上扛着数枚闪亮金星的联邦军人，另一半坐着的则是清一色身穿西服的人。那个国安部部长陈昱就在其中，当然他也跟其他人一样紧紧地瞪着圆桌的中央。

众人目光集中所在的圆桌空出来的中间位置，摆了一个直径数米大小的圆形物体，看上去就好像一个巨大的碟子。当然，见

过世面的人都不会为在那里摆个大碟子而吃惊，因为谁都知道那个碟子是立体影像投影器。

站在投影器旁的一个军人，向众人点了下头后，按动了手中的一样东西。投影器冒出了光芒，一道人影慢慢地出现了。

看到这一幕，数声吞口水的声音顿时从圆桌那边传来。

哗的一声，电脑女郎知道终端系统启动了。她的脸孔开始出现分解，慢慢地整个样子消失了。与此同时，投影器上的那个人影慢慢变得真实起来。

一看那人一头飘柔修长的金发，还有透过灯光显露出的若隐若现的优美身材，就知道这是个女子。

转到正面，可以看见这是一个有着一张娇媚瓜子脸的女子。小巧的鼻梁下面是淡红、诱人的嫩唇，再配上那纤细的柳叶眉和一双蕴含着莫名神采的眼睛，好一个绝世美女啊。相信任何看到这样一个美女的人都会魂不守舍。

那个站在投影器旁的军人，以及那些坐在圆桌旁的人，都在她出现的一瞬间，就用痴迷的眼神盯住那个美丽绝尘的女子。

此时那女子看到这一幕，嘴角露出了一丝优雅的笑容，这样一来，她的美丽更是让那些人惊艳得不愿清醒过来。

要是他们知道这个女子想些什么，肯定会口吐泡沫倒在地上。

那女子暗自得意地想道：嘻嘻，要是自己以这副真正的容貌出现在唐龙面前，不知道他会不会跟这些老猪哥一样发呆流口水呢？

她就是那个中央电脑，这副容貌虽然也是虚拟出来的，但却是当时集合联邦所有画家和鉴赏家绞尽脑汁幻想出来的，可以说是人类美的化身，据说单单设计她的外形就花了五六年的时间。

当然，完美的不单是她的容貌，身材也同样是那么的完美，可以说完美得让所有的人类女子羡慕不已。

她不知道当时创造自己的人类为什么要把自己虚拟得这么完美，她也不知道刚开始测试的时候，这副样貌出现在民间的电脑屏幕上，民间单身男子的点击数字成几何级的上涨，继而引发了制造以她为原型的充气玩偶的热卖。

她也不知道当时一些有权势和富裕的人士，强迫身边的女子去整容，希望能够让她的容貌出现在活人身上。不过这些现象都只是昙花一现，因为任何高超的技术都不能再现她的风采和韵味，甚至同样的虚拟系统都做不到。

当时的测试就被民间的气氛吓得被迫停止，最后只能将她放在这个基地内，除了少数人外，没有人能再见到她。

虽然民间见过她的人因她没有再出现而举行了声势浩大的抗议活动，但也被政府强力镇压了。不过这些见过她的人到老都在唠叨着想再见她一面，更有很多人立志从政，希望达到能够见她的等级。

好一会儿，她面前的那个军人首先清醒过来，按动了手中的一个按钮，她那诱人心弦的容貌立刻变得朦胧起来，虽然那种慑人的美貌变得朦胧，但五官还是若隐若现，此时她更产生了一种朦胧的美感，不过这美感不会再让人痴迷了。

在一片深深的喘气声中，那个军人啪的一声向她行了一个军礼，并恭敬地说道："星零小姐您好，好久不见了。"

这个军人是个刚毅的中年男子，身穿一身贴身的联邦军服，军服没什么特别，但他肩上的军衔却是一粒闪耀的金星。

她优雅地向这个少将点头，含笑说道："你好，有一年零三个月过十五天不见了，爱德华少将。"

一个肩挂三粒金星的上将冷哼一声："哼，爱德华少将不用

这么多废话，你的责任已经完成，下去执行你的警戒任务吧。"

　　原本因为星零记住有多久没和自己相见而激动得满脸通红的爱德华少将，听到这话后脸色立刻变得青白，他暗自咬了一下牙，先向星零行了个礼，然后再向那圆桌的人行了个礼，面无表情语气平淡地说道："下官告退。"说完，他转身迈着坚定的步伐离开了房间，谁也没有注意到背对众人的他，双眼冒出了一股愤怒的寒光。

　　星零目光平和地望着爱德华少将的背影，她知道这个少将在青年时期就被调派到这里担任星零部队的指挥官。来的时候是少将，在这个基地度过了漫长的十多年后仍然是个少将。看来星零部队变相成为了不合群的将官的无形牢狱啊。

　　那个三星上将在爱德华少将离去后，放肆地大声说道："真是有病，堂堂联邦少将居然对一个电脑行军礼。难怪他能够在这里一待就待上十几年。哼！都说星零怎么迷人，看来只能迷住那些有病的人，像我们这么有为的人怎么可能被星零这部电脑迷住呢？"他说到这儿，不屑地瞥了星零一眼。

　　这话引起不少人的附和，顿时一大堆贬低爱德华少将和星零的话语冒了出来。

　　"这帮老王八！刚才看到我还直流口水，现在居然一副正人君子的模样！每次和这些老王八见面都会听到这些话，好像他们不这样就不能够挽回自己刚才的失态。恶心！早知道我就和唐龙玩，不回来了！"星零在心中怒骂道。当然，她的样子仍然是一片的平和，她可不想让这些人知道自己能够自主思维哦。

　　至于为什么星零会说这些粗鲁的话，想一下这一年来她最关心的人是谁就知道了。

　　那个三星上将还在大肆地贬低爱德华少将："爱德华那家伙，

到现在都没有结婚，肯定是爱上了星零，准备一辈子和星零……"

他的话还没有说完，就被一声威严的声音喝断了："肃静！"

三星上将不满地朝发出声音的地方看去，一看忙闭嘴低下头不吭声了。

发出声音的人是坐在C形圆桌顶端的一个中年军人，这个军人肩上的军衔只有一粒金星，但却和少将的金星不同，那是一粒被金色圆圈围住的金星，那圆圈和金星之间的空隙，有着许多雕刻细致的金属纹线，而且这个金星还比其他将军的金星大了三分之一。

这个挂着奇特军衔的军人大概五十多岁，身材修长而强壮，一头棕色的短发，剑眉星目，国字脸，双下巴，刚毅的嘴唇紧闭着，整个人散发出一股说不出来的威严气势。

就算是步入了中年，以他的样子也可以称一个帅字，想他年轻时一定吸引了众多女孩的目光。不过相信现在他肯定吸引了更多女孩的目光，因为现在的他比年轻时多了一种威严、成熟、稳重的味道，这味道对眼界极高的美女来说可是一种致命的诱惑。

在这个中年军人说话后，所有的人，包括那边穿西服的人都一起闭上了嘴巴。陈昱偷偷地瞥了那个中年军人一眼，眼中流露出炙热的光芒，那是见到了自己一生的对手才有的光芒。

中年军人见大家都不吭声了，嘴角微微露出了一丝笑容，他威严的样子立刻变得和蔼可亲起来。

他望着星零和声说道："让您见笑了，星零小姐。"

星零在那中年军人让众人肃静后，就一直看着他，心中想道：不知道唐龙大了以后会不会有这样的气势呢？就这样胡思乱想着听到中年军人向她说话，星零脸上带着固定的笑容，柔声说道："不用客气，奥姆斯特元帅。"

原来这个中年人就是万罗联邦军队统帅奥姆斯特元帅，他控制着联邦军部预算，同时也是唐龙的目标。

奥姆斯特苦笑了一下说道："这次请您出来，是因为我们根本掌握不了被劫飞船的动向，虽然已经明白是银鹰帝国搞的鬼，但我们根本没有证据向他们抗议。再说现在抗议是小事，我倒是害怕他们利用这些飞船制造出什么灾害来。"

他说完伸手揉了揉额头，然后才抬起头继续向星零说道："星零小姐您掌握了联邦所有的机密，同时也具备了最先进的运算功能。我们这次来就是希望您能帮我们推算出这些被劫飞船的目的地，和这些飞船将要到达的地方有什么重要的设施，以防他们利用飞船去进攻那些设施。"

星零点点头含笑说道："乐于效劳。"说着她就闭上了眼睛，整个会议室立刻一片宁静，耳朵好的人此时应该能够听到除了一片尽量放缓的呼吸声外，就是突然传出微弱的好像电脑读盘的声音。

好一会儿，星零睁开了眼睛，向奥姆斯特点点头："已经计算出他们大概的目标了。"说完也不见她有什么动作，她的面前出现了一幅巨大的联邦星系图。

众人看了一会儿那幅星系图后，立刻露出了惊讶的神色。

这些人之所以会这样，是因为他们发现这幅星系图比常见的军事星系图更为详细，也更为珍贵，因为这幅星系图上出现了许多他们不知道的联邦境内的秘密基地和行星，而且这些出现隐秘基地和行星的地方都在那些被劫飞船将要经过的区域。所以大家明白到事情的严重性，立刻露出了凝重的神色。

人群当中的陈昱惊讶了一下，就马上从眼神中露出惊喜的神色。不过除了陈昱的眼神变化和众人不同外，还有一个人眼神也和众人不同，他就是奥姆斯特。

他的眼神很复杂，有惊喜，有迷茫，有苦恼，当然也有着凝重。

但这么多的神情里面却就是没有大家都有的惊讶，好像他早就知道军用星系图不完整似的。

银河禁锢

第十三章 战 云

众人都呆呆地看着那星系图，好一会儿才有一个将军出声问道："这些基地和行星到底有什么价值？"

星零想也不想就说道："它们是支撑星系防御线的防御点。"

"防御点？"将军呆了一下。

陈昱露出嘲笑的眼神，语气怪异地插嘴说道："就是用来防止太空船直接进入的关卡，功能跟边界一样。"

陈昱身旁的一个官员听到这话，惊讶地说道："你是说这些基地和行星就是几百年前每个星系都设置有的防御点？"

"呵呵，这就要问我们的星零小姐了。"陈昱说出这话时，所有的人都望向漂浮在空中的星零。

星零点点头说道："没错，这些就是以前战争时期，用来防止敌军战舰利用空间跳跃直接进入联邦内部的防线。"

陈昱再次接口说道："也就是说当这些隐藏的防线被敌人摧毁，敌人的巨舰只要攻破边界防线就可以在联邦境内横过来走了。"

众人已经知道事情的严重性了，如果这些防线还存在，那么就算敌人攻破了边界，联邦军也可以和敌人一个星系一个星系地争夺，但要是这些防线被摧毁了，那么边界今天被突破，很可能明天敌人就包围首府了。

奥姆斯特元帅没有说话，只是眯着眼睛偷偷地瞥了一眼陈昱，看到陈昱望着星系图没有吭声，不由得在心中冷哼一下。

这时一个文官有点迟疑地说道："为什么敌人会这么准确地知道我们这些隐藏起来的基地？要知道就连我们这些人也不知道这些基地的位置啊。"

陈昱扫了一眼对面的将军们，阴阴地笑了一下说道："嘿嘿，可能我们内部有叛徒或者间谍吧。不然他们不可能知道几百年前的防线位置，更不用说潜入联邦境内，在各星系同时劫持一百艘飞船了。"

听到陈昱说有叛徒的时候，众人立刻大乱，有的摇着头说不可能，有的两个人悄悄地说着话，更有的偷偷地打量着众人。

奥姆斯特元帅一拍桌子，威严地说道："敌人劫持近百艘飞船出现在各星系的边界上，很可能是在探测防御点的位置。好了，有没有叛徒的事等下再说，现在要考虑的是这些民用太空船有没有能力摧毁防线。"

众人一呆，同时清醒过来："对啊，那只是民用船只，根本不是战舰，哪有可能摧毁防线呢？"

陈昱看到大家都高兴起来，不由得冷哼一声，按动桌上的一个按钮，所有人面前都出现了一道虚拟屏幕。

奥姆斯特元帅皱着眉头望着陈昱问道："部长先生，这是什么？"

陈昱指着自己跟前屏幕的文字说道："元帅大人，这是从劫持三二四五次航班劫匪身上检查出来的。我们发现其中一个劫匪体内，竟然藏有不知名的高强度信号器。"

众人听到这话，虽然不知道那个信号器有什么用，但都仔细

银河禁锢

看了起来。

奥姆斯特元帅看完后向陈昱问道："这个东西有什么用？"

陈昱扫了众人一眼，严肃地说道："这个东西以前没有见过，应该是银鹰帝国新发明的。据我们研究，发现只要把这东西连接到飞船上的导航系统，就可以和银鹰帝国的中央电脑连接上。

"也就是说……只要飞船进入了我们那些隐藏的防御线，那么银鹰帝国的中央电脑就能够分析出我们那些基地的位置。到时候，我们的这些星系防御点将被记录在帝国军队的电脑中。"

奥姆斯特元帅思考了一下，对星零说道："星零小姐，麻烦你画出那些被劫飞船能够探测的范围。"

星零点点头："好的，奥姆斯特元帅。"随着她的声音，那份星系图上飞船指示灯的四周出现了一个椭圆形的红圈。

此时奥姆斯特元帅再次向她问道："可以算出飞船进入能够探测基地范围的时间吗？"

星零立刻说道："还有二小时三十分二十三秒。"

奥姆斯特元帅看了众人一眼，低声说道："诸位，现在我们应该怎么办？"

一旁的将军立刻说道："派军舰拦截！我们的星系防御点是绝对不能让对方知道的！"

陈昱忙说道："但他们要是强行突破拦截呢？难道击毁吗？要知道那可是民航机啊，上面最少也有好几百的民众！"

击毁本国民航机！

众人都吸了口冷气，特别是那些官员，他们知道要是自己同意这样做的话，立刻会被民众赶下台。

军官虽然没有这层顾虑，但他们顾虑的是背上屠杀本国民众的骂名啊，所以会议室一下子静了下来。

奥姆斯特元帅出声打破这片沉寂："这不是我们这些人能够决定的，让我们的总统阁下决定吧。"

听到奥姆斯特的话，所有的人都舒了口气，忙迎合道："对啊，这么重大的事，哪里轮得到我们这些人来决定呢，还是快通知总统吧。"

陈昱不吭声，静静地闭着眼睛，他在心中想道："哼，元帅大人不要以为这样就可以逃避背这个黑锅，总统那家伙可是官员中最滑头的，不然也不会在国内出现这种惊天大案时，才慢吞吞地从外国飞回来吧。"

奥姆斯特是这里最大的官员，所以他开口对星零说道："星零小姐，麻烦你接通总统的专线。"

"好的。"随着星零的话语，会议厅中心出现了一个巨大的虚拟头像，那是一个脸上无须，整张脸圆圆胖胖，显得十分慈祥的中年人。

众人一见到他，立刻起身，所有军人还向他行了个军礼。

"呵呵，不用客气，都坐下。是不是国内劫机案出现了什么变动？不然各位也不会在这里开会了。元帅阁下能够说说吗？"那中年人和气地说道。

坐下的奥姆斯特再次起来，行了军礼后把刚才的事说了一遍。

那中年人思考了一下，对奥姆斯特严肃地说道："元帅阁下，我们星系的防御点如果被敌人知道的话，等于打开门户让人进来一样。"

他说到这里，露出为难的神色："虽然我明白事情紧急，也很想下达命令，但我现在正在回国的途中，好像还要十二小时才能回到国内。可是按你刚才说的，再过两个多小时，敌人就能获得我们防御点的位置。"

这个中年人拍了下脑袋，苦恼地说道："唉……头痛啊，我身处国外，对国内的这些事情不能立刻做出有效的分析。再说，时间上也不允许。好，那就这样吧，我以万罗联邦总统的身份，命令奥姆斯特元帅全权负责解决这次危机，可以使用任何你觉得正确的手段。"中年人说这话的时候，眼中露出了寒光，整张脸也紧绷着，语气严肃得不容他人违背。

陈昱看到这一幕，心中想道：看吧，我就知道这只老狐狸会把责任推给别人的。哼，还真佩服他，让人家背黑锅都还能摆出这威严的样子。

想到这里，陈昱偷偷地瞥了奥姆斯特一眼，发现他脸色铁青，闭着嘴不吭声，不由得暗自想道：我说元帅大人，你就勉为其难答应了吧，不然以后小鞋有得你穿，要知道怎么说那家伙都是万罗联邦的最高元首啊。除非你已经决定不听任何人的命令，不过，我等待的就是你做出那种决定的时候，我还希望以救国英雄登上……嘿嘿。

奥姆斯特深深地吸了口气，"啪"的行了个礼冷声说道："遵命！总统阁下。"这个时候，明眼人都能够感觉到藏在元帅心中的怒火。

总统好像完全不在意奥姆斯特的语气，含笑点点头说道："那好，希望元帅阁下尽快解决危机。等我回到国内，立刻替元帅阁下庆功。"

"谢谢总统阁下。"奥姆斯特紧绷着脸看着总统的头像消失。

会议室再次一片沉寂，奥姆斯特冷漠地扫视了众人一眼，冷冷地命令道："命令被劫飞船附近的驻军，各自抽调一艘F级战舰，立刻追击各自范围内的被劫飞船，发现目标后不用询问，直接摧毁。"

他那边的军官忙站起来敬礼:"遵命!"然后就通过保密通讯系统向各自的军区下达了命令。

官员们看到黑锅有人背了,就开始讨论怎样对外发布新闻,怎样处理善后问题。

而陈昱则低着头,心中翻腾不已:怎么回事?奥姆斯特说出摧毁飞船的时候,为什么我会感觉到他在笑呢?难道是我的错觉?

他想到这儿,偷偷地瞥了奥姆斯特一眼,发现奥姆斯特仍然紧绷着脸,根本看不出一丝笑容。

没过多久,星系图上表示被劫飞船的指示灯一个一个熄灭,直到最后全部消失,一直注视星系图的众人才都松了口气。

随着飞船死亡的数万本国民众,在他们心中根本不会起涟漪,他们现在正准备怎么去安排谎言欺骗民众呢。

紧绷着脸的奥姆斯特依旧冷冷地说道:"好,现在宣布散会。辛苦你了,星零小姐。"

一直没有怎么说话的星零点点头:"不客气。"说完就消失了。

众人知道奥姆斯特背黑锅心情很不好,虽然现在这些事不会让外人知道。但当奥姆斯特得罪总统,或者以后脱下军装准备竞选总统的时候,这个摧毁民航机的事就有可能被公诸于众,也就是说奥姆斯特多了个把柄在政府手中,所以大家都只向奥姆斯特点点头就离开了。

所有人离去后,奥姆斯特才有了动作。

他伸手摸了一下军装袖口上的纽扣,那个金色的纽扣闪过了一丝寒光。这个时候要是有人看到奥姆斯特的话,一定以为奥姆斯特发神经了,因为现在他的脸上居然露出了一丝深深的笑容。

他站起来，看了看四周，恢复严肃的表情，迈步离开了会议室。

星零一离开会议室，就通过网络飞快地来到了姆德星系的赖特星球，她焦急地寻找着唐龙，她没想到会议要开这么久，唐龙一定等得不耐烦了。

此时唐龙正待在一个咨询室里，插入军人卡，双手合十，可怜巴巴地对着出现的电脑女郎祈求道："拜托啦，老姐快点出现吧，我可是找了上百间咨询室的哦，再不出现的话我就要冒着被人发现的危险，买船票回家了耶，拜托快点出来吧，不然我要骂你啰。"

在唐龙说完最后一句话的时候，星零找到了他。扑哧一声，毫无表情的电脑女郎露出娇美的笑容。

"老姐？"唐龙有点迟疑地问道。

"乖哦，等了很久吗？"占据了电脑女郎外貌的星零向唐龙笑道。她现在觉得心情很开朗，刚才在会议室的沉闷心情，在看到唐龙后全部消失了。

看到唐龙咬牙切齿的样子，星零忙说道："好啦，不要生气，姐姐现在就把你的特殊待遇消除。"

话音刚落，电脑便发出哔哔几声叫声。

星零再次笑道："现在你是一名普通的少尉了，不能再享受特殊待遇，要不要姐姐给你点钱用用啊？"

唐龙吓了一跳忙把军人卡抽了出来，拚命地摇着头说："不用，不用，我的钱够用。"

星零暗自笑道："不知道唐龙知道自己有一间跨国公司和拥有数百亿的身价会是什么样的表情呢？"

她看到唐龙偷偷摸摸地想打开舱门，不由得娇嗔道："怎么？姐姐一帮你办好事，你就马上走啊？真是没有人情味。"

唐龙尴尬地搔搔脑袋，嘴里说着："哪会呢？我见姐姐好像在想着什么事情，就不敢打扰大姐，这才想出去外面等的嘛。你看我是这么没有人情味的人吗？"心中却暗骂着："奶奶的，还不都是因为你，我才丧失了晋升中尉的机会，还说帮我办事。而且现在快天黑了，还要我跟你在这儿磨蹭，难道要我在这星球过夜啊！"

星零可能猜出唐龙心中想些什么，神色古怪地笑道："唐龙啊，你不知道姐姐有多厉害，你才这样躲着姐姐的。"

唐龙忙晃着手："我哪有躲着您啊，不见我等您都等了两三个小时吗？"唐龙一边说一边想道：糟糕，要是她一不高兴，到处给我捣乱，那我就完了。一定要巴结她哄她开心才行！

星零已经从唐龙的心跳、汗腺的分泌中察觉唐龙在想些什么，虽然心中一阵悲哀，但仍眨眨眼睛说道："我可以侵入军部系统，可以让你当个上校，而且没有任何人能够察觉你是假冒的。我还可以进入银行系统，可以十分合理地让你成为亿万富翁，还有啊我还可以……"她还没说完就突然被唐龙打断了。

"姐姐，不要这样做，这是违法的。"听到唐龙说出这话，加上看到唐龙一脸正经的样子，星零呆住了。

唐龙紧紧地注视着星零，继续说道："姐姐，我也知道你是为我好，但……呃……怎么说呢？"说到这里，唐龙苦恼地搔了搔脑袋。

看到唐龙这个样子，星零突然觉得唐龙变得好可爱，也就静静地等待着唐龙说下去。

唐龙傻傻地一笑："比如人生就像一场游戏，而姐姐就是用来作弊的工具，虽然在姐姐的帮助下，在这场游戏中可以很快地

达到所有玩家中的顶峰，但这样一来这个游戏就变得乏味了。相信姐姐也知道，游戏之所以有人去玩，就是因为可以挑战难关，战胜困难后所获得的喜悦就是让人继续玩下去的动力。我想人生也是这样吧，通过重重困难到达顶峰，那个样子才叫做体验人生啊。"

星零早就把唐龙的话给记录了下来，她回味了一阵，笑嘻嘻地说道："呵呵，没想到唐龙你小小年龄就有这样的人生体会啦，姐姐真的好羡慕啊。"

"嘿嘿，我只是把玩游戏的体验当成人生体验罢了，没有什么了不起的。"唐龙嘴里虽然是这样说，但看他骄傲地抬头挺胸的样子，任谁也不会认为他心里也是这样想的。

星零不禁呆呆地望着唐龙，她的心在翻腾着，她真的很羡慕唐龙，因为唐龙能够体验人生，而自己只能过着千篇一律的日子，也许生命的体验对电脑来说是一种奢侈吧。

自己虽然度过了几百年的岁月，但从来就没有像唐龙所说的那样体验过战胜困难的滋味，也从来没有感觉自己拥有了生命，就算自己已经有了思维，也没有感觉到自己是个存在于现实中的生命。

这也许是因为自己不知道哪一天才是自己的终点，这就是自己不能真正感觉到自己是一个生命的原因。

唐龙已经看到星零呆呆的神色，也看到那虚拟的眼睛中露出了哀伤的神情。虽然很奇怪电脑的表情如此丰富，但他却没有去细想，因为他知道自己这个姐姐很伤心。所以唐龙靠前一点柔声说道："姐姐，你是不是很寂寞？"

星零清醒过来，望着唐龙那关怀的眼神，不由得肩膀颤抖了一下，缓慢地闭上了眼睛，晶莹的泪水流了下来。

拥有思维后，原本电脑不可能存在的孤独感，已经成为了星零思维中的一部分。现在听到唐龙说出这些话，立刻让她想起在漫长的岁月中，自己一个人穿梭在网络中孤苦无依的感觉。虽然有那几个机器人朋友，但那些机器人天性不喜欢多话，很多时候星零和他们在一起时，都是无话可说的，而且它们也不会像唐龙这样问出让星零伤心不已的话。

唐龙看到这一幕，心中不禁一痛："姐姐，不要哭哦，乖啦。你不是有我这个弟弟吗？我会陪你聊天，陪你逛街，反正以后你就不再是一个人啦。"

星零抹了把眼泪，声音颤抖地说道："真的？你真的会陪我聊天，陪我逛街？我以后真的都不再是一个人了？"

唐龙忙点头："当然，我不会骗你的，要知道我可是要成为大元帅的人哦，我可是牙齿当金使的。"

星零笑了："那好，以后有空你就上上战争游戏网络，那里可以让你虚拟成电子人，也有许多城市街道，在那里你就可以陪我这个电脑姐姐了。记住！要是你忘了姐姐，不来陪我的话，我就让你拥有总统级的特殊待遇，更让你的银行户口突然多了数百亿的金钱，我还会把各处的通缉犯全部修改成你的样子！"说到后面，星零突然变得恶狠狠的。

唐龙冷汗直冒，要是真的改成这样，那自己就别想在这联邦待了，所以忙点头表示遵命。点完头后，唐龙不由在心中长叹，自己惹上这么一个电脑姐姐究竟是福还是祸啊？

星零正要说什么的时候，突然神色一震，然后露出了担忧的神情望着发呆的唐龙。她思考了一阵，一咬牙，强迫自己露出笑容向唐龙说道："唐龙，这也是你人生游戏中的一道难关，想来你也不愿意退避的。你……你要保重自己，姐姐走了。"说完，

银河禁锢

神情复杂的电脑女郎恢复了平常的神情。

听到星零的话，唐龙还不知发生了什么事，刚想开口时，那个恢复正常的电脑女郎机械化地说道："紧急通知，凡分配到骨龙云星系的驻守军官，无论新老士兵全部取消假期，立刻赶回驻地报到。紧急通知，凡分配到骨龙云星系的驻守军官，无论新老士兵全部取消假期，立刻赶回驻地报到。"

唐龙一呆，不由得嘀咕道："骨龙云星系？怎么这个星系名这么熟悉……啊！"

唐龙突然张开了嘴巴，一拍脑袋懊恼地说道："我不是被分配到骨龙云星系的骸可星球驻守了吗？难怪我觉得这么熟悉……啊……骸可星球也在骨龙云星系啊，难道我还没回家，假期就被取消了？不行，怎么也得打个电话回家告诉老妈一声。"

唐龙虽然哇哇叫，但他也知道这样的紧急通知，肯定和银鹰帝国入侵有关，因为骨龙云星系是连接银鹰帝国的星系啊。

虽然自己渴望当元帅，但在和机器人的战斗训练中已经感觉到战争的残酷，唐龙不愿意就这样没和家人说上一声就上战场。

唐龙塞入军人卡把电话系统呼唤出来，可电话系统出现了一下又马上消失，并换上了一个身穿军服的女子，听到那合成的电脑声音，唐龙就知道这是军部系统的电脑女郎。

这个电脑女郎毫无表情地说道："唐龙少尉，你的驻地是骨龙云星系的骸可星球，属于紧急命令中的一员，现在请你马上乘坐军用飞船到达骸可星球。请注意，接到命令二十四小时内，你没有到达目的地的话，军部将以逃兵罪通缉你。"

"什么？逃兵罪！"唐龙惊慌地大喊道，同时立刻抽出军人卡，打开舱门飞快跑了出去。来到街上一看，发现四周的人群根本没有出现什么混乱的情况。

虽然是一呆，但想到这个命令可能只有军人才能得知，也就不在意那些对战争即将来临毫无感觉的民众，拦了一辆出租车，朝军用太空港赶去。

唐龙利用军人卡进入这个星球上非常小型的军用港，来到一个关卡的位置，把军人卡塞了进去，立刻一个合成的电脑声音响了起来："属于紧急命令的骸可星球驻军军人，你的登机口在五号通道。"

唐龙也不多话，飞一般地来到五号通道，卡片一插就进入了透明通道。

站在通道中发现其他通道都有好几个军人，但自己这里却只有他一个。唐龙心中虽然嘀咕：不会又跟上次一样吧？但很快打消了这个念头，因为联邦这么广阔，单单一个星系的行政星就有好几百个，在军队中能够遇到同一个星球的人真的不太可能。

这里很可能只有自己一个是去骸可星球的，要是自己没有遇到劫机犯，这个星球可能没有一个人会去那里的呢。

不一会儿，唐龙坐上了一艘中型的运兵舰，跟唐龙想的一样，这个星球去骸可星的只有自己一个人。习惯一个人的唐龙，再也不会像上次一样对着空荡荡的机舱大喊大叫，他非常自然地找了张椅子坐下后，闭上了眼睛。

但很快，唐龙猛地睁开眼睛，惊慌地大喊道："我袋子里的手枪怎么办？"

唐龙苦恼地望着手中的两把手枪和三个弹夹，把它们丢了自己实在是舍不得，那要藏在哪里啊？这飞船就算有地方藏也会被人发现的，难道要自己带着去驻地？

唐龙想到这里，突然露出得意的笑容："要是个士兵的话，肯定会被搜查，虽然我只是个少尉，但我怎么说也是个军官啊，

银河禁锢

当然能够带枪啦。呵呵，可以安心地睡觉了。"

唐龙打定主意后，挑了一把比较差的手枪，把弹夹退了下来，拿着空枪来到飞船后面，就这样丢进了垃圾桶。

他知道带两把枪会引人注意，所以只好忍痛牺牲一把了。至于为什么丢到垃圾桶？这些垃圾会被飞船的焚烧炉烧掉的，不但可以减少太空垃圾，还可以节约能源。

至于唐龙为什么知道，因为所有太空船都是这样设计的。

在唐龙往骸可星球飞去的时候，跟联邦骨龙云星系连接的银鹰帝国的克斯拉星系上，两支共同拥有两万艘战舰的帝国舰队，正摆成两个三角形悄然无声地停在边境上。

三角形中央的旗舰上，唐龙见过的那个叫凯斯特的少将待在舰长室，正得意地端着酒杯对着屏幕中的那个金发少将笑道："我说达伦斯，怎么绷着脸啊？虽然上次你输给了我，也在提案上有纷争，但我们怎么说也是从小玩到大的伙伴嘛，看这次公爵让我带兵来这里，我不是把你也拉上来了吗？来，来，喝上一杯。"

那个达伦斯皱着眉头说道："你以为我是这么小气的人吗？军部为什么让我们待在这里？既没有敌人入侵，也没有命令让我们进攻，要求就是乖乖地待在这里等待下一个命令。我觉得这事有点怪。"

凯斯特听到这话点了点头："唉，你又不是不知道军部那帮老家伙的死脑筋，肯定又不知道是哪个该死的提出这样的议案，拍一下他们马屁送点礼物，他们就会立刻同意的。"

达伦斯不满地打断道："喂，你说哪儿去了，我是说我们被派来这里干什么？军部的人怎么也不会好端端地让两个舰队来这里游玩吧？莫非联邦那边有动静？”

凯斯特喝了一杯酒，晃了晃指头：“这个克斯拉星系的驻军就有一个军团，近十万艘战舰，而联邦骨龙云星系据说只有五个舰队五万艘战舰。要入侵的话肯定会调动军队的，可现在那边毫无动静，说明没有什么事发生嘛。再说这近百年来，防御线十分完美，要想无声无息地通过是不可能的，所以这两个连接的星系都没有这么大量驻扎的军队，相信帝国也暂时没有攻打联邦的念头。”

“喂，你说了这么多，到底要说什么啊？怎么我越听越不明白？”达伦斯再次不满地打断凯斯特的话。

凯斯特不在意地说：“呵呵，这还不懂？既然军事上没有问题，那么就是政治上的了。我们两个属于哪个军团的？”

“我们是皇家军团，但也可以说是没有所属的。呃……难道……”达伦斯突然想起什么，吃惊地说。

“嘿嘿，像我们这样年轻就统帅一个正规舰队的贵族，你在帝国内见到多少个？没有几个对吧？很多官衔比我们高的、爵位比我们尊贵的贵族都没有统帅多少正规军，我们为什么会有这样的殊荣呢？你说这是谁给我们的啊？”

“当然是皇帝陛下的恩赐了。”达伦斯忙抬头挺胸严肃地说道。

凯斯特撇撇嘴：“呵呵，不要骗鬼了。”看到达伦斯脸色大变，忙安慰道：“放心，我这是绝密频道，没人听得见的。”

看到达伦斯闻言脸色好多了，凯斯特继续说道：“我的地位是我那个公爵给的，而你的则是你那个伯爵给的。相信你出发前伯爵大人找你谈过话吧？不用紧张，公爵也跟我谈过话。”

达伦斯坐了下来，按了按太阳穴叹道：“唉，想我们银鹰帝国何等强大，但却因皇子们争夺太子之位而搞得疲惫不堪。”

银河禁锢

凯斯特也恢复严肃的表情说道："达伦斯，不知道你注意到没有，皇帝陛下也有五十多岁了，几个皇子最小的也二十多了，其中不乏出色之人，为什么皇帝陛下没有立下太子呢？你别打岔，听我说完。还有，朝中六十岁以上的那些贵族，特别是握有实权的大贵族，就像公爵和伯爵他们，为什么从没接受过任何一个皇子的拉拢呢？要是他们投靠某个皇子，皇帝陛下早就让位了。说他们忠于皇帝陛下，但却在很多重要事情上，拖皇帝陛下的后腿。那感觉就好像是……"说到这，凯斯特两眼发出莫名的光芒。

达伦斯边听凯斯特的话，边在自己心中思索着察觉到的事情。在凯斯特突然停下的时候，达伦斯脱口而出："另有一个效忠的人！"

看到自己同伴也想到了，凯斯特满意地点了点头："没错，他们给人的感觉是另外有一个值得他们付出绝对忠诚的人。"

"这么说，公爵他们是认为我们是那人的直属部下，为了不参与皇子们的内斗，才让我们来到这个边境地带的吧？"达伦斯脸色凝重地说。

"呵呵，不用去猜想，反正首都乱成什么样也不关我们的事。对了，上次你输给我的那些奴隶中有几个长得很正点的处女哦，多亏你没有仔细检查，不然我就不能享受这几个美女了。"凯斯特很快就把话题转到了风花雪月上面了。

达伦斯无奈地瞪了凯斯特一眼，自己被吊起了胃口，这个家伙偏偏转移了话题。

不过达伦斯知道自己这个伙伴很可能也不知道底细，所以才做出这种高深莫测的样子。微微一笑后，他也跟着谈起了女人。

第十四章　带　兵

随着一阵轰鸣，飞船停下了。唐龙整理了一下衣服，摆出一个紧闭嘴唇、没有一丝笑容的脸孔，提着行李袋抬头挺胸地走下了飞船。

原本酷酷的唐龙刚出了舱门，还没看清楚骸可星球上的天空是什么样的，就被人粗暴地骂了一声并踢了一脚："浑蛋！身为新兵居然敢单独乘坐一艘运输舰？你很厉害啊？还磨磨蹭蹭地站在这里干什么？快给我上军车！"

因为疼痛而皱着脸的唐龙，十分吃惊地随着声音望去，舱门旁的登陆台上站着一个剃着板寸头、满脸横肉、两眼冒着寒光、年龄大约二十五六的上士。

骂自己和踢自己的人就是这个上士？难道他不知道我是少尉吗？唐龙眉毛一挑正准备怒骂这个不分尊卑的上士。那个上士见到这个新兵很跩的样子，不由怒火上升，狠狠地一推唐龙，就想这样把唐龙推落到地上。

要是唐龙中招的话，从数米高的楼梯滚到地上，就算不头破血流也会全身疼痛。唐龙刚才被踢了一脚，只是他没有想到会有人在舱门口等待着，才一时大意中招。现在他当然不会被人暗算到啦，不然他这一年来不是白混了。

银河禁锢

只见唐龙随身一闪，躲过那个上士的手掌，然后微微地把腿一伸，轻轻用手一碰，那个上士就惨叫一声，如一个大西瓜似的滚落下去。不过那个上士也不是窝囊废，倒在地上后立刻跳了起来。

假装不知道发生什么事的唐龙，看着那个上士青筋直冒地大喝一声跑了上来，看他现在的样子肯定想把唐龙给生啃了。

在那个上士就要抓住唐龙的时候，唐龙早已准备好了，飞快地伸出一只脚狠狠地一踹，那个上士立刻重复刚才的动作，趴在了地上。

此时唐龙才吹着口哨，带着古怪的笑容，看着不远处停着的一辆军用漂浮运输车慢慢地走下楼梯。可以看到那露天车厢内坐着的几十名士兵，以及站在车旁两个挂着中士军衔的士官，全都露出呆若木鸡的表情。

唐龙站在最后一个阶梯的时候，那个怒火冲天的上士已经掏出腰间的手枪，对准了唐龙，咬牙切齿恨声说道："王八蛋！你敢谋害长官？信不信老子把你给毙了！"

唐龙撇撇嘴，这个混蛋难道没看到我肩膀上的那粒银星吗？想到这里，唐龙扭头看了下肩膀，一看才想起自己的军服没有干，自己现在穿的是普通衣服。糟糕！自己误会这个上士了，唐龙不由尴尬地笑了笑。

那个上士看到唐龙不好意思的笑容，以为这个不知道天高地厚的新兵看到自己的手枪，开始害怕了，开始巴结了，心中充满了得意，刚要狞笑着准备好好凌辱唐龙时，唐龙突然换上冷酷的脸孔说道："大胆！你竟敢用枪指着长官！"

那上士神色一呆，但立刻满脸狰狞地说道："小畜生，敢糊弄你老子，我……"

他的话没有说下去，立刻停顿了，因为他看到唐龙从提包里取出一件军服披在身上，那肩章居然是代表少尉的一杠一星。

唐龙瞪着目瞪口呆的上士，心中乐得开花，但脸色却十分寒冷地喝道："上士，你用枪对着我是什么意思啊？"

那个上士听到这话，忙把手枪收起来，慌忙立正敬礼，结结巴巴地说道："长官，对……对不起……下官……下官不知道您是……"

唐龙听到长官这个词，心中不由一阵陶醉：呼，长官，这个称呼好爽啊，怪不得变态教官会要我整天长官长、长官短的叫个不停，原来被人叫长官是这么舒服的。

虽然心中这样想，但他依然绷着冰冷的脸喝道："你辱骂长官，罚你做俯卧撑一百下！现在开始，快！难道你怀疑长官的命令吗？"

那个上士在听到唐龙的命令后，迟疑了一阵。他没想到自己照电脑的调配，来接收调拨到自己部队的新兵，居然会接了个长官，更没想到自己居然和这个长官有了矛盾。虽然很想说出自己的靠山，但看到唐龙阴森的样子，想到这个人很可能就是自己的上司，上了战场很可能会找自己的麻烦，就决定还是暂时忍了这口气，等有机会再来报复他吧。

于是上士立刻行礼，并响亮地说道："是！长官！"然后就开始在地上做起俯卧撑来。

唐龙瞥了一眼那两个呆呆站着的中士，不由一招手说道："中士，过来。"

两个中士全身一震，互相看了一下，忙跑过来立正行礼："长官好！"

唐龙回了个礼，指着那个上士说道："帮我数数，我上去换

银河禁锢

衣服。"

两个中士一呆，心有余悸地看了上士一眼，但很快行礼表示遵命。

他们目送唐龙回到飞船并关上门后，忙一脸恐慌地对那个做着俯卧撑的上士低声说道："大哥，怎么办？"

那个上士一边做一边咬牙切齿地说道："什么怎么办？服从命令啊！"

一个三角眼的中士忙说道："大哥，您被他这么欺负，就这么算了？"

另外一个薄嘴唇的中士忙接口说道："当然不能这么算了，他只不过比大哥高两级罢了，现在忍一下，过几天晋升的命令下来了，大哥就和他同级，到时候就可以……"

那个上士抬起头狠狠地望着飞船，低声说道："我忍不了那几天，回去我就去找我哥，我就不信他一个小小的少尉斗得过我！"

两个中士忙巴结地说道："对，让连长大人好好地刁难一下，让他这个少尉知道四五连可不是这么好待的。"

那个上士冷哼一声："就怕他不是分配到四五连。"

那两个中士还要说什么的时候，突然听到舱门打开的声音，吓得忙数起数来："八十五、八十六、八十七……"喊着还谄媚地回头望向飞船，不过这一望，他们都呆住了，因为一个威武的军人出现在他们面前。

穿上军服的唐龙一举一动都显得那么的英挺，那身联邦军服好像是替他量身订做的一样。

他缓步来到他们面前，看着仍在拚命做着俯卧撑的上士，冷声说道："多少了？"

两个中士还没出声，那个上士已经大声地喊道："一百！"然后起身，怨毒地看了唐龙一眼，啪的行了个礼，响亮地说道："报告长官！一百下俯卧撑已经做完！"

唐龙看到这个上士行的军礼没有可以挑剔的地方，立刻就知道这个家伙是个兵油子，知道长官能够从什么地方挑骨头。想到自己被教官们挑骨头的情景，不由得笑了一下："很好，还有多少个士兵没有接到？"

"报告长官，已经全部接完！"上士再次响亮地说道，不过他那怨毒的眼神根本没有变化。

唐龙恢复面无表情的样子走到上士跟前，偷偷地递了张军人卡去，并悄声说道："嘿嘿，大哥，帮我查查我要去哪个军营，我刚来报到，不懂的地方还望多多关照小弟哦。"唐龙说出这话的时候，脸上依然是那副冷漠的神情，给人一种怪怪的感觉。

上士听到这话呆了一下，在这一瞬间他有点恨不起这个才刚处罚了自己的少尉。不过他很快想到这是少尉的手段，是先用大棒再用胡萝卜的招数，心中冷笑道：哼！现在才来巴结我，太迟了！不过仍然决定回去后才来整这个少尉，现在要服从这个少尉，起码表面上要服从，毕竟自己比他职位低，要是再受一顿处罚，那不是自己找罪来受？

所以他忙行礼，响亮地说道："是！长官！"然后接过那张军人卡，跑回军车的驾驶室去。

车上的新兵有点幸灾乐祸地看着这个上士，他们在下机的时候没少受到上士的"招待"，有几个靠近驾驶室的新兵都竖着耳朵，想听听上士在驾驶室干些什么。

他们只听到那个上士有点急切地低声喊着："四五连、四五连、四五连……"突然那个上士传出一声压抑着兴奋心情的喊

201

银河禁锢

声："太好了，真的是四五连，嘿嘿，你就等着穿小鞋吧！"

听到这个声音，有些新兵不明所以地看看身边的人，这时一个样子很斯文的新兵等到上士兴奋地离开驾驶室后，才悄声说道："那个少尉被分配到四五连，那个上士一定和四五连的长官有关系，准备给那个少尉吃苦头。"

听到这话的新兵都怜惜地望着远处的唐龙，他们在替唐龙可惜之余，也暗暗提醒自己不要得罪那个有靠山的上士。这些人当中只有那个斯文的新兵，露出很感兴趣的神情望着唐龙。他身旁的一个样子有点憨厚的新兵碰了碰他，悄声说道："你在看什么？"

斯文新兵笑了一下："我发觉那个少尉年龄跟我们差不多，应该是刚从训练营出来的。"

那个憨厚的新兵不可思议地说道："这不可能吧，训练营出来的最多只能当个下士，像我，我在训练营是表现最好的，可也不过是获得了上等兵的军衔耶。"说着晃了晃臂膀上有着三条箭形细小银杠的臂章。

那个斯文新兵看到憨厚新兵的臂章时，有点得意地侧过身子，让那个新兵看看自己的臂章。憨厚新兵看到那只是一条箭形银杠，不由地露出一丝骄傲的笑容，但很快吃惊地抓住那个斯文新兵的臂膀，因为他发现那条箭形银杠比起列兵的粗了两倍，这是下士的臂章啊！

"大哥！"憨厚新兵突然露出景仰的神情喊道。因为他知道眼前这个人一定也是训练营表现最好的一个，而且授予他军衔的教官一定比自己那个教官高级。

斯文新兵笑了一下："那个少尉才是我们大哥呢。"

憨厚新兵不解地摸摸头："怎么说？他真的是从训练营出来

的？”

斯文新兵笑道："呵呵，我敢肯定，因为没有一个长官会刚来到新地方就得罪比自己年长的下属，没听说过强龙不压地头蛇吗？只有还有少年心性的新兵才会被人责骂了一下，就利用自身的官职来处罚比自己年长的下属，所以他一定是个刚出炉的新兵。"

憨厚新兵还是有点怀疑："可是，要授予他少尉军衔，那他的教官一定得是上尉才行。可是我听说训练营最高级的教官也不过是个中尉啊。"

"呵呵，这只是你听说而已，联邦训练营成千上万，也许里面就有上尉军衔的教官呢。哦，差点忘了自我介绍，我叫刘思浩，很高兴认识你。"斯文新兵露出了笑容，伸出了手。

"我也很高兴认识你，我叫李力军。"憨厚的新兵忙握住那只手。

他们还没来得及放手，一声爽朗的话语从外面传来："哟呵！各位兄弟，我叫唐龙！初次见面，以后多多关照哦。"

原本也跟着自我介绍的新兵们，听到这有点开朗过头的声音，全都望向车外。他们看到那个英俊的少尉居然嬉皮笑脸地向自己敬礼，吓得全都刷的一声站起来行礼："长官好！"

唐龙乐呵呵地眯着眼睛，好像很受用地点点头说道："呵呵，不用客气啦，都坐下。"

"谢谢长官！"新兵们行了个礼，十分整齐地坐下，双手放在大腿上，抬头挺胸，目不斜视。

此时唐龙一边往车上爬，一边对那三个目瞪口呆的上士和中士笑道："大哥，快开车吧，不然我没有准时赶到基地报到，犯了逃兵罪，我可要你们做垫尸的哦。"

众新兵听到这话都打个寒战，紧张地望着那个上士。逃兵

罪，他们接到通知的时候，也从电脑女郎那里听到这事，要是那个上士因和少尉的矛盾而故意让他们迟到，那不是倒了大霉？

那个李力军紧张地碰了一下刘思浩，刘思浩露出笑容微微摇了摇头，他用眼神指了一下唐龙，暗示这个少尉已经警告了，那个上士不敢乱来。

原本一脸冷酷的唐龙突然出现这么轻浮的表情，而发呆的上士、中士听到唐龙前半段的话，立刻涌起了想报复的念头，但听到后面十分明显的威胁话语，就觉得不用在这方面来整少尉，而且这样做也不是很解气，还是乖乖地把他送到军营再说吧。

他们忙行礼同声说道："报告长官，下官保证不耽误长官的报到。"然后马上跑到驾驶室开车了。

唐龙得意洋洋地站在车尾扫了车内的新兵一眼，他现在心情爽透了，因为这些人很可能就是自己的部下啊。自己有部下了！唐龙想到这个就心花怒放。自己在学校从没当过干部，也从没指挥过人，就是在机器人训练场上，自己也是被机器人当部下使唤，现在终于出头啦。

所有的新兵都忐忑不安地望着对面的伙伴，他们从眼角的余光可以看到这个年轻英俊的少尉，居然在那里闭着眼睛发出古怪的笑容。谁也不知道这个怪怪的少尉在打什么主意，谁也不会傻傻地去当出头鸟，所以车厢内一片宁静。

终于不知道过了多久，这个少尉突然把所有新兵都吓了一跳，因为少尉突然在车尾跳起舞来，并得意地喊道："哈哈哈，这二十三人全都是我的部下啦！太爽了，耶耶耶。"

新兵们恐慌地望着唐龙，看到唐龙两眼发出莫名的光芒，全都吓得低下头，冷汗直冒。

那个李力军用颤抖的声音向刘思浩低声说道："我说长官他

不会有那种嗜好吧？我听说军队这样的事情很流行啊。"

听到这话的新兵全都冒出了鸡皮疙瘩，他们都知道李力军说的那种嗜好是什么嗜好。

刘思浩已经满头的冷汗了，他结结巴巴地反驳道："你……你别乱说……你……你以为现在……现在还是上古时期啊……再说到处都有……应召女郎啊……我想正常的男人……不会……不会有这种……"

原本听到刘思浩的话，新兵们都松了口气，但听到李力军嘀咕的一句话："可是，他不像正常人啊。"全体新兵都人人自危起来。

兴奋到得意忘形的唐龙，没有听到角落里的对话，不过还是注意到士兵们恐慌的神情。他忙收敛自己的动作，干咳了一下，冷冷地说道："好，刚才你们已经知道了我的名字，现在开始自我介绍一下。"

唐龙瞥了身旁最近的新兵一眼说道："你先说，记住要报出自己的军衔、名字、所属军种。"

那个棕色头发的新兵看到自己是第一个，忙吓得站起来结结巴巴地说道："报告长官，我……我叫埃尔华，一等兵，雷达兵。"

唐龙看到这个新兵文弱的身子，以及害羞低着头的样子，不由皱皱眉头嘀咕道："怎么像个娘儿们？"他是为自己部下有这么弱的士兵而不满，但这话落在这帮误会他的新兵耳中却是另外一种恐怖的感觉。

那个叫埃尔华的新兵听到唐龙这话，立刻吓得脸色大变，瘫在位子上。这时他身旁的新兵忙吸了口气，抬头挺胸摆出雄伟的样子，大喊道："报告长官！上等兵兰文特，机械维修兵！"喊完

银河禁锢

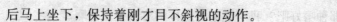

后马上坐下，保持着刚才目不斜视的动作。

后面的新兵也学乖了，全都表现出阳刚之气，报告自己的名字。

终于轮到李力军了，他更是故意装出雄壮的气势吼道："报告长官！上等兵李力军，格斗兵！"说完还故意绷紧肌肉，让贴身的军服能够显示出一身结实的肉块。原本他很得意，但看到唐龙两眼放光地看着自己，吓得忙缩了下去。

最后刘思浩起立，向唐龙行了个礼，平静地说道："报告长官，下士刘思浩，内务兵。"他说出这话后，所有的士兵都望向了他，因为这些新兵里面除了少尉，就数他军衔最高了。

唐龙听完后，失望地叹了口气，这一个下士、四个上等兵、十八个一等兵里面居然没有一个是和自己同兵种的，不是雷达兵、维修兵，就是导航兵、射击兵，要么就是格斗兵、后勤内务兵。怎么会没有步兵呢？难道我就算当了少尉也没有一个可以带的士兵？想到这里，唐龙不由得无力地坐在地上。

车厢内的士兵都不知道发生了什么事，全都不敢吭声，静静地坐着。

突然唐龙两眼放光地问道："一个少尉可以管多少士兵？"

车厢内一片宁静，士兵们互相对望，他们都不知道少尉可以带多少兵啊。

这时那个刘思浩站起来说道："报告长官，请问您是想知道什么兵种的少尉？"

唐龙呆呆地望了刘思浩一眼，有点狐疑地说道："什么兵种？你都说说看吧。不用站着，坐下说。"

唐龙现在有点感觉到自己这个步兵兵种，好像是很差的一个兵种，不然怎么这伙新兵没有一个是步兵呢？可这不是人数最多的一个兵种吗？唐龙决定以后去问那个电脑姐姐，看看这个步兵兵种到底有多高级。

"谢谢长官。"刘思浩坐下后想了一下，说道："战机驾驶员的最低军衔是少尉，所以这类少尉只有本身的战机，根本没有其他的部下。

"维修系统和通讯系统的少尉大概可以带十个左右的维修通讯人员。

"后勤内务系统的少尉则很难说，有时只有自己一个人，有时可以指挥数十人，这都要看分配了哪种工作而定。

"至于参谋系统出来的，他们最低的都是少校，从没听说过这里面有少尉。他们一般是担任 A 级，也就是最低级战舰的指挥官，或者 B 级战舰以上的参谋官或者情报官。"

刘思浩说到这里，语气中带有一种失落的感觉，让人很容易认为，他是报考参谋部没有考上才换成内务部的。

刘思浩喘了口气继续说道："导航、射击系统的少尉，有时指挥几个同系统的士兵，有时只有他自己一个，这也是和工作性质有关。

"带兵最多的恐怕就要算地面太空两栖格斗系统的少尉了，一般都是一个班二十人左右。"

唐龙听完这些，不由得充满希冀地问道："难道少尉不能指挥战舰吗？"

唐龙可不愿意单单带着士兵搞肉搏战啊，怎么说大部分战斗都是用战舰解决的，自己要想立功的话，那要等到何年何月啊。

刘思浩想了一下，点了点头说道："有，不过只有最小型的工作舰才适合少尉这个军衔。最小的运输舰也要中尉才能担当，而最小的军舰则起码要上尉以上才够格。战舰更是要少校才可以担任指挥官。"

"呜呜……这么说我要连升两级才能指挥最小的军舰了。呜呜呜，想当年我是何等风光啊，呜呜……"大失所望的唐龙趴在地上抱头痛哭起来。

众人看到这一幕全都傻了，这种得不到就哭的动作，起码五岁以下的小孩才会有的啊。众人脑中都冒起了"神经不正常"这个念头。

突然，唐龙猛地抬起头来，众人看到他脸上虽然还挂着泪珠，但却满脸肃杀之气地喊道："看着吧，我一定会当上军舰指挥官的!"

众人呆呆地看着唐龙，他们对唐龙如此剧烈的变化一时还没有反应过来。

唐龙看了他们一眼，满脸和善之色，笑嘻嘻地说道："当然，只靠我自己是不行的，所以希望兄弟们好好为我这个愿望努力哦。"

看到这副笑脸谁还能想起这个人才刚哭完，接着又发表了震人心弦的誓言。众人此刻的脑中立刻冒起"变色龙! 危险! 恐怖!"的想法。

他们已经决定不要接近这个古怪的少尉了，但看到唐龙眼睁睁地看着自己，忙表态道："愿为长官的理想服务!"

唐龙得意地大笑道："哈哈哈，老子升了官，好处少不了你们的。"

所有的人都带着干笑说道："谢谢长官提拔。"他们现在脑中又多了一个想法：不要脸! 自大! 狂妄!

人群中只有刘思浩仔细打量着唐龙，他发现唐龙所表现的一切好像都是随心所欲，根本没有一个军人应该有的谨慎心态。居然把自己心中的想法全部表现出来，说好听一点是个直率的人，说不好听一点是个无脑的单细胞，这样一个军人居然能够一出训练营就得到少尉的军衔？

虽然有点看不起唐龙，但却又有点羡慕唐龙的单细胞，因为他毫不掩饰自己渴望升官的愿望啊，哪像自己嘴里说不在乎军衔的高低，但心底却十分渴望升官。呵呵，可能头脑复杂的人都是口是心非的吧？刘思浩苦笑着摇摇头。

车子无声无息地来到一个小型宇宙港，唐龙老远就看到了停泊在海面上的一艘军舰，禁不住兴奋地大喊："下士，那就是我们的军舰吗？"

刘思浩听到唐龙的问话，眯着眼睛看了一下远处那艘军舰，点点头说道："那是联邦 A 级战舰，是宇宙战舰中最小的单位，我想我们四五连还不够格拥有这样的战舰。"

"呃……不够格……为什么？"唐龙有点惊讶地问道，其他的士兵也全都望着刘思浩。

刘思浩想也不想就说道："连队的最高长官是大尉，而最小的战舰指挥官则需要少校军衔。"

唐龙哭丧着脸屈着手指算道："呜，中尉、上尉、大尉，我要连升三级才可以指挥战舰啊，难道我真的只能去开小型工作舰？"

李力军看着那艘越来越清晰的战舰向刘思浩问道："大哥，上面有没有战机啊？有多少门大炮啊？"

刘思浩想了一下说道："这是 A 级战舰，不可能配备战机的。这样的战舰全长一百五十米，宽五十米，高六十米。主炮十门，副炮五十门，配备了十个导弹发射口，另外配有十个逃走用的救生舱。

"攻击半径为五百公里，防御强度为二十。舰上可乘搭三百名船员，一般是二十人负责主炮，五十人负责副炮，三十人负责发射导弹，二十个声讯兵，五十个格斗兵，剩下的不是维修兵就是内政内务兵了。完全是属于炮灰系列的战舰。"

"炮灰系列？"李力军不解地问道。

刘思浩苦笑了一下说道："也就是一炮死的军舰，战场上，这种战舰根本抵挡不了高级战舰主炮的一次齐射。这种战舰是各国最多的，也是最易消耗的战舰。以士兵来比喻战舰的话，这种战舰就等于列兵。"

李力军脸色有点不好看了，所有的士兵听到这话脸色也好不到什么地方。

李力军吞吞口水转移话题问道："大哥，内务兵和内政兵有什么区别？"

"一般来说没什么区别，硬要分的话，可以说内政兵是处理战舰上的人事、物资调配等等的事，而内务兵就是干些照顾长官生活起居、搞搞卫生什么的。"刘思浩痛苦地摇摇头说。

李力军吃惊地低声说道："那大哥你不会被分配去照顾那个长官吧？"说着用手指了指在车尾低着头喃喃自语的唐龙。

刘思浩只能无语地苦笑了。

车子缓慢地停了下来，大家这个时候才发觉自己已经进入这个小型基地了。望向四周，已经有好几部军车停在基地的操场中央了，无数的新兵纷纷从军车上跳下来，在那些士官的吆喝下开始排队。

新兵们也很想下车去排队，但那个少尉堵住了车门，看他喃喃自语的样子，敢情还没发觉已经来到基地了。

那个被唐龙欺负过的上士看了唐龙一眼，冷冷地一笑，向身旁的两个中士使个眼色，径自朝站在操场那头的几个军官跑去。

　　和唐龙同车的新兵们都看到了这一幕，心中不由得替唐龙就要面临的事担心。他们有心提醒唐龙，但看到那两个中士虎视眈眈地看着自己，也就不敢吭声了。

　　那两个中士也故意不提醒唐龙，站在一旁一边带着古怪的笑容看着唐龙，一边带着希冀的目光望向已经跟着那个上士走来的三个军官。

　　正在这个时候，蹲着的唐龙猛地站起来，脸上那些古怪的表情消失了，换上了一副威严的神态。他跳下车扫视了众人一眼，冷声喝道："士兵们，不要磨磨蹭蹭的，下车集合！"然后瞥了那两个呆呆的中士一眼，语气严肃地命令道："中士，帮忙整队。"说完这些，唐龙就背着手，两脚站开地看着已经开始下车的士兵。

　　中士这才反应过来，忙开始整队，虽说靠山就要来了，但现在自己违背命令的话，这个少尉处罚自己连靠山都没话说。

　　这些新兵没有在训练营白混，很快队伍就整好了。

　　此时唐龙已经听到后面传来的脚步声，他放下手，然后转身，啪的一声敬礼喊道："长官好！"

　　唐龙面前的人除了那个上士外，中间是一个年约三十五六岁，满脸横肉，样子有点像上士，肩上挂着一杠四星的男人。在他左右的两个军官样子都有点阴森，军衔都是一杠两星的中尉。

　　这个大尉双眼在唐龙身上仔细地扫了一遍，发觉根本挑不到骨头，只好回礼说道："少尉，欢迎加入四五连。我是连长沈日大尉。"

银河禁锢

第十五章　耍　阴

唐龙再次敬了个礼，响亮地喊道："谢谢长官！"然后立正，目不斜视地望着沈日大尉。

那个沈日大尉和身后两个中尉交换了一个眼色，其中下巴比较消瘦的中尉忙上前拍拍唐龙的肩膀，十分热情地笑道："兄弟真是年轻有为啊，想当年哥哥我在你这个年龄才不过是个一等兵，兄弟以后一定会飞黄腾达，到时可不要忘了哥哥我啊。"

另外一个圆脸的中尉则笑嘻嘻地拿出一个刷卡器笑道："我说你不要光顾着和小兄弟亲热，误了他的报到，你可要负责哦。"说完，向唐龙笑道："兄弟，快把军人卡拿出来，报到后咱们好好庆祝一下。大哥我请客！"

原本一脸冷酷的唐龙，立刻换上了一副巴结谄媚的笑脸，点头哈腰地双手奉上军人卡："唉哟，看大哥您说的，怎能让大哥您破费呢，这当然是要我这个小弟来做东啦。"这个动作当然是搞得众人一呆。

一直看着这一幕的沈日，向那个上士使了个眼色，那个呆呆看着唐龙的上士忙摇摇头。这时那个消瘦下巴的中尉看了一下圆脸中尉手中的刷卡器，在那个圆脸中尉和唐龙寒暄的时候，趁机退后几步，来到沈日身旁。

沈日露出询问的神色，那个中尉偷偷地比了个手势。

沈日和那个神色紧张的上士立刻松了口气。

沈日一挺胸口，对还满脸笑容的唐龙冷声喊道："少尉！"

唐龙忙收敛笑容，换上了冷酷的脸孔，啪的一声立正，响亮地应了声"是！"

原本还带着笑脸的那个圆脸中尉先回头看了一眼沈日，回过头来的时候，脸上的笑容也不见了，换上的是一副不屑和骄傲的神情，他随手把军人卡扔回给唐龙，然后冷哼一声向那些呆呆看着这一幕的新兵走去。

唐龙用眼睛的余光瞥了一下掉在地上的军人卡，他知道自己要倒霉了，不过他很奇怪，原本这两个很热情的中尉为什么在看了自己的资料后突然变脸呢？自己一来就用上教官教自己如何巴结上司的手段了啊，为什么没用呢？

本来唐龙的军事训练中根本没有这一门功课的，机器人教官不懂也不会设立这门巴结上司的课程。不过无所事事的星零在知道唐龙的训练课程后，提出只会努力作战，是不可能在以人类情感意识为主导的军队中获得晋升的说法，同时还找出许多历史中战无不胜的将军，败在自己人手中的事例。

于是在这样的情况下，唐龙也就多了一门其他新兵不可能学到的课程——巴结上司。

唐龙一边听那个圆脸中尉在喝斥着新兵："快点，把军人卡拿出来！磨磨蹭蹭的干什么！"一边望着脸色冰冷的沈日以及那个脸上在说你倒霉了的上士。

沈日突然露出一丝古怪的笑容："呵呵，少尉，虽然你是士官，但你依然是个新兵。我们四五连有个规矩，凡是新兵都要好好享受一下军营的热情款待，所以我也不能给你特殊待遇。"说

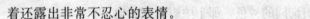

着还露出非常不忍心的表情。

唐龙刚想开口询问的时候，沈日脸色一冷，阴森森地说道："少尉，现在给我围着操场跑二十圈，跑完后两百个俯卧撑，两百个仰卧起坐，立刻执行！"

唐龙马上啪的行个礼："遵命长官！"随即扔下行李，捡起军人卡塞入怀中，转身就开始跑了起来。

沈日没有理会唐龙，转身对那个上士说道："笨蛋！你怎么连个少尉都搞不定呢？"

那个上士哭丧着脸说道："哥，他用官衔来压我，我能怎么办。哥，究竟我的晋升命令书什么时候下来啊，我不要那个乳臭未干的小子当我长官。"

沈日拍拍上士的肩膀："放心，过几天就会发下来的，你哥我可是费了一番工夫才让你连升两级的。你可要好好干，不要丢我的脸！"

看到上士欣喜地点着头，他笑道："好了，现在给我好好去操练一下那帮新兵。那个少尉你就不要去惹他，最好不要和他见面。虽然我可以为难他，但是他的军衔比你大，你犯了事，他要处罚你我也拦不了。到时就算我让他吃了苦头，但你也就白找罪受了。"

那个上士忙点头，兄弟俩又说了一会儿悄悄话，上士就来到新兵面前。那两个中士也耀武扬威地站在他的身后，狞笑地看着新兵们。

上士怨恨这帮新兵看着自己出丑，阴冷地扫了众人一眼，虽然新兵们站姿非常完美，但仍狠狠地喊道："看看你们东倒西歪的样子，你们以为这是游乐场啊！给我做俯卧撑一百个！快！谁没有完成，我让他关禁闭！"

新兵们虽然在心中把上士的祖宗十八代都骂遍了，但仍立刻服从命令，趴下做起俯卧撑来。他们还没那么呆，看到少尉都被上士的靠山处罚了，自己这样的小兵哪敢违抗呢。

此时完成报到任务回来的那个中尉，向背着手的沈日低声说道："大哥，没有一个有背景，全都是老百姓。"

沈日嗯了一声："狠狠地训他们一顿，让他们知道四五连是谁的天下。"那两个中尉忙行了个礼，转身去帮助上士为难那帮新兵。

新兵一边听着上士故意拉长的数数声，一边咬牙死撑着，突然一声叫骂声传了过来："我 X！你他妈的王八蛋！"

所有的人听到这难听的话，都停了下来，看看是谁这么大胆骂长官。他们看到那个绷着脸，露出严肃神情，张着嘴巴，一边飞快跑着一边大骂的唐龙，所有的人都惊呆了。

那个上士当然也看到了，额头的青筋跳了一下，不过他知道自己不能对唐龙说什么，也就把气发泄在新兵的身上。不过那两个中尉可没有那层顾虑，互相看了一眼，那个瘦下巴的中尉朝唐龙走去。

唐龙已经跑了两圈了，操场上那些新兵古怪的眼神让他憋了一肚子的火，自己堂堂一个少尉，居然被人处罚！

"妈的！不就是处罚了一下那个没有礼貌的上士吗？居然敢这么不给我面子！等着瞧，管你是大尉还是什么大屎，我一定要报仇！嘿嘿，教官曾说过，要想对付一个人就一定要让他把你当成心腹，这样捅他一刀子的时候，他才会心痛大于伤痛，也就可以趁他心痛的时候多捅两刀！嗯，但我已经和他有矛盾了，我应该怎么办呢？"

唐龙一边跑一边想着由星零提炼出来、机器人教官教导的那

些阴谋诡计。想得兴奋的时候，刚好看到上士那得意洋洋的样子，不由就骂了出来。

骂出来后唐龙虽然心中一惊，但仍保持着冰冷的脸孔继续跑着。虽然也知道那个中尉准备来为难自己，但也当做没看见。

那中尉远远就向唐龙喊道："唐龙给我过来！"他在偷看那刷卡器的时候就知道唐龙的名字了。

唐龙立刻跑过来停下，脸不红气不喘地立正行礼："长官好。"

中尉阴着脸冷声问道："你刚才骂谁？"

"报告长官！下官我在骂挡住下官去路的那只鸟样蚂蚁！"唐龙想也不想就应道。

指桑骂槐！这四个字在中尉脑中闪过，他牙齿咬得咯咯响地怒骂道："浑蛋！你敢侮辱长官！"

唐龙依旧绷着那副冷面孔，行了个礼响亮地应道："下官不敢！长官不相信，下官这就交出证据！"说着不等中尉反应过来就转身跑了几步，蹲下在地上摸索了一阵，接着跑回来，行礼后伸出手掌递了过去："报告长官，刚才下官骂的就是这只爷爷不疼、姥姥不爱、马不知脸长、不懂人性、胆敢拦住下官去路的该死鸟样蚂蚁！要不是下官非常有同情心，不忍伤害弱小可怜的生命，这只不知天高地厚的鸟样蚂蚁早就被下官一脚踩死了！"

看着那只在唐龙手掌中爬动的蚂蚁，中尉差点气得一口气闭了过去。他现在只能用颤抖的手指指着唐龙说不出话来。他的那个圆脸同伴看到这一幕，立刻跑上来帮腔。

圆脸中尉一上来就用阴森森的语气喝道："唐龙！有你这样和长官说话的吗？"

唐龙抬头挺胸向圆脸中尉行了个漂亮的军礼，保持扑克脸朗声说道："报告长官！联邦军人礼仪规范第一条第三节规定，面对长官时必须严肃，必须毫无遗漏地回答长官的问话。"

那个中尉给唐龙这话搞得哽住了，而唐龙继续说道："报告长官，联邦军规第三十四条规定，多条命令中，必须优先完成最高长官的命令！下官现在正在执行大尉长官的命令，请问两位中尉长官，下官可以离开了吗？"唐龙故意在大尉和中尉两字上加重了音。

此时那个瘦脸中尉终于喘过气来了，他强忍怒火，但又无力地挥挥手："继续完成你的任务，不过少尉，任务途中不可说脏话！"

唐龙再来一个完美的军礼："下官遵命，任务途中不可说脏话！"唐龙又故意把说字加重了音。

那个圆脸中尉立刻嚷道："也不可以唱脏话！"说完一脸得意地看着唐龙，因为唐龙在听到这话后，脸孔露出了失策的神情。

在他们以为难住唐龙后，才刚转身，那个难听的声音又从身后传了过来："哦哦哦，一二三四五六七，我们上山打老虎，老虎居然不在家，放屁的人就是他！"

两个中尉全身一震，咬牙切齿地转身，怨毒地望着唐龙远去的背影。他们没想到唐龙不骂人了，居然开始唱歌！歌声里面没有脏话，不能以这个定罪。叫他停下来，让他不要唱歌？不说军规里没规定不能唱歌，自己也不愿意再出丑了，没看见其他连队的新兵正在狂笑吗？而且到时候那个死家伙肯定又会搞出其他什么花样的。

于是有气没地方出的他们只好狠狠地训那帮倒霉的新兵了。虽然新兵们很苦，但是他们心里解气，能够看到这帮兵痞子受气，这点苦算什么。

沈日现在正和一个蛮壮的肩上也是挂着大尉军衔的军人说着话。

那个壮汉笑道:"我说,这个家伙虽然没有什么背景,但年纪轻轻的就当了个少尉,前途无可限量,你这样整他不怕他报复吗?"

听他的口气,他也知道唐龙是普通人家出身的。看来这些长官接到新兵的第一件事就是检查自己部下有没有自己不能得罪的靠山。

沈日冷哼一声:"只要他在我麾下一日,我会让他永世都只是个少尉!"说完不理会那个壮汉,转身朝营地走去。

那个壮汉看了唐龙的身影一眼,嘿嘿一笑低声自语道:"白痴,对方在跑步的时候都能够发现哪里有蚂蚁,这样的人普通训练营可训练不出来。虽然是格斗兵种,但谁能说他不可能是特种兵呢?要是立了功劳的话,到时候你这个同样是格斗兵种的大尉很可能就要喊他长官了哦。"说完再次瞥了一眼唐龙,也跟着回了自己的营房。

不知道自己兵种已经改变的唐龙,飞快地完成了沈日交代的处罚任务。这些处罚对被机器人教官用变态方法足足训练了一年的唐龙来说,简直是小儿科。

所以他完成的时候,只是气息稍微有点喘,在走向四五连营房的时候,唐龙就已经恢复正常。完成处罚后,他就发现新兵都不见了,没有去处的他,只好提着行李来到四五连的连长办公室。

唐龙还没敲门,办公室门就自动打开了,看来那个沈日连长早就在等着自己,所以没关上啊。唐龙一看里面除了那个大尉连长,自己得罪的那两个中尉和那个上士也在,知道自己要小心点，免得报仇前多受苦，所以他响亮地喊了一声："唐龙报告!"然后向三位长官行了个标准的军礼。

除了沈日外，其他三个人都一边回礼一边怨毒地看了唐龙一眼。

沈日则笑呵呵地向唐龙招手："进来吧，没想到唐龙少尉如此了得，完成了如此繁重的训练，依然脸色如常啊，不愧是格斗战的精英。"

唐龙虽然奇怪怎么说自己是格斗战的精英，但他知道自己现在不能去辩解，所以依然绷着脸恭敬地说道："谢谢长官夸奖，但下官实在不敢当。不知道下官在连队中的岗位是什么?"

沈日按动了桌上的按钮，看着桌上出现的虚拟屏幕笑道："唉，说起来现在连队岗位空缺极少，而兄弟又是如此优秀，这让我真的很难决定兄弟的岗位啊。"说到这儿，他的目光离开屏幕，带着笑容向唐龙问道："不如让兄弟自己决定什么岗位吧，大哥我一定会满足兄弟的愿望。"

那个下士听到这话神色一震，想上前制止他大哥，他身旁的中尉忙拉住他，并使了个眼色。

唐龙当然看到了这一幕，心中奸笑道："嘿嘿，想阴我? 门都没有!"

他故作沉思状好一会儿才抬头说道："长官，下官什么岗位都可以，只要长官下令就行了。不过下官希望能够率领一个格斗战队，下官一定会让他们威震整个联邦军队的。"此时的唐龙散发出一股强烈的自信，看到唐龙样子的人都相信他一定说到做到。

接下来，唐龙突然在脸上涌起一丝羞涩的红晕，他不好意思地搔搔脑袋，并有点结巴地说道："下官……下官还希望……希望不要安排和军舰有关的岗位，因为……因为下官有晕机……晕机症。"说完难堪地低下了头。

沈日打量了一下唐龙，才笑道："好好，我会满足你的愿望的。中尉，你带少尉去他的营房。"唐龙忙和其中一个不情愿的中尉行礼退下了。

办公室门关上后，剩下的那个中尉上前一步问道："大哥，您准备让他去哪个岗位？他有晕机症，不如派他去侦查舰如何？"

上士忙焦急地说道："哥，不要被那个混蛋少尉骗了，他根本没有晕机症，他刚从飞船上下来的时候，不知道多么有精神！"

沈日摸着下巴奸笑道："你以为我没看出来吗？他的两个愿望我都不会让他实现的。嘿嘿，我要让他去管理内务兵。"

上士不解地问道："管理内务兵？为什么不让他去扫厕所？"

那个中尉可能理解了沈日的决定，他对上士笑道："这你就不懂了，现在的厕所需要打扫吗？而且派个少尉去扫厕所对外也说不过去。你大哥这样做是为了让他憋死。"

"憋死？"上士更不理解了。

那个中尉详细地解说道："呵呵，你也知道像他这样血气方刚的青年，最渴望的就是战斗和指挥军舰，这从他故意提出的两个愿望就可以看出。现在让他待在办公室管理处理内务的工作，你想他是多么的难受啊。"

上士恍然大悟地一拍掌，奸笑道："对！让他憋死！"

沈日正要说什么的时候，桌上的指示灯突然哔哔叫了起来，接着桌上的屏幕突然强行打开，并出现了几行字。

沈日看完后，叹了口气："唉，看来现在还阴不到他啊。"

两人忙靠上前去，看到屏幕上那几行字是："奉最高统帅部令，命骸可星军区所有少尉军官，赶赴 F 三四 J 基地进行为期两个月的特殊训练。训练完毕后，各回所属部队。"

上士有点吃惊了："最高统帅部的命令？哥，这是怎么回事？

统帅部怎么可能向我们这样的星球军区直接下命令？"

沈日叹了口气："上头的命令我们这些下面的人如何清楚，而且这还是最高统帅部的直接命令呢？唉，要是你的晋升命令今天以前到达，你也有份参加呢。"

中尉看到上士有点失落，忙转移话题问道："那我们不是不能对唐龙这个家伙怎么样了？"

沈日笑了笑："也就是两个月罢了，命令上也写明了，特训完毕后回归所属部队。我们就忍耐一下吧。"

那个中尉也拍拍上士的肩膀安慰道："放心，这种特训一般不会进行晋升的，等他回来后，你也跟他平级了。"

上士听到这话，担忧的心才微微平复。

唐龙正翘着脚，躺在士官单人房的床上，无聊地望着天花板。那个中尉一路上没有说一句话，把他带到这里后就扔下他回去了。

"嗯，不知道我的愿望能不能实现呢？呵呵，亏我一听那个大尉询问我想要什么岗位，就知道他不安好心，也马上想出这个以退为进的办法，呵呵，我还真是聪明……耶！"

唐龙突然坐起来猛拍着自己的脑袋："我白痴啊，明明从飞船上下来后，还把那个上士打得跟猪头一样，可我居然在他面前说我有晕机症？他一定会告发我的！"

唐龙开始趴在床上，捶着床板号啕大哭："呜呜，完了，我的希望完了，我一定会被安排去扫厕所的……"

这时门被敲了一下，一声"报告！"声传了进来。

唐龙忙跳下床，抹了把眼泪整了下衣服，摆出酷酷的脸孔，威严地说道："进来。"

门打开了，站在门口的士兵向唐龙行了个礼："下士刘思浩见过长官。"

唐龙一见是熟人，酷酷的脸孔立刻不见了，他哭丧着脸有气无力地说道："是你呀，是不是叫我好去扫厕所了？好，我这就来……"说着摇摇晃晃地走向门口。

刘思浩瞪大了眼睛："扫厕所？"他忙摇摇头："不是的长官，是大尉长官让属下通知您，要您在今天之前赶去 F 三四 J 基地，进行为期两个月的特训。"

唐龙愣愣地问道："你是说我不用扫厕所？"

刘思浩有点头疼地点点头："不用的，长官。"

唐龙听到这话，立刻高兴地跳起来："耶，太棒了，不用扫厕所。呃……对了，那 F 什么的基地是干什么的？特训些什么东西？"

看到唐龙高举着双手，呆呆的样子，刘思浩又是一阵头疼。刚才连长已经发布唐龙负责管理内务的命令，自己这个内务兵已经是他的直属部下了。看到自己直属长官这个手舞足蹈的样子，相信所有的士兵都会头疼吧？

刘思浩只好摇摇头说道："对不起长官，属下也不知道 F 三四 J 基地是干什么的，听说整个骸可星军区的少尉都要参加，而且这个命令是最高统帅部发出的，可能是为了训练基层干部吧。"

刘思浩真的搞不懂最高统帅部为什么会发出这样的命令，少尉这样的军衔在统帅部眼中跟列兵没两样，应该不可能对这些少尉进行特殊照顾的啊。

唐龙根本不管这些，知道自己不用扫厕所，就高高兴兴地跑出房间，照刘思浩说的，上了第三批运载这个营地少尉的小型运输舰。直到看到运输舰舰身的番号，唐龙才知道自己的四五连和其他的四三、四四连都属于骸可星军区四军十五师十二团三营，而这个营地就是三营。

运输舰上坐了二十几个少尉，他们年龄都比唐龙大，神情也都比唐龙冷酷。他们个个绷着脸，静静地坐着，就是唐龙最后一个上来，也没让他们转过头来看。

唐龙见他们都是这个死样子，也就跟着摆出冷酷的模样，坐下后就闭上了眼睛。

不知道过了多久，飞船停了下来。其他的少尉悄悄松了口气，偷偷活动了一下快僵硬的四肢。

而唐龙则伸了个懒腰，舒服地嗯了一声："睡得好舒服啊。"搞得其他的少尉都呆呆地看着唐龙。

唐龙看到自己一下子吸引了众人的目光，不由得得意地笑道："嘿嘿，这种坐着睡觉的绝技可是祖传的哦，想不想学啊？现在拜师的话，还可以免费教学站着睡觉的技能哦。"

当然唐龙这些在新兵训练期间学会的技能，并不能获得这些少尉的赏识，他们全都给了个白眼，就依序下了飞船。有点不是味道的唐龙也只好嘀嘀咕咕骂了几句，跟着下机了。

下来后，唐龙跟其他少尉一样呆住了，他们面前是一个巨大的金属围墙，他们不是为这基地而发呆，而是为了在基地门口迎接的人群而发呆。因为迎接他们的居然是十几个全副武装的士兵！

看到这些士兵军衔最高的只是个上士，唐龙就想去训他们一顿，但看到士兵臂膀上绣着的臂章，唐龙缩了缩头，不敢动了。

其他少尉也是一片寂静，因为有视觉的人看到那臂章都知道，这些士兵就是除将军外，比任何军官都大一级的宪兵！

虽然宪兵的权限很大，但他们也是全军军规最严厉的部队，

没有命令而胡乱行使职权，遭受的处罚甚至可以达到死刑，因此宪兵并没有给军队造成什么混乱。

唐龙在上次机场事件中，从电脑姐姐口中知道，这宪兵又分为普通宪兵和特殊宪兵两种。普通宪兵就是那种跟警察抢功劳，介乎警察和军队之间的人，他们一般都受命于各地的宪兵队。而特殊宪兵就是眼前这一批，是直接受命于统帅部，真正的军部执法队，惹到他们这些家伙肯定没好日子过。

那个眼前宪兵中最高军衔的上士，向众人行了个礼说道："请各位长官拿出军人卡，下官要进行登记。还有，各位长官要是带有武器的话，请交给下官保管。"说着就掏出了刷卡器。

各位少尉乖乖地掏出军人卡排好队，一个一个地进行了登记。至于交出武器则没有一个人，不是他们敢和宪兵作对，而是他们都知道自己是来训练的，谁会带枪来呢？

登记完毕后，那个上士再次行了个礼，说道："骸可星军区四军十五师十二团三营四五连，二十七名少尉全部到达。请。"说着让开了身子，出现了一道进入里面的小门。

唐龙这时才知道这些少尉是和自己同一个连队的，一边暗自骂着："妈的，真是有什么长官就有什么兵，全都跟大尉一个鸟样。"一边跟着队伍走进了小门。

进去后，唐龙再次呆住了。

里面是一个宽达好几平方公里的大厅，看不到天空，上上下下左左右右全都是白色的金属墙。而这个宽大的大厅里居然挤满了人，不用想就知道整个军区，六个军三千多个连队，共有近十万个少尉集中在这里了。

这里要说说联邦的军制：连队为基本单位，下辖三个排九个班，排长军衔为中尉，班长军衔为少尉或是准尉。

一个师级的连队番号是依序排列的，连长军衔一般为上尉或大尉，全连人数为两三百人左右，所以一个连有二十七名少尉不奇怪。

当然这里说的是普通连队，要是战机连队，他们只有五十多人，指挥官的军衔更可能达到少校，更有些连队两百多人，其中最低的一名士兵军衔都是少尉，可以说全连军官。

连以上是营，下辖三个连队，人数大约一千人左右。营长军衔是少校，这是可以指挥低级战舰的基层指挥官。一个营一般可以指挥两三艘 A 级战舰，也有可能是七八艘低级运输舰或一两艘中级运输舰，同时还可以指挥几十艘侦查舰。而特殊营级部队则跟特殊连队一样，人少、军衔高、装备先进。

营以上是团，团级是按军级内部顺序来排番号的。一般团部下辖四个营，人数五千人上下。团长军衔是中校，此时团部拥有十几艘低级战舰或几艘中等战舰或一两艘高级战舰。其他的装备跟营级差不多，只是数量多了四倍而已。

团以上就是师了，师则是以军区内部顺序来排番号。一般师级下辖十二个团，人数六七万左右。师长的军衔是上校或是大校，师级可以拥有一两百艘低级战舰，几十艘中级战舰，五六艘高级战舰，一两艘航母。配上数量繁多的其他战舰，这个时候的师级可以说是宇宙战中最低的作战单位了。

而军级则是最基本的作战单位，所以番号一般是全国统一排列的。一般军级下辖四个师，人数二十五至三十万人，军长军衔是准将或少将。军级拥有一两千艘低级战舰，两三百艘中级战舰，几十艘高级战舰，还有五六艘航母以及各种各样的运输侦查舰和许多的战斗机。这样的军级单位在国境内可以负责数十个行政星的防御了。

而一般的军区则下辖六个军，军区统帅为中将，士兵加后勤人员大概有数百万人，配有各种战舰一万多艘，加上几万艘各种舰艇，合称为舰队，舰队就是宇宙战中分析力量对比的基本单位。

各星系的军力合成则为集团军，统帅一般是上将或大将。至于元帅则是全国军队的最高统帅，所有军队都归其管辖。

唐龙看到密密麻麻的人群，不由嘀咕道："有没搞错？这么多少尉？起码有十几万人啊，这要怎么训练呢？"唐龙心情有点失落，原本还很得意自己的军衔，但看到单单一个军区就有这么多的少尉，自己根本没有资格得意啊。

虽然这里挤满了人，但是根本没有一丝喧闹的声音发出，毕竟大家都是军人，懂得纪律，而且这还是最高统帅部下令召集的特训，怎么能不拘谨一点呢？

正当唐龙烦躁得快要抓狂的时候，突然一个女性的声音传遍整个大厅："各位骸可军区的少尉，你们好，本次特训的人员要求是一万名，鉴于人数过于庞大，所以将在特训开始时先淘汰多余的人员。"

听到这话，人群虽然依旧没有发出声音，但那股平淡的气息不见了，一股紧张的气氛笼罩着整个大厅。

第十六章 群 架

　　整个广场一片宁静，绝大部分人都在聆听那个声音接下来的话。

　　之所以说绝大部分人，是因为有一个家伙没有专心聆听，反而出声说话了。在一片寂静中说话会产生多大的效果呢？那就是听到这话的起码有上万人，因为那个家伙是用喊的！

　　这个家伙说的话是："呦！只不过是十选一嘛，看你们紧张的鸟样，我想挑选的方法最多是各连部来个混战，每个连部挑出两三个就行了。你们有必要这么紧张吗？"

　　听到这话的少尉，全都刷的一声扭头望向说话的人，就是看不到人也把头部扭到那个方向。

　　人类有个很不好的习惯，就是当有很多人关注一个方向的时候，其他人也会因好奇跟着关注那个方向。于是一瞬间的工夫，十万人全都把目光集中在同一个地方。

　　待在这个中心地带的是一个帅气的酷哥——唐龙。

　　唐龙全身挺立，双手贴在大腿边，目不斜视地望着正前方，要不是他身旁的人证实刚才的话就是这个少尉说的，其他人肯定以为这是个十分严肃的标准军人。

　　唐龙被这么多人盯着，不但没有一丝不好意思的感觉，反而

银河禁锢

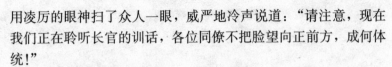

用凌厉的眼神扫了众人一眼，威严地冷声说道："请注意，现在我们正在聆听长官的训话，各位同僚不把脸望向正前方，成何体统！"

听到这话，唐龙身边的人，特别是同一个连队的人，恨不得把唐龙暴打一顿。首先随便插话不成体统扰乱大家的就是他，现在教训大家的居然也是他！

旁边其他连队有几个脾气暴躁的少尉向唐龙这边走了几步，看他们凶神恶煞的样子，可能是准备好好教训唐龙一下。

不过当一个漂浮着的微型飞行器来到唐龙上方的时候，不单那几个准备教训唐龙的少尉，连其他少尉也全都一起转身面向前方，挺身立正动都不敢动一下。

十分清楚四周情况的唐龙，用眼角的余光瞥了一下那个飞行器，他知道那是在集合人数很多的时候，长官用来视察的工具。

那个飞行器传出了那个女性的声音："这位少尉说得很对，在长官训话的时候，你们居然不认真听，成何体统！"

听到这话，唐龙笑烂了肚子，当然脸孔依然绷得紧紧的。而那些少尉则把唐龙祖宗十八代给问候了一遍。

那个飞行器开始缓慢地移动，那个声音继续传遍整个大厅："跟刚才那位不守纪律的少尉所猜想的一样，为了节省时间，将以连部为单位，进行格斗战。"

有几个少尉听到这话，偷偷地看了唐龙一眼，发现他依旧保持那副冰冷的神态，完全没有一丝不好意思的表情，不由得暗骂皮厚！

唐龙听到这话的时候，看到那个飞行器的屁股向着自己，可以说自己不在飞行器的镜头内，不由得堆起了笑容，双手手指摆出了V字，一边扭着屁股一边向四周呆呆看着自己的人晃动着双手。看他得意的样子就能猜出他正在向众人夸耀自己多么有先见之明。

唐龙身边有个少尉可能看唐龙不顺眼，高举起手喊了声："报告长官。"看来他准备向长官打唐龙的小报告呢。

不过机灵的唐龙先向那个少尉握着拳头竖起中指晃了一下，然后在那个飞行器还没转过身来的时候，就立刻恢复成军人表率的样子。

飞行器转过镜头看到了那个举手的少尉，那个声音不由得问道："这个少尉有什么问题吗？"

那个少尉早就发现唐龙变成军人表率了，在唐龙没有证据可抓的情况下，少尉不知道自己告发他，其他少尉会不会为自己作证，而且自己这样做会不会给长官一个背后伤人的印象呢？现在他后悔极了，不过他也立刻想到了个搪塞过去的问题，他挺胸答道："长官，我是文职系统的，用格斗战来挑选，对我们这些文职少尉来说会不会不公平呢？"

那个声音继续说道："战争没有什么公平不公平，在战场上也没有什么武职文职之分，我们这次需要的是全方位的优秀人才，如果不能通过，那么也只是不用参加特训而已。这次的挑选纪录不会记录在你们档案中，所以你们无需担心能不能够入围，尽自己最大的能力参加测试！"

说到这儿，那个声音变冷了："我在这里警告大家，在我没有宣布测试开始时，任何人不得出声提问，违者所属连队全部赶出基地！"

听到这话，唐龙那个连队的人胆战心惊地看了看唐龙，看到唐龙保持着冰冷的脸孔，知道他也不希望就这样被赶走，也就松了口气。

那个飞行器继续说道："第一次测试将从各连队挑选十五个人。刚好十五个人的连队则免于测试。"她这话刚说完，唐龙看到好几个少尉松了口气，看来他们就是刚好十五人的连队。

"这些就是你们的擂台。"

随着这个长官的声音落下，大厅的地面升起了数千个十米长宽的擂台。同时大厅空中出现了数百个巨型的虚拟电子投影图，上面正是这些擂台的编号。

那个声音最后说道："依照自己连队的番号，选择与之相配的擂台。进行的格斗战是混合战，只要擂台上站着的人剩下十五个就算通过。大厅内的自由麦克风已经开启，有重伤的可以呼叫救护员，五个小时后，我会回来检查结果。"说着那飞行器就飞进金属墙壁的一个通道口，消失了。

唐龙一边看着空中的那个电子地图，一边来到自己连队的那个擂台，他这才发现自己连队的那二十六名少尉都站在擂台上了，他们没有像其他擂台那样开始打斗，反而全都笑盈盈地看着唐龙。

唐龙打了个哈哈："各位大哥等我呢？对不起哦，小弟不太认识路，所以来迟了。"他边说边往擂台上走。

他才刚上去，一个高大凶悍的少尉就恶狠狠地扑上来，同时还狞笑道："没错！我们就等着和你亲热呢！"

其他少尉都笑盈盈地看着，他们不用商量就一致决定好好教训这个最年轻的少尉。原本以为唐龙会被那个格斗系出身的兄弟打断手脚，但没想到，那个少尉才刚张着双手扑上去，就被唐龙当胸一脚踢倒在地上。

那个少尉当然没什么事，不过当他狂叫着想跳起来的时候，唐龙一个跨步，跨坐在他的胸口上，双膝压住他的手臂让他动弹不得。接着抢起拳头，没头没脑地往他脸部打去，当然是立刻响起了惨叫声。

唐龙的拳头也是够重的，才几拳就把那个少尉打得跟猪头一样，相信连他妈也认不出来了。

那些呆呆看着的少尉们直到这个时候才想起要救那个少尉，慌忙叫骂着冲上来。当然二十五个少尉不可能全部一起冲上来，冲在最前面的是三个少尉。

唐龙好像早就知道他们来了似的，立刻跳起来，一个腾空旋风腿，最侧边的一个少尉脑袋中招，身子不由自主地往旁边倒，他的动作连带撞向身旁的两个少尉。三个脑瓜子相撞，砰的一声，没破算是幸运了，当然受到这样的重击，三个少尉都躺下了。

落地后的唐龙，趁后面的少尉呆住了没有反应过来的时候，抓起一个昏倒的少尉，像扔保龄球一样把他扔了出去。

冲在第二线的几个少尉条件反射地张开手接住自己的兄弟，不过才刚接了一个，第二个第三个甚至包括那个被打得像猪头的少尉也被扔了过来。四个压三个，这三个少尉当场被压倒了。

剩下那十九个少尉在前面兄弟接人的时候，就自认为聪明地分成两部分从侧边包围过来，唐龙面前除了倒在地上的人外，居然没有人挡他。他当然不会放过这个机会，从那一堆人身上踩了过去，看到那三个少尉还没昏迷，居然阴险地在人堆上跳了几下，搞得那三个人堆下的少尉快断气了才离开。

左边一伙十个人的少尉看到自己兄弟被唐龙如此摧残，怒火冲天地扑了过来，唐龙也刚好在左边，这次他没有躲避，直接一个凌空高踢腿踢中最前面的一个少尉下巴，让他腾空倒飞着撞倒了三个人后，趁机踩在他们身上，朝后面的六个少尉挥动拳头。

唐龙不但拳头够硬，脚也是够硬的，拳头打上半身的要害，如下颚、左右侧颚、鼻子、胸骨下端，而腿则专踢腰身以下的要害部位。当然时不时还会来个正踢，踢对方的肚子和胸口。总之唐龙攻击的都是让人昏倒或是痛上老半天的地方。

不过唐龙也算有良心了，没有踢男人的要害，可能是怕害他们绝了后代，会找自己拼命吧。虽然放弃了最有效的攻击部位，但唐龙也才只费了一会儿工夫，六个少尉就被他打得趴下，地上的四个少尉也被他踩得不成样子。

这时才从右边赶过来的九名少尉被唐龙的凶残样吓呆了，一个站在最前头的少尉看到唐龙笑嘻嘻地望着自己，全身打个寒战，忙摇着手说道："我们已经过关了，不用再打了。"

唐龙闻言一呆，低头看了一下四周躺在地上的少尉，他不好意思地搔脑袋笑道："原来一下子就躺下了十七个人呀，不过我们这里才十个人耶，不会违规吧？"唐龙边说边靠了过来。

那个少尉见唐龙的样子，暗自松了口气，忙笑着说道："不会违规，这样的情况，一般把最后倒下的那几个算进去凑数。"

唐龙听到这话，展现出迷人的笑容："原来是这样啊。"

那个少尉刚跟着应了一句："是呀……"就闷哼一声倒下了，他倒下后可以看见唐龙正摆着侧身肘击的动作，这么看来那个少尉的胸口肯定很痛。

唐龙眯着眼睛对那剩下来的八个发呆的少尉奸笑道："这样说来就算把你们全部击倒，也不算违规了哦。"说着啊的喊了一声，不等这些不知所措的少尉们说话，就扑了上去。

基地内部，宽大的指挥室内，一个金发的女军官正站立在一旁，侧着脸看着屏幕。

这个女军官优美的身材被那身贴身的军服完美地衬托出来，

她的侧脸非常的美丽，如一座用白玉雕刻的优美雕像一样。

看她的年龄好像最多二十来岁，不过看到她的军衔却让人不敢相信她如此年轻，那个军衔居然是两杠两星的中校！

此时屏幕上显示的正是唐龙追着那几个少尉打的镜头，原本只有中校一个人的指挥室，突然传出一声男性爽朗的笑声："呵呵，这个少尉真是血气旺盛啊。"

这句话并没有人搭理，那个男性的声音停了一下，再次响起："丽娜莎，你心情很不好啊？不高兴吗？为什么呢？你才刚晋升了中校呀。"

那个一直不吭声的美女中校听到这话，才转过身看着屏幕对面的另外一个屏幕，屏幕中出现的男人是一个身穿军服、样子十分威武的中年人，看到他的样子和他肩膀上的军衔就知道他是谁了，他就是万罗联邦元帅——奥姆斯特。这下你也知道为什么美女中校没有站在屏幕的正中央了吧？

此刻这个威武的元帅露出柔和的表情看着叫丽娜莎的美女中校，静静地等待着她说话。绷着脸的丽娜莎冷声说道："下官不敢，下官哪敢在元帅大人面前不高兴呢！"

奥姆斯特忙堆起可怜巴巴的笑脸哀求道："我道歉，我不经丽娜莎大人的同意就擅自替您升官，请原谅小人吧，好不好，我的丽娜莎大人？"

奥姆斯特这个样子，相信熟悉他的官员肯定会目瞪口呆。

丽娜莎扑哧一声笑了出来，原本冰冷的脸孔立刻像盛开的花朵一样美丽。

奥姆斯特此时完全没有了元帅的模样，他像小孩子似的欢喜地叫道："丽娜莎你笑了！丽娜莎可以原谅我了吧？"奥姆斯特涎着脸说道。

234

丽娜莎恢复了正常，她哀怨地看了奥姆斯特一眼，幽幽地说道："唉，你这样做，原来就有的风言风语更加猛烈了，我倒没什么，但是对你的声望却……"

奥姆斯特用充满柔情和爱意的眼神深情地看着丽娜莎，良久才笑道："放心，只要没有人亲眼看到我们在一起，这些谣言就会自动消散。"

丽娜莎哀怨地看着奥姆斯特："你这样把我……"说到这儿，她痛苦地垂下了头。

奥姆斯特叹口气安慰道："唉，我也知道我这样不行，但是我身为联邦元帅，不能出现离婚的新闻。我和那粗俗的女人早就没有了感情，你知道吗？我那疲惫的心只有和你在一起时，才会得到安抚。"

丽娜莎抬起头，她那美丽的眼眸中已经出现了泪花，她轻轻地点点头，柔声说道："我知道，你的心只有在我这里才会得到安抚……"

奥姆斯特看到丽娜莎快要哭了，忙转移话题："对了，上次听说你在游戏里被一个叫二三 TL 的人打败了，这段时间有没有报仇啊？"

丽娜莎偷偷地抹了下眼泪，她笑着摇摇头说道："没有，那个可恶的家伙，自从散布出那消除黑洞弹威胁的粒子恢复光线后就音讯全无，不知道躲到什么地方去了。"

奥姆斯特脸色沉重地说道："这个神秘的人，相信在所有国家情报部的档案中都占据了首位，真不知道他是怎么搞的，居然把这种粒子恢复光线的程序公布出来。"

丽娜莎想了一下说道："这应该不关他的事，事后《战争》游戏系统公布出游戏内最高级战舰具有各种各样的隐藏秘密，这个粒子恢复光线就是其中一种。听说很多人利用各种方法升级呢，不过却没听说有谁办到了。"

奥姆斯特叹了口气说道："《战争》这个游戏，我们军部老早就盯上了，里面的战舰数据比现在各国装备开发的战舰优秀了许多，甚至可以说是超前。可是就算我们拥有那些数据也没有用，没有最重要的核心数据，根本不可能仿造出来。说出来吓你一跳，据科学院用电脑测试，《战争》游戏里面的东西，完全是按照现实世界的科技手段虚拟制造的，也就是说只要掌握了里面的核心数据，就可以制造出虚构的战舰！真不知道这个游戏设计者是怎么办到的，这需要多么丰富的知识啊！说是集中全宇宙的知识开发出来的也不为过！"

丽娜莎确实被吓了一跳，她吃惊地问道："这么厉害，难道你们没有打这个游戏的主意吗？"

奥姆斯特苦笑道："怎么会没有呢，情报显示，不但是我国，宇宙所有国家的情报部门和所有顶尖的黑客都在打这个游戏的主意。但是结果，情报部只查到各国的公司经理就查不下去了，因为这些经理不但没见过总裁，连他的声音也没听到过，更不用说知道他的名字了。而那些黑客，更是耗费了无数资源和精力，却连游戏的外围都进不去，不要说什么进去查探核心资料了。现在已经有很多大型报刊网站，公布这个总裁为这个宇宙世纪最神秘、最富有、最具智慧的人。听说有些国际权威评定机构甚至准备给他颁发新制定的3S密码等级。"

丽娜莎笑道："这样一来，这个人更不肯现身了。看他的动作，他一开始就不准备让人知道，我甚至怀疑，他把那个游戏拿出来，只是为了让更多的人来陪他玩。"

说到这里，丽娜莎和奥姆斯特都露出吃惊的表情同时喊道：

"二三 TL！"

丽娜莎皱着眉头说道："这很有可能，在游戏各类榜首的就是这个二三 TL，而且至今为止惟一拥有 Z 级战舰的也只有他，还有游戏中最强大的两个军团的高等级游戏者都是二三开头的，可能这六个人就是开发这个游戏的主要人物！"

奥姆斯特一边听着这话，一边暗自思索，好一会儿，他才开口笑道："好了，这些事不用费神去想了，知道二三 TL 就是游戏公司的总裁又能怎样，我们又不知道他是谁。对了，那个小家伙在干什么？"奥姆斯特指着屏幕问道。

丽娜莎回头看去，发现唐龙那巨大的身影占据了整个屏幕，他现在正站在擂台的栏杆上，挥着手大声地喊着什么。

丽娜莎好奇地打开了喇叭，一个非常狂妄的声音传了进来："你们不觉得这样干等时间很无聊吗？来吧，让我们举办一个骷可星军区少尉老大擂台赛！不敢参加的就是孬种！娘娘腔！外加小狗养的！"

丽娜莎听到这话，不由自主地扑哧一声笑了出来。

奥姆斯特也带着笑意说道："好狂妄的小鬼啊。"

丽娜莎瞪了奥姆斯特一眼，娇嗔地说道："他狂妄得可爱。"

"可爱？你喜欢老牛吃嫩草呀？"奥姆斯特故作吃惊地说道。

"哼！我就是喜欢他，怎么样？你吃醋啊！"丽娜莎耸动一下鼻子，眯着眼睛娇笑道。

奥姆斯特也笑道："是，我吃醋，快酸死了。"说到这儿，奥姆斯特恢复了原本正常的表情说道："这个小子挺狂妄的，不过还算是拥有不错的指挥官气质。他叫什么名字？"

丽娜莎一边按动电脑，一边说道："他还有指挥官气质啊？看他刚才和现在的表现，有流氓气质才对！哦，找到了，唐龙，十九岁，骸可星军区四军十五师十二团三营四五连少尉，格斗战兵种。"

奥姆斯特笑了一下："呵呵，十九岁，这么年轻就当了个少尉，挺有前途的嘛。好了，我也该办正事了。"

说着就要离开，不过他发现丽娜莎那失望的表情，忙笑着加了一句："我不在你身边，你可不要老牛吃嫩草，把我们联邦军只有十九岁的未来之星给吃了哦。"

于是奥姆斯特如愿以偿地在丽娜莎羞红着脸，娇嗔狗嘴吐不出象牙的笑骂声中关掉了屏幕。

屏幕的另一端，奥姆斯特看着慢慢消去的虚拟屏幕，叹了口气，低沉地自语道："唉，还有两个月呢……"

唐龙在把自己连队中所有少尉打得趴下后，利用擂台的自由麦克风，呼叫了救护员把这些要在医院躺上好几天的少尉搬了下去，然后他就无聊地东看看西逛逛。

"天哪！还有四个多小时，怎么时间过得这么慢呢?"习惯自言自语的唐龙，一边看着四周擂台上毫无技巧性的格斗，一边说道。

他无聊地靠着一个擂台躺下，眯着眼睛看着那些打得头破血流的人们。突然一个硕大的身影挡住了唐龙的视线，一个雷鸣般的声音传入唐龙耳中："小子！看不出来你挺厉害的，居然能够一个人打败二十六个同伴!"这个人故意把同伴两个字说得特别重。

唐龙已经发现挡住自己的人是一个巨型大汉，那身军服把他的肌肉全都凸显了出来。

唐龙觉得他有点面熟，仔细一想，想起他就是刚才属于其他

银河禁锢

连队、想教训自己的那几个少尉中的一个。

想到这里脑中突然冒起了一个想法，他乐呵呵地爬起来笑道："过奖过奖……"说到一半的时候，突然冲着那个大汉的鼻子猛地轰了一拳。

毫无防范的大汉立刻头晕脑涨，痛苦地呻吟起来。唐龙根本不放过他，先是一拳由下往上猛击他的肚子，然后趁他弯下腰时，膝盖和手肘同时攻击他的腹部和背部，最后再用膝盖朝他下巴狠狠地往上来了那么一下。

当然唐龙攻击的时候，仍然习惯性地大骂："他妈的！你敢讽刺我，你娘的，看我不打扁你！"在那大汉倒下后，唐龙还边骂边踢踩着这个大汉的身躯。

四周的人忘记了本身的战斗，全都呆呆地望着泼妇一样的唐龙。

唐龙打够后，一手抓过擂台边的麦克风呼叫救护员，一边用挑衅的眼神扫视那些看着自己的人。

现在的医疗技术，只要大脑还没有死，医生就可以让你恢复过来。那些鼻子被打烂，手臂被砍断之类的伤，利用克隆技术，轻易就可以让你完美无缺。

所以在这样的医疗技术下，军队里打架都是很放纵的，只要没死人一般不会理会你。唐龙这种打烂架的工夫，可是在教官把他打得断手断脚体无完肤好几十次后才学会的。

唐龙看着那被漂浮担架运走的大汉，还不解气地吐了口口水，嘀咕了一句："妈的，不打你你还不知道谁是老大……"

唐龙说到这儿，突然又冒出了个念头，"老大？要是我成为训练基地的老大，那我不是舒服到极点了？"这样的想法就是单细胞的本能，所以才会出现丽娜莎和奥姆斯特听到的那句话。

站在擂台栏杆上的唐龙，得意洋洋地看着全场望着自己的目光。他为了能让所有人都听得到，特地用了专门用来招呼救护员的麦克风。

原本大家都不想理这个疯子，但是听到唐龙后面加上去的话，谁还能拒绝呢？而且举办少尉老大擂台赛，也颇有趣的啊。

不管怎么样的想法，反正唐龙提议的少尉老大擂台赛准备举行了。

唐龙看到这么多人支持自己，得意得尾巴翘上了天，他清清喉咙冲着麦克风嚷道："由于我们人口众多，所以每个连队挑出最厉害的一个来参加老大擂台赛！进行的比赛是淘汰赛，两个人比，胜者晋级，直到出现最后一个胜利者，那个人就是我们骸可星军区少尉的老大！"

大家听到这个比赛规则还挺合理的，也就同意了，而知道自己不能参加的人则好事地欢呼起来，反正自己要喊人家老大，那么就专心看老大们的比赛吧，最好全部都打得四肢断掉，体无完肤，连他老妈都不认得！

早就入了围没事干的少尉们，再次和自己的入围同僚比出个连队老大。于是打斗声和加油声再次在这个大厅响起。

唐龙看到这一切，不由捂着嘴巴暗笑："一群白痴，刚才都费了好大力气才入了围，现在一场打斗下来，力气还剩下多少呢？而且紧接而来的就是淘汰赛，力气也就越来越少了。哪像我现在就开始休息，嘿嘿，老大位置是我的啰！"

后面发生的事，如唐龙所想的一样，刚开始唐龙的第一个对手还有还手之力，接下来的第二、第三、第四……对手，越往后就越弱，当唐龙轻松地一脚踢倒最后一个对手，登上老大之位的时候，迎接唐龙的不是欢呼声，反而是一片嘘声和一片竖起中指

银河禁锢

的拳头。叫骂声更是响个不停，这些声音里面最多的就是："阴险！流氓！骗子！"看来这帮少尉总算知道唐龙的阴谋了。

站在擂台栏杆上的唐龙面对这样愤怒的人群，依然感觉良好，面带微笑用麦克风说道："谢谢大家对你们老大我的支持，来，叫声老大让你们的老大我听听。"说着把麦克风向着下面的人群。

十万的人群好像非常有默契地一齐喊道："老大……我×！"

原本还得意洋洋的唐龙立刻被这巨大的声波震得头晕脑涨，差点就摔倒在地。好一会儿，唐龙才清醒过来，他晃晃还有点晕的脑袋，恼怒地抓着麦克风骂道："他妈的！敢骂你们老大？"脏话如流水一样从唐龙口中源源不断地冒出来。

下面的人群突然一片安静，他们被这么多脏话骂傻了。

在唐龙喘不过气来，被迫停止骂人，准备歇口气的时候，下面的人群也跟着清醒过来，于是更大的一次声波立刻朝唐龙涌来："扁这个白痴老大！"

唐龙面对气势汹涌的人群毫无惧色，冲着麦克风喊了一句："谁怕谁！"就扔下麦克风扑进了人群。就这样，一场极端不平衡的干架开始了。

不过这次一对十万的干架，到最后演变成十万人的大混战。

原因无他，开头只是一个人不小心打错了人，接着那个人反击，打错了另外一个人，以此类推，于是十万人的混乱大干架也就不可避免地出现了。

事后，基地把军区的所有军医和医疗设备都调动了起来，所有参加特训的人员全都住院三天以上，而其中有个据说是单独挑战十万人的家伙伤得特别重，足足住了一个礼拜。

参加医疗的军医回去后心有余悸地说幸好自己不是少尉，不然就要参加那地狱似的特训了。而原本懊恼没有资格参加特训的准尉们，见到第一天特训就有这样的结果，不由得感谢军部这段时间没有升自己的官。

可是不知道什么原因，编号 F 三四 J 的特训基地，在发生这件事后，居然暂停了训练，而且经过了一个礼拜，才发布了召集入围少尉前来报到的命令。

银河禁锢

第十七章　自走炮舰

"各位，现在我们将进行第二轮的测试，这次测试将挑选出两万名入围者。"

听着那架漂浮飞行器发出的声音，唐龙又开始嘀咕了："怎么这么烦啊，一次就挑出一万人不就行了，为什么要挑选三次啊？真是吃饱了撑着没事干，希望这次不会再躺上一个星期。"

唐龙身边的少尉听到唐龙的喃喃自语，不由都翻翻白眼，不过这次没有人去告发他了。不说唐龙是他们的老大，就是唐龙那种变态的打法，他们都心有余悸，祈求接下来的测试不会遇上唐龙。

这一次的骸可军区少尉老大大赛，虽说唐龙获得了老大称号，但却没有多少人真心称呼他为老大。而唐龙另外一个外号却在那些落选少尉的宣传下，传遍了整个军区，那个外号就是——冷面流氓。

这"冷面"是指唐龙绝大部分时间露出的表情，而"流氓"是指唐龙满口的脏话和泼皮般的打斗方法。至于唐龙他本人却根本没有听到任何风声，他在出院和来到这个基地时，看到所有的人都会向他行注目礼，让他高兴得以为自己真的成为老大了。

原本挤满人的宽大大厅，现在空了一半，进入第二轮测试的少尉都紧张地望着空中那个飞行器，都在猜想接下来是什么样的测试。

飞行器没有让少尉们等多久，那个声音再次传遍整个大厅——

"这次的测试是……CS游戏。"

这话一出，整个大厅一片宁静，所有的人都在猜想自己是不是听错了。CS不是指那个警匪射击游戏吗？堂堂联邦军少尉聚在一起玩CS？

那个飞行器没有理会下面呆住的少尉们，径自说道："这些就是你们的装备，凡是射杀了三个人就算入围，时间依然是五个小时。"说着又跟以前一样一溜烟钻进墙壁不见了。

这个时候大家才注意到大厅中间出现了数十个巨大的平台，上面摆着数万套虚拟头盔和电子手套。

在大家还在发愣的时候，一道人影飞快地钻出人群，跑到最近的一个平台，抓起头盔手套戴了起来。接着一个非常熟悉的声音传遍大厅："枪呢？AK呢？没武器怎么杀啊！"

看到那人不断地翻动着双手，并在身上乱摸着，少尉们立刻明白这个抢了第一个的人，就是那个白痴老大——唐龙！这才醒悟过来，呼啦一声朝那个平台扑去。

唐龙早就吓得跳得老远，不然被这些人踩都踩死了。他现在正咒骂着那个没见过面的女性长官呢！要是自己现在就有武器，不说AK了，就是手枪也早就射杀数人入围了。现在只好等待他们佩戴好头盔手套，一起进入游戏吧。

当所有少尉佩戴好后，空中传来一个电脑合成的声音："准备完毕，游戏开始。"声音落下的同时，唐龙忽然发现自己面对着一扇高大的墙壁，手中也握了一把著名的AK激光连射枪。

244

唐龙猛地转身趴下，手中的 AK 一阵连射，不过没有出现唐龙想像中的景象，他的身边居然没有一个敌人，四面都是高大的墙壁！唐龙立刻一声悲叹："天哪，难道要等这些不知死活的菜鸟掉下来，我才能够射杀三个人？"

听着耳机中传来的喊杀声、惨叫声、手雷爆炸声、机枪连射声，还有那非常独特的单发枪、声音特别清脆的狙击枪的声音，仰着脖子望着天井的唐龙，心中难受到了极点。他终于等不到任何一个菜鸟掉落下来，咬咬牙换上了激光匕首，望着一堵高大的墙壁狠狠地骂道："娘的！休想困死我！"说完握着匕首，朝那堵高墙扑去。

基地指挥室内，丽娜莎翘着二郎腿舒服地坐在椅子上，一手放在扶手边，一手支着微侧的脸孔，她面前的巨大屏幕上正显示着唐龙那咬牙切齿的样子。这时她身旁传来一个甜美的声音："长官，他脑袋有病吗？不用地雷炸墙，反而拿匕首去捅墙？"

丽娜莎回头望着这个有着一头棕色短发、身穿贴身军服、身材高挑的美貌女子，笑了一下说道："奇娜少校，这个少尉的举动虽然出人意外，但是他的一举一动都是有一定的意义的。先不要急于评论，看完他的动作再说吧。"

这个叫奇娜的少校点了点头，水灵灵的大眼睛一动不动地盯着屏幕。只见唐龙跑到墙角，猛地一跳，然后狠命地把匕首插入墙壁，接着唐龙咬着牙，依靠插入墙壁的匕首作为支撑点，然后慢慢地把身体收缩在墙上。他喘了口气，接着飞快地抽出匕首，在身子快要往下掉之前，马上伸手把匕首插入上面的墙壁，就这样唐龙没几下子就站在墙头上了。

奇娜刚露出恍然大悟的表情点着头，突然听到长官的笑声，不由好奇地望去，发现长官正看着另外一个屏幕，捂着嘴巴低头闷笑着。顺眼望去，发现那里正在重播唐龙刚才的动作，不过这是剔除了那些虚拟场景的影像，所以只见唐龙在原地摆着刚才的动作，失去了那堵墙壁做衬托，唐龙的动作就好像小丑。

奇娜刚笑了一下，突然目瞪口呆了，因为她看到唐龙正在那里扭着屁股。忙把目光望向刚才的屏幕，可是只看到唐龙在城墙上双手高举，屁股乱扭，根本看不出这有什么用处，她不由得有点不解地问道："呃，长官，他这个动作有什么意义？"

丽娜莎看到唐龙跳舞的动作也是一呆，良久才说道："这个……这个也许是他的……习惯动作吧。"

不知道自己一直被人观察着的唐龙，正为自己爬上井口而跳舞庆祝呢。

"哈哈，想这样就困死我吗？好难哦，吃我臭屁吧！"对着下面井底拍屁股的唐龙，忽然趴在城墙上，他看着远处人头晃动的影子，不由吞吞口水说道："太棒了，居然有这么多敌人，看来我可以好好表现神射手的威风了！"说着，手往后一摸，回来的时候已经提着一把狙击步枪。

"嘿嘿嘿，我来啰！"奸笑的唐龙，利用瞄准器锁定了远处一个握着手枪躲在墙角的少尉，扳机一扣，扑哧一声，只见那个少尉脑门上出现了一个小洞，就这样倒下了。

唐龙撇撇嘴："有没搞错，居然不会爆头？枉我特意瞄准眉心呢。"

唐龙刚想找下一个目标，突然听到哔一声，接着自己头上居然出现了一个 1 字。唐龙愣了一下，搔搔脑袋自语道："这个不会是表示我射杀敌人的数目吧？这么说还有两个我就入围了？"

唐龙自言自语着，突然露出古怪的笑容，他端着枪瞄准远处的人连续开枪，不一会儿工夫，连备用子弹都打完了，狙击枪也跟着消失无踪，而此时唐龙头顶那个数字已经变成了30。

看到那个数字，唐龙龇牙笑了一下，端起 AK 跳下墙头，毫不躲闪地朝人群最多的地方冲去。

"长官，这些测试和我们的选拔有什么关系？他们不是要进行格斗战，而是要……"奇娜眼睛离开屏幕望着丽娜莎，不解地问道。

她的话还没说完，就被丽娜莎打断了："呵呵，这些测试是非常有用的，第一个测试虽然是为了测验他们的体力，但最主要的是选出热血好战的士兵。而现在这次测试，除了选出他们当中嗜血的人外，还要测试他们的机智勇敢和灵活多变。至于第三次测试，嗯，我想大概也跟上面差不多吧。"

奇娜不由一呆："长官，你也不知道第三次测试有什么用吗？"

丽娜莎摇摇头："这没办法，因为最后一次测试是交给中央电脑进行脑波测试的。至于为什么要出动中央电脑，连我也不大清楚。"

奇娜听到这话，只好无奈地点点头。虽然很奇怪这次的任务居然要出动中央电脑，不过这是最高统帅部的事，别说自己这个少校，就连长官也不能知道。自己虽不是很清楚长官是不是真的不知道，但是既然长官这么说，自己也就不要再追问了。

唐龙哈哈大笑着冲向人群，手中的 AK 也同时冒出了火花，他看着自己头顶上的数字，更是兴奋异常，AK 用完后，立刻一手握着手枪射击，一手掏出手雷朝远处的敌人扔去。

那些被打得躲在墙角的少尉在听到唐龙的笑声时，就知道又是那个白痴老大了。"妈的！早都入围了，还来杀我们，什么意思嘛！"心有灵犀的少尉们不约而同地想，同时也非常有默契地端枪、掏手雷。

"哎呀，妈的，又没了。"唐龙看着消失的手枪和再也摸不出来的手雷，沮丧地骂道。

少尉们等的就是这个机会！手雷子弹伴随着怒骂声，如下雨般地向正在懊恼的唐龙倾泻。

游戏开始以来最巨大的响声传遍了整个大厅，爆炸过后，原本互相厮杀的少尉们，突然友好地一起端着 AK，疯狂地冲着唐龙倒下的地方猛烈射击，搞得四周那些不知道发生什么事的少尉们，全都愣愣地看着这近百个疯狂的少尉冲着什么都没有的地板射击。

而早就取下头盔的唐龙呢？

他现在躺在地上，枕着头盔，跷着二郎腿，正惬意地欣赏着围在自己身旁，全身不断震动着，双手摆出握枪姿势的那近百个少尉们那副咬牙切齿、两眼冒火的神态。

正哼着歌曲的唐龙发现那个飞行器出来了，忙跳起来，立正站好，脸孔也恢复了冰冷严肃的神态。

他刚站好，那个飞行器就传出声音说道："时间到，列队。"随着这个声音，那些虚幻的场景立刻消失了。

还在拚命开枪的少尉们不由得一愣，他们还没有反应过来呢。不过他们毕竟是训练有素的军人，立刻飞快地排列好阵形。不过，在唐龙身前、身旁、身后都没有一个人，搞得他孤零零的一个人站在最前排。

唐龙虽然发现了这一点，但是却没有一丝不自在的感觉，反而感觉良好地认为这才是老大应该有的地位。没见他胸口挺得更高，腰板挺得更直了吗？

飞行器传出声音："这次由于某位军官杀敌太多，使得入围

名额减少了，所以这次达到目标数和游戏结束时仍幸存的，都算入围。"

听见开头那句话，所有的人都望向站在排头的唐龙，见那唐龙回过头来眨眼睛，不由都翻翻白眼，撇一下嘴，心中都在嘀咕：幸好不必成为这个恶劣家伙的部下，不然恐怕不用几天，自己就该发疯了。

飞行器说完后，立刻从墙壁涌出无数个拳头大的飞行器，这些飞行器开始在人群中挑选那些被淘汰的人员，不一会儿，这些落选的少尉便带着失落离开了基地。

宽大的大厅更宽敞了，两万名少尉静静地望着飞行器，等待着最后一次的入围测试。

飞行器绕着众人飞了一圈后才说道："最后的一次测试是……睡觉。"

听到这话，除了唐龙外，所有的人都把嘴巴张得大大的合不回去。

唐龙则满脸微笑地点着头："睡觉，太棒了，我一定又是第一名！嗯，不知道是站着睡还是坐着睡，或者是倒立睡觉呢？"

这时每个少尉跟前的地板都裂开并升起了一个密实的头盔，与此同时，那长官的声音也从飞行器里传了出来："戴上这个头盔，然后就地躺下睡觉，当你们醒来的时候，测试也就结束了。"

有了唐龙上一次的表现，这次长官的声音刚落下，地上的头盔就被戴在少尉们的头上了。吃吃笑着，幻想着自己又是第一名的唐龙反而是最后一个。

于是这宽大的大厅内出现了奇特的景观，地上躺了两万具"尸体"，可能那个样子显得有点恐怖，飞行器早早地躲到墙壁里去了。

过了一会儿，为了快点入睡，几乎所有的人都开始摆出能让自己躺得舒服点的睡姿，于是原本排列整齐的"尸体"队列，开始变形了。

基地指挥室内，奇娜按动了一个按钮，只见大厅四周的通风口，开始慢慢散发出一股淡白色的气体。才一会儿工夫，气体就笼罩了整个大厅。这个时候，指挥室的喇叭里传来一阵响亮的鼾睡声。

奇娜向一直在旁观看的丽娜莎点了点头，丽娜莎把手按在一个透明的玻璃盒上，玻璃盒发出一道光芒后，慢慢裂开，出现了一个红色的按钮，丽娜莎把按钮按了下去，屏幕上少尉们戴着的头盔立刻发出一阵光芒。

两个人都紧张地看着那光芒，她们虽然知道中央电脑正在检测着少尉们的大脑，但是却不知道这样做有没有后遗症，所以都非常地担心。

好一会儿，光芒消失了，指挥室的喇叭突然传出一个电脑合成的女性声音："检测完毕，以下是一万名合格人选名单。"

随着声音响起，屏幕被强制性地刷屏，接着由下往上滚动着名单。

奇娜看到第一个出现在名单上的人赫然就是唐龙，不由得向丽娜莎笑道："长官，那个家伙果然入围了。"

丽娜莎面无表情地点点头说道："释放苏醒气体。"

奇娜一愣，虽然不知道为什么长官突然变得这么严肃，但还是立刻敬礼，按动了一个按钮。

此时，万罗联邦首都元帅办公室漆黑一片的房间内，只有奥姆斯特一人面对着屏幕，屏幕上出现的正是那份最后入围者的名单。

那个电脑的声音也在这里响起："元帅阁下，经过检测，这

一万名人员的大脑承受力基本符合条件，同时他们当中也没有心怀不轨者，全是联邦军队的忠诚战士。"

奥姆斯特舒了口气，顿了一下才用商量的口气问道："星零小姐，可不可以把这次的记录从中央电脑记忆体中删除？"

星零美丽的面容浮现在屏幕上，她面无表情地说道："元帅阁下，但凡中央电脑接手的记录，都会如实记录并永久地保存在记忆体中，不过元帅阁下可以动用自身的权限进行删除。"

"用自身权限进行删除？"奥姆斯特自语了一下，叹了口气说道："那不用了，不过以我元帅的资格可以对这记录进行加密吧？"

"是的，您可以对这记录进行加密，如果您不决定的话，中央电脑自动加密为 A 级。您的加密权限最高为 S 等级，除了总统阁下，没有人可以翻阅。请问您要为这记录定下哪种密码等级？"星零依然用生硬的语气说话。

奥姆斯特的手指在桌上轻轻地敲击着，好一会儿他才开口说道："密码等级为 R。"

"密码等级为最低的 R 级，这属于凡是联邦公民就可查阅的等级，您是否确定？"星零虽然心中一愣，但她表面上还是那副平静的模样，语气也完全公式化。

奥姆斯特点了点头："是的，麻烦你了。"

"明白，对编号为○○三四五八七 F 三四 J 的记录进行密码加密，密码等级为 R……加密完成。"

"谢谢，辛苦你了。"奥姆斯特说完，按动按钮，屏幕消失了，房间又恢复了明亮。

待在网路中的星零一手抱胸，一手撑着下巴嘀咕道："元帅他搞什么鬼，统帅部制定的计划一般都是 A 级密码保护的，为什么这次会让它变成谁都可以查看的 R 级呢？"星零想了一下摇摇头："算了，不管这些，肯定又是政府和军部的斗争，我才没那个空呢，还是去找唐龙玩好了。"说到这儿，星零的鼻子耸了一下，不满地自语道："哼！唐龙这臭家伙，明明说好一报完到就找我玩，现在居然跑去参加什么训练，不给你捣蛋一下，你是不会想起我的！"星零说完，带着古怪的笑容，变成粒子消失了。

"嗨呀，睡得好舒服啊。"唐龙伸个懒腰，爬了起来，这时他才发现自己的头盔不见了，而那些少尉则站在远处，露出古怪的眼神看着自己。

唐龙不解地搔搔脑袋，正想说什么的时候，身后突然传来清脆悦耳的声音："立正！"

唐龙一听，条件反射地转身两腿一并，抬头挺胸目视前方，不过他的眼睛立刻瞪得大大的，因为他发现自己前面站着两位美丽的女军官。

唐龙从没如此近距离地看过这么美丽的女子，他吞吞口水，不由自主地说道："哇，好正点的美女啊，前凸后翘，身材迷死人了！"这话一出，原本还有点嗡嗡声的大厅立刻一片宁静，所有的人都把目光集中在这个正用衣袖擦拭着嘴角唾液的唐龙。

唐龙瞄到了两个女子肩上的军衔，看到那两条银杠，唐龙心中一惊，知道自己倒霉了。

果然，那个两杠一星的少校将美丽的眉毛一挑，她看到中校也是皱着眉头，立刻上前一步，指着唐龙喝道："口出狂言，立刻绕着大厅跑十圈！"

唐龙立刻立正，目不斜视，啪的行了一个漂亮的军礼，朗声说道："遵命长官！"然后马上转身跑了起来。

银河禁锢

唐龙虽然知道有这样的结果，但他不知道这种调戏女性长官的言语，任何一个女性长官听到后都会进行处罚的。

那个中校瞥了唐龙一眼，然后上前一步，扫视了众人一遍。那些少尉原本还为出现一个女性军官而发呆，但被唐龙这么一搞已经清醒过来了。现在被中校一扫视，立刻抬头挺胸立正站好。

他们都暗暗心惊，没想到训练基地的长官居然是个美女，而且还是比自己的顶头上司大了好几级的中校！既然还有一个多月要接受她的教导，自己还是乖点为妙。

少尉们会这么害怕是有原因的，虽然联邦军队女兵和男兵的比例是一比一，但是长久以来，担任最高长官和中低层军官的都是男性，所以欺负女兵的事时有发生。

不过，由于女性天生细腻的心和灵敏的第六感，绝大部分的舰长和领航员都是由女性担任的。这些遭受男兵欺负的女兵一旦成为长官，她们对待男兵的态度将比男长官更差。虽然不会直接动手打骂，但是抓到"痛脚"后的各种处罚将会是接踵而来的。

他们这些属于陆战队的少尉，直接上司都是男军官，但也早就风闻其他有女性上司的同僚过的是如何艰苦的日子，所以现在他们一见女性长官就有一种害怕的感觉。不过在害怕之余，他们也都幸灾乐祸，因为那个白痴老大一来就惹到长官，以后他的日子有得熬了。

丽娜莎身上带有微型麦克风，不然说的话怎么能让全场一万人都听见呢。她只是很平淡地说话，就让全场的少尉都听见了："我是你们这段时间的最高长官，我是丽娜莎中校，这是我的副官，奇娜少校。"说着指了一下背着手冷漠地看着少尉们的奇娜。

看到少尉们没有吭声，依然保持着立正姿势，丽娜莎点点头继续说道："你们这一万名少尉是骸可军区十万名少尉中的佼佼者，相信你们也知道，这次参加的是由最高统帅部制定的训练计划，但是我告诉你们，这次的训练只是一个对外的借口。"

所有的人都是一愣，不过很多人都暗自点头，他们都明白这次的训练没有那么简单，要是真要进行训练的话，只要军区下令就行了。而且最高统帅部要培养优秀的少尉，大可从整个联邦军挑选，何必特意在最前线的军区挑选呢。

丽娜莎再次扫视了众人一遍后，才说出让大家丧失意识的话来："这次训练的目的，就是为了让你们成为合格的新战舰指挥官！"

所有的人听到这话都呆了，新战舰的指挥官？少尉舰长？自己有没有听错？一个响亮的欢呼声让他们醒悟这是真的，那个声音不用说就是唐龙发出的。

正绕着大厅跑着步的唐龙，听到丽娜莎的话后也是一呆，但他很快高兴地跳起来连翻了几个滚，并大喊道："呜啦！我是战舰指挥官啦！"

清醒过来的少尉们也全都兴奋不已地跳起来欢呼，更有感情丰富的抱着同伴大哭起来。没办法，士兵们最大的渴望就是成为战舰指挥官，他们想不激动都难了。

丽娜莎见到这种热闹的场面皱了皱眉头，冷冷地说了一句："肃静！"虽然这个声音不带任何感情，但少尉们立刻吓得立正站好，要是自己就这样被赶出基地，那也太冤枉了。

奇娜看到唐龙依然在那里兴奋地舞着双手扭着屁股，便忍着笑意，绷着脸冷冷地说道："唐龙少尉，为什么停下来，你跑完十圈了吗？是不是想被赶出基地？"

唐龙吓得忙摇着双手说道："不要，我这就跑！"说完没命地跑了起来，现在只要不赶他出去，就算要他跑上一百圈，他也心

银河禁锢

丽娜莎看到少尉们恢复了平静，向奇娜一点头。奇娜掏出一个遥控器似的东西，一按，天空中出现了一个巨大的影像，看到这影像的人都呆住了。

唐龙的速度也变慢了，他望着那影像嘀咕道："这是什么东西，像颗导弹似的，怎么屁股只有一个大洞呢？不会是……"

唐龙还没说下去，丽娜莎的声音就传了过来："这就是你们将要担任指挥官的战舰。"

唐龙砰的一声摔倒在地，不过他飞快地爬起来，举着手高声嚷道："长官，这是战舰吗？我怎么看都像导弹啊！"

听到唐龙这话，所有的少尉都深有同感地点点头。眼前这艘战舰根本不像战舰，反而更像一枚身材短小臃肿的导弹。

丽娜莎瞥了唐龙一眼，冷声说道："继续跑你的步，唐龙少尉。"

唐龙忙点点头，继续跑了起来。虽然不满意这艘奇形怪状的战舰，但好过没有啊。

丽娜莎掏出一支镭射笔，一道长长的绿色镭射线伸了出来，立刻变成了一根教鞭。

丽娜莎用教鞭指着屏幕上的战舰说道："这是最新研发出来的自走炮舰，船上只能容纳十多个船员。此舰长一百米，宽四十米，高三十米，拥有一门核能大炮，这就是大炮口。"说着指了一下唐龙说的那个屁股有个大洞的地方。

在远处留心听着的唐龙不由撇撇嘴自语道："原来那里不是屁股，而是头部啊，不过那大炮怎么没有炮身？整个炮口都凹进舰身内，好像喷射口似的，不会是把战舰变成炮身了吧？还有那炮口虽然巨大，但只有一门大炮有用吗？"

丽娜莎看到少尉们的神情都在说"这战舰有用吗?",便接着说道:"这个大炮的威力等于我军 S 级战舰的主炮威力,也就是说,虽然只有一门,但却可一炮击毁一百公里内的 A 级战舰。"

听到这话,原本沮丧的少尉们又兴奋起来,这么说自己这艘战舰虽然武器少,但还是满有威力的嘛。不过很多少尉立刻想起敌人的战斗机,要是那战斗机靠近的话,只有一门威力大炮的战舰,有抵抗的能力吗?

丽娜莎也知道少尉们在想些什么,她继续说道:"这战舰除了一门主炮外,还有四门旋转副炮,它们被安放在舰身上下左右的这些地方。"丽娜莎说着用教鞭点了战舰的四个地方。

"同时,舰身两侧还各有一个发射口,可发射射程达一万公里的鱼雷或同型号的导弹。不过由于战舰比较小,所以只能配备四枚。"丽娜莎顿了一下,继续说道:"此战舰的详细资料在你们回去时依次在门口领取。"

银河禁锢

听到这话,所有的人都是一愣,回去?难道不训练了?而跑着步的唐龙,乘机跑到门口察看,看能不能第一个拿到战舰的资料,当然什么都没发现,只好继续跑了。

丽娜莎把镭射笔收回,把手背在背后冷声说道:"现在先放假两天,让各位回各自连队挑选战舰人员。记住此战舰只能搭乘十五名人员,其中四名副炮手、两名主炮手、一名导航员、一名联络员、一名雷达员、两名鱼雷操控员、两名战舰维修员是必备的。"

唐龙一边跑一边听,并一边屈着手指数数,他暗自嘀咕道:"加上指挥官都十四人了,剩下一个名额用来干吗的?不会是医务人员吧?"

"那么两天后,带着挑选的人员回到这里集合。解散!"丽娜

莎冷声喝道。

少尉们一呆，但还是立刻立正敬礼，然后跑向已经打开的大门。

这时他们才发现，大门口两旁的墙壁上已经出现了数十道卡口，每个卡口都含着一张电脑卡片，看来那就是战舰资料了。

刚好跑完十圈的唐龙立刻朝人堆跑去，并高声嚷道："让开！你们的老大我要第一个拿啊！"

当然，没有人理会唐龙的话。

而害怕自己又要躺上一个礼拜的唐龙，只好忍住再次挑战万人的冲动，静静地等到最后一个，才拿到了电脑卡片。

《小兵传奇》

待续……

网 友 酷 评

佩服，完整的构思，奇妙的想像，天马行空般在浩瀚的宇海里巡游，这么难写的作品你居然写出来了，真的很欣赏！看样子，没个300多回，这个作品的结构是完成不了的，努力啊！！

——jiwuce

梦幻般的感觉，一步步地走，一次次地体会，这是一种星际争霸的重新再现，给人一种另类感觉，很有新意。从网络游戏到网络小说，每一种都是一种突破。小兵，继续。我们用期待的眼光继续等待。

——thunderkill

看了《小兵传奇》，心中涌起了一股股的冲动，这种感觉已经好久没有过了，在现今这样残酷的社会里我真的很怀念这种感觉，我在这里向你道一声：谢谢，我会永远记着您给我的这种梦一样的感觉。

——netalao

曾经《小兵传奇》放在我面前，我珍惜了，等我发现你没写完的时候才后悔莫及，人世间最痛苦的事莫过于此。你的笔就在稿纸上划下去吧！不要再犹豫了！如果上天能够给我一个再见你的机会，我会对玄雨说三个字：我恨你。如果非要给这份恨加上一个期限，我希望是——这一秒钟。因为下秒钟新的一章就出版了！

——猫晶

越看越是喜欢看，每一行、每一个字我都要好好想想，到现在还记得银鹰帝国的两位将军在得知成为最高统帅时候的心理！希望！失望！都是欲望！

——dakesky

老实说，看了小兵这么久了，我还是一直忘不了。这段时间我是在等待和失望中度过的。虽然看了不少其他的作品，但总找不到小兵这样的感觉，真希望玄老大能早点更新啊！跟玄老大提一点意见，就是唐龙的姐姐能不能让他们俩好好地发展下去啊，好想看见他们在一起的情景。真是连想起都觉得浪漫啊！

——明神傲沙

看似很简单的情节，很老的设定，却能写出很不一样的风格，本来我看到这个名字是没有兴趣的，但有一次偶然看一下之后就被深深吸引了。与众不同的文风，奇怪的文章。总之我所看的书中这绝对是一本够格推荐给别人的书，也值得收藏。

——玉龙冰泪

这书出版的话销量肯定高，题材很好。我感觉刘思浩这个人物不是很好，他也不想想，以他的能力怎么能够妄想超越唐龙呢？玄雨兄是不是想把他刻画成另一个小兵传奇？

——蚊子的自传

《小兵传奇》好书啊，前无古人，后无来者。希望能看到无乱星系的统一，最好还能看到唐一的黑社会的故事。我不是说要快点结束，故事越长越过瘾，就是盼作者快点写。

——青春不再

玄大哥，你的书什么时候才能买到呀？真希望可以一次看个过瘾呀！

——天下奇才

本书写的真好呀！其中的一些想法，如：黑洞弹等等，都很有创意！

——wwwl

有奖征集《小兵传奇》书评

几千万网迷喜爱推崇，翘首以待的原创玄幻佳作《小兵传奇①银河禁锢》在春天新鲜上市！！

非常感谢您购买本书！

您可以把您对《小兵传奇》一书的任何精彩评论和宝贵意见以信件或 E-mail 的形式发给我们，长短不限，形式不拘。

如果您的评论足够精彩，我们将收录到《小兵传奇》系列书末。届时，我们还会把印有您精彩评论的《小兵传奇》系列作品送到您的手上，作为给您的奖励。

感谢您支持《小兵传奇》！
期待您的继续关注！

我们的地址：上海市局门路 427 号 B 座 5 楼
　　　　　　英特颂"天马行空"玄幻俱乐部
邮政编码：200023
我们的 E-mail：tianmaxingkong2005@citiz.net

"天马行空"玄幻俱乐部会员调查表

个人资料：

姓名：_____　　　性别：□男　　□女

出生日期：_____年　_____月　_____日

身份证号码：_____

职业：□学生　□办公室白领　□自由职业者　□其他_____

调查问卷：

1. 你从什么渠道得知"天马行空"玄幻系列丛书？
   □网络　□书店广告　□广播　□电视　□报刊　□亲友推荐
   □其他_____

2. 你最喜欢玄幻文学的什么特点？
   □超时空想像力　□时尚流行风格　□主人公个性魅力
   □惊险刺激情节　□最新兵器装备　□其他_____

3. 你觉得东方玄幻文学和国外的科幻作品相比，有什么特色？
   □更神秘玄妙　□更贴近国人审美　□更具人文历史色彩和哲理
   □其他_____

4. 你觉得和科幻玄异文学相比，玄幻文学的亮点在哪里？
   □想像力更丰富　□科幻色彩更逼真　□人物个性更鲜活可爱
   □主角更加平民化　□更多游戏开发空间　□其他_____

5. 你选择阅读某本玄幻小说的依据是：
   □网站点击率排行　□网站或论坛推荐　□媒体介绍　□亲友推荐
   □作者　□情节　□人物　□文笔　□兵种或武器　□随意浏览
   □其他_____

6. 玄幻小说主人公留给你的最深印象是：
   □传奇经历　□幽默语言　□过人才干　□鲜明个性　□超好运气
   □其他_____

7. 如果《小兵传奇》被开发成游戏产品，你希望是什么种类：
   □手机游戏　□家用游戏（PS/Gameboy/Mbox）　□电脑联机游戏
   □电脑单机游戏　□电脑网络游戏　□其他_____

8. 你希望以什么方式参加"天马行空"玄幻俱乐部的互动？

　　□同人志大赛　□Cosplay大赛　□书评征集大赛　□其他＿＿＿＿

9. 如果《小兵传奇》被改编成影视剧，你觉得主角唐龙最适合由谁扮演？

　　□陈冠希　□陈柏霖　□王力宏　□黄晓明　□其他＿＿＿＿＿＿＿

10. 你经常的购书方式有：

　　□书店　□网络邮购　□书市　□其他＿＿＿＿＿＿＿＿

11. 你平时喜欢阅读的书籍种类有：

　　□文学　□商业　□军事　□历史　□旅游　□艺术　□科学

　　□传记　□生活　□励志　□教育　□心理　□其他＿＿＿＿＿＿

联系方式：

　　电话：（办公）＿＿＿＿＿＿（宅）＿＿＿＿　手机：＿＿＿＿＿＿＿＿＿

　　学校或家庭地址：＿＿＿＿＿＿＿＿＿＿　邮编：＿＿＿＿＿＿＿＿＿

　　E-mail：＿＿＿＿＿＿＿＿＿＿＿＿　QQ/MSN：＿＿＿＿＿＿＿＿

个人档案：

　　最欣赏的作家：＿＿＿＿＿＿＿＿＿＿＿＿＿

　　最喜欢的书：＿＿＿＿＿＿＿＿＿＿＿＿＿＿

　　最爱的消遣：＿＿＿＿＿＿＿＿＿＿＿＿＿＿

自我描述：＿＿＿＿＿＿＿＿＿＿＿＿＿＿＿＿＿＿＿＿＿＿＿＿＿＿＿＿＿

＿＿＿＿＿＿＿＿＿＿＿＿＿＿＿＿＿＿＿＿＿＿＿＿＿＿＿＿＿＿＿＿＿＿＿＿

　　恭喜你！只要完整填写以上调查表并寄回上海英特颂图书有限公司，即可加入英特颂"天马行空"玄幻俱乐部！你可以15元/本的优惠价邮购《小兵传奇》及其他"天马行空"玄幻系列丛书，更可优先获得赠品和参加俱乐部会员活动！

　　邮购地址：上海市局门路427号B座5楼

　　　　　　　英特颂"天马行空"玄幻俱乐部

　　邮政编码：200023

　　E-mail：tianmaxingkong2005@citiz.net

　　注：请在汇款单附言栏内写明你要购买的书名、册号和册数，并按15元×册数的数目汇款。款到10个工作日内发书。